KB266654

일생에 한번은 동유럽을 만나라

드넓고 깊은 동유럽 예술기행

일생에 한번은 동유럽을 만나라

최도성 지음

21세기북스

창조적 여행을 위한 깊은 여정

"어떻게 하면 좋은 여행을 할 수 있나요?"

여행에 관한 책도 내고 신문과 잡지에 여행칼럼도 쓰다 보니 주변 사람들로부터 곧잘 받는 질문이다. 그러나 안타깝게도 '나도 잘 모른다'는 것이다. 성의 없는 대답 아니냐고 나무라도 어쩔 수 없다. 그렇다면 여행에 관한 책은 왜 또 썼느냐고 묻는 다면 이렇게 대답하겠다. 이 책은 실용적인 여행을 다룬 책은 아니라고.

즉, 어떻게 하면 적은 비용으로 여행을 최대한 즐길 수 있고 맛있는 먹거리나 훌륭한 쇼핑장소를 찾는 방법이 소개되어있지 않다. 그렇다고 여행지의 풍광이나 감상을 아름답게 옮겨 놓지도 못했다. 실용적 여행에 있어 생산성이 떨어지는 책이다. 그러면 "어떤 목적으로 썼나요?" 라고 재차 묻는다면 '사람에 대한 관념'을 느낀 대로 적은 여행기라고 대답하려 한다.

나는 여행지에서 볼거리보다는 사람들에게 관심이 더 많다. 관광지야 늘 그곳에 있었고 앞으로도 있을 테니까. 어떤 멋진 풍경이나 유적이나 감미롭게 살갗에 와 닿는 미풍보다도 땀내 나는 사람 냄새에 더 이끌린다. 그래서 이 책에는 사람 이야기가 많다. 바로 현재 그곳에 살고 있는 사람들과 그곳을 땀 흘려 가꾼 옛사람들의 이야기가 좀 더 많다.

조금 거창하게 표현해 '예술기행'이라 말해 두고 싶다. 예술을 들먹이다 보니 예술과 불가분의 관계인 '창조'라는 추상적 개념이 등장한다. 그래서 창조와 여행을 같은 범주에 놓고 '관념' 중심으로 여행이야기를 풀어냈다. 그런 면에서 생산적이지는 못하지만 창조적인 의미는 있을 것 같다.

여행을 하며 수잔 K 랭거Susanne K. Langer의 예술론을 머리에 떠올리곤 했다. 화가는 회화를 창조하고 무용가는 무용을 창조하고 시인은 시를 창조한다. 그러나 제과공은 과자를 창조하지 않으며 제화공은 구두를 창조하지 않으며 방직공도 비단을 창조하지 않는다. 그들은 그것을 생산할 뿐이다. 어째서 시는 창조된다고 말

해지는데 비단은 생산된다고 말해지는 것일까? 여행에도 창조적 여행은 없을까? 이 방법을 찾는 한 방편으로 여행을 시작했고 예술과 예술가들의 혼을 찾아 다녔다. 그 과정의 기록을 이 책의 줄기로 삼고자 했다.

하지만 여행 내내 호기심과 무지함이 번갈아가며 나를 괴롭혔다. 그런 까닭에 나와 문화적 배경이 다른 사람들이 다른 음식을 먹고, 다른 삶을 즐기지만 그 사람들도 나와 다를 바가 없으니 공유하는 바는 없을까? 그것을 찾아내려고 했다. 같은 일을 하고 같은 곳을 여행하면서도 다른 느낌을 가지는 것은 목적과 기대치가 다르기 때문일 것이다. 그 목적과 기대치를 예술과 엮어서 기록하려고 했기에 비슷한 여행을 추구하는 독자들에게는 다소 도움이 되지 않을까 싶다.

이 책의 대상은 동유럽이라 일컫는 이십여 국가들 중 체코, 슬로바키아, 폴란드 등 우리와 동변상련의 역사적 아픔을 겪은 슬라브 지역을 대상으로 삼았다. 그곳의 역사, 문학, 예술 등을 소개하고자 날마다 낯선 곳을 하루 예닐곱 시간씩 걸으며 누빈 노력은 인정받고 싶다.

끝으로 이 책은 인터넷의 도움이 없었더라면 세상에 얼굴을 드러내지 못했을 것이다. 특히 위키피디아의 도움이 컸다. 인터넷 여행기와 신문기사의 도움도 받았고 외국 블로거의 내용도 참조했다. 또, 각 지역의 전설 등을 소개할 때는 지역 홈페이지를 검색해 반영했고 한국외국어 대학교 출판부에서 발행한 《동유럽 신화》도 참조했다. 어쨌든 독자들의 매서운 채찍을 받더라도 나와 다른 문화 속에 살아가는 지구촌의 모습을 소개하게 되어 기쁘다.

삶에 쉼표가 필요할 때, 떠나자! 즐기자! 그리고 사색하자!

2010년 7월

최도성

폴란드편 *Republic of Poland*

슬로바키아편 *Slovak Republic*

Czech Republic

슬라브인들이 도착한 5세기와 6세기경서부터 체코의 역사는 시작된다. 이들은 기독교를 받아들이고 잠시 동안 제국을 형성한 대(大)모라비아 제국(830~906)과 동맹하여, 서부 슬로바키아, 보헤미아, 슐레지엔, 독일 동부, 폴란드 남동부. 헝가리 북부지방을 아우르게 되었다. 906년 헝가리의 마자르족이 모라비아왕국을 침략해 슬로바키아는 이후 1000여 년 동안 헝가리의 지배하에 놓이게 된다. 한편 모라비아 제국이 쇠락하기 시작한 9세기 말(895년) 체코인들은 프제미슬 제후 밑에 결집하여 프라하를 중심으로 보헤미아에 독자적인 보헤미아왕국을 세웠다. 체코인은 꾸밈없고 온순한 사람들로, 작은 나라치고는 놀랄 만큼 광범위하고 다양한 문화적, 종교적, 정치적 모습을 갖고 있다.

체코

<u>1</u>

프라하의 낭만 카를교

보헤미안 블루

　슬프고 속상하면 춤을 추어라. 생각이 많으면 춤을 잃어버리고, 리듬을 놓쳐 버린다. 날듯이 추어라. 노래하듯 추어라. 생각을 멈추고 춤추듯 살아가라.

어느 유명한 무용수가 한 말이다. 예로부터 사람들은 하늘을 날고 싶어 했다. 날고 싶은 욕망은 발끝을 들어 하늘을 향하는 동작을 낳았고, 그 것은 춤이 되었다. 미지에 대한 동경이 예술로 승화된 것이다. 많은 예술가가 지향하는 예술도 이와 크게 다르지 않을 것이다.

　문득 오래전에 본 영화 〈프라하의 봄〉의 장면들이 떠올랐다. 여주인공 테레사가 카페에서 춤추는 모습. 그리고 지금도 여전히 머릿속에 오버랩되는 아릿한 엔딩장면이.

　영화의 엔딩은 남자주인공 토마스와 테레사가 숲 속 오솔길을 자동차를 몰고 집으로 돌아오는 장면이다. 안개비 속으로 자동차가 페이드아웃fade out 되면서 영화는 끝난다. 이때 야나체크 Leoš Jancĉek, 1854~1928 의 〈잡초가 우거진 오솔길을 지나 On The Overgrown Path〉가 흘러나왔다. 영화와 매우 잘 어울리는 선율이었다.

　〈프라하의 봄〉은 밀란 쿤데라의 소설 《참을 수 없는 존재의 가벼움》을 영화화한 것으로 필립 카우프만 Philip Kaufman이 감독했다. 영화는 인간 존재의 가벼움에 대해 말한다. 행복과 슬픔을 교차하며 이야기는 실타래처럼 풀어진다. 슬픔은 형식이고 행복이 내용이다. 주인공들은 차근차근 행복을 좇고, 점차 슬픔과 갈등으로 가득 찼던 공간을 헤쳐 나온다. 험한 산길에서 길을 잃은 나그네가 우거진 잡초를 헤치고 나오는 것처럼. 한참을 울고 난 사람의 조용한 한숨처럼 여운이 남는 영화다. 밀란 쿤데라와 레오시 야나체크 모두 체코인으로 프라하에서 활동한 예술가다. 그들의 예술 세계가 슬금슬금 나를 옥죄었다. 무언가 하라고 말하는 것 같았다.

나는 한쪽 구석에 밀쳐 두었던 체코와 관련된 자료를 끄집어냈다. 이것저것 뒤적이다 보니 그들뿐만 아니라 카프카, 알폰스 무하Alphonse Mucha, 드보르자크를 비롯해 이방인인 모차르트, 베토벤 등 많은 예술가가 프라하와 끈끈한 연을 맺고 있었다. 이들의 세계에 빠져들지 않을 수 없었다. 그들을 좀더 밀도 있게 들여다봐야겠다고 생각했다.

이런 호기심은 내가 그들 세계에 가닿는 과정을 기록으로 남겼으면 좋겠다는 바람으로 이어졌다. 내친김에 출판사에 동유럽 엄밀히 말하면 중부 유럽 예술 여행서에 관한 출간 의사를 타진했고, 긍정의 답변을 얻었다.

체코를 비롯한 나의 동유럽 여정은 이렇게 시작되었다. 비행기 표를 구하고자 서둘러 여행사에 연락하고 여행 가방을 꾸렸다. 그곳 예술가의 숨이 서린 공간을 찾아간다는 생각만으로도 호흡이 가빠졌다. 마음은 이미 동유럽 한가운데를 가로지르고 있었다.

인천공항발 프라하행 비행기는 열 시간의 지루한 비행 끝에 프라하 루지네Ruzyně 공항에 도착했다. 창밖을 내다보니 가랑비 덕분에 사위는 어두운 그림자로 덮여 있었다. 창문 너머로 비친 활주로는 가로등 불빛을 받아 젖은 포도송이처럼 영롱하게 빛났고, 빗줄기는 수직으로 떨어지다 사라지기를 반복했다. 슬라브인들이 시련으로 일구어온

낭만과 신비의 색 보헤미안 블루가 썩 잘 어울리는 카를 4세 다리. 프라하의 동서를 잇는 13개의 다리 중에서 가장 유서 깊고 아름다워 각종 영화와 CF의 촬영지로도 유명하다.

천 년의 역사를 간직한 백탑의 도시 프라하. 이 도시는 이렇게 특별한 모습으로 나를 맞았다.

어둠은 대지 속을 파고들고, 밤은 언제나 그렇듯 도시의 그림자 속으로 몸을 감췄다. 궂은 날씨 때문인지 도시의 건물 벽에서조차 지나온 굴곡의 역사를 풀어놓은 보헤미안 블루의 신비로움이 유감없이 쏟아져 내리는 듯했다.

미리 예약해둔 프라하 구시가의 한인 민박에 도착하자마자 나는 마음이 급해졌다. 짐을 푸는 둥 마는 둥 하고 허겁지겁 카를교Karlův most로 향했다. 비 내리는 블타바Vltava 강의 몽환적인 모습이 몹시 궁금해서였다. 조급한 마음에 가까운 거리임에도 택시를 잡아탔다. 그러나 구시가에서 카를교에 이르는 길이 모두 차량이 통제되는 지역이라 오히려 더 돌아가는 꼴이 되고 말았다.

어렵사리 도착했건만, 카를교는 보헤미안의 낭만을 즐기려는 사람들로 이미 북적이고 있었다. 나만의 낭만을 기대하며 달려왔던 터라 조금 실망스럽기도 했지만, 시끄럽고 혼잡한 프라하와의 첫 만남도 그리 나쁘지 않았다. 절대 과하지 않은 조명을 머금은 프라하의 밤 모습이 한껏 우아한 자태를 뽐내고 있었으니까.

프라하를 다녀간 여행자들이 카를교 위에서 보는 야경을 여행의 백미로 꼽는 이유를 그제야 실감할 수 있었다.

카를교의 야경은 늘 찬사가 뒤따른다. 누군가가 카를교 위에서 강물에 비친 프라하의 야경을 보고 "정말 백만 불짜리 야경이군!"이라고 감탄하자 옆에 서 있던 프라하 사람이 "겨우 백만 불이라고요. 어림없

백만 불에는 절대로 팔 수 없다는 프라하 시민들의 자존심 프라하 야경.
카를 다리에시 본 프라하 성의 모습이다.

는 말 마세요"라고 대꾸했다는 일화가 있다. 또 진정한 친구로 영원히 남고 싶은 이성 친구와는 절대 카를교에서 함께 프라하의 야경을 감상하지 말라고 한다. 연인으로 발전하게 되면 '진정한 친구' 관계는 끝이니까 말이다.

이렇게 낭만이 충만한 카를 다리 위에 서서 흐르는 강물을 내려다보았다. 유유히 흐르는 강물을 바라보면 누구나 아름다운 물결에 매료되기 마련이다. 그렇다고 아름다운 물결을 바가지에 퍼 담아 놓으면 더는 아름다움을 느낄 수 없는 법. 흐르는 것들은 흐름 그 자체에 아름다움의 비결을 숨겨두고 있으니까 말이다.

밤이 깊어갈수록 강물은 점점 황금빛으로 물들었고, 그 위로 오렌지빛을 머금은 빗방울이 마치 수억 년을 달려와 마지막 투혼을 발하고 사라지는 유성처럼 반짝거렸다. 자연과 인류가 만들어낸 아우라가 연출되고 있었다. 그 순간, 어둠 속을 뚫고 어떤 전율이 내 몸을 타고 빠르게 미끄러져 갔다. 낭만은 사랑을 닮아 사랑스럽고 이별은 눈물을 닮아 서러운 모습이라 했던가. 프라하의 밤은 바로 정처 없이 방황하는 보헤미안의 모호함 그 자체였다. 그래서 보헤미안 블루란 말이 생겼나보다.

어느새 프라하의 밤도 깊었다. 다리 위에도 빈 공간이 하나씩 생겨났다. 막상 자리를 뜨려니 아쉬움이 밀려왔다. 본질의 가치를 가장 잘 깨닫게 되는 때는 아마 그것과 멀어지려고 할 때가 아닌가 싶다. 모든 인간관계가 그러하듯.

이별의 오브제

다리만큼 못다 한 사랑을 적절히 그려내는 구조물이 또 있을까? 다리는 대개 이별을 상징하는 이미지로 그려진다. 다리는 건너는 행위만으로 일상에서 벗어나는 해방감을 주기도 한다. 이렇게 다양한 의미가 있는 다리는 과거를 기억하면서도 미래를 지향한다. 고요를 내포하는 동시에 정적을 깨고 있다. 허무함을 드러내면서도 이미 무언가를 창조하고 있다. 다리는 결코 무엇에 귀속될 수 없는 실재하는 그 무엇이다.

이런 이유로 다리는 예술가가 가장 좋아하는 예술적 소재가 되어 왔다. 영화 〈애수〉의 워털루 브리지, 〈퐁 네프의 연인들〉의 퐁 네프, 〈매디슨 카운티의 다리〉도 그렇고, 아폴리네르가 로랑생을 추억하며 쓴 시 〈미라보 다리〉의 슬픈 사연도 그러하다.

모네, 르누아르, 피사로의 그림에서도 다리라는 소재는 하나의 상징이 된다. 흐르는 강물이 슬픔이라면 다리는 이별을 추스르는 고리가 된다. 어떤 초월적 힘을 지닌다. 이런 힘은 런던과 파리를 처음 방문하는 여성들을 워털루 브리지와 미라보 다리로 가장 먼저 달려가게 만든다. 막상 가서 보면 밋밋하기 그지없는데도 말이다. 다리에서 떠나보낸 사랑이든 다가올 사랑이든 그 사랑의 초월성을 느끼고 싶은 이유 때문인지 모르겠다.

프라하의 카를교도 예외가 아니다. 프라하의 어떤 장소보다도 여행자들이 가장 오래 머무는 장소다. 이 다리를 연인과 함께 주문을 외우며 건너면 일 년 후 다시 프라하에 오게 된다고 한다. 그런 까닭일

언제나 여행객들로 붐비는 카를교의 여름과 겨울 모습. 계절에 관계없이 거리의 악사들이 방문
자들의 흥을 돋운다. 가끔은 퀸(Queen)의 보헤미안 랩소디 연주도 들을 수 있다.

목에 다섯 개의 별을 두른 카를다리의 얀 네포무크 신부 동상. 동쪽 입구에서 한쪽 15기(좌우 30기)의 동상 중 여덟 번째로 다리 가운데에 위치한다.

까. 지금 이 순간에도 여러 싱글과 연인들이 주문을 외우며 카를 다리 위를 걷고 있다.

카를교의 뷰포인트는 다리 중간쯤에 세워져 있는 얀 네포무크_{Jana Nepomuchého, 1345~1393} 성인상像 앞이다. 카를 다리의 수호성인인 얀 네포무크는 목에 다섯 개의 별을 두르고 있다. 조각상을 떠받친 받침대에는 두 개의 동판이 붙어 있는데, 충정을 상징하는 개 한 마리와 성인이 강에 던져지는 모습이 새겨져 있다. 개의 머리를 만지면서 소원을 빌면 소원이 이루어진다는 전설 때문인지 개의 머리 부분이 유난히 반질반질하다. 주인에 대한 충심의 마음을 기리는 것 같다.

얀 네포무크가 카를 다리의 수호성인이 된 이유는 다음과 같다.

카를 4세의 아들인 바츨라프 4세가 프라하를 통치할 때 얀 네포무크 신부는 프라하 교구를 담당하는 주교였다. 그는 왕비의 고해성사를 들어주는 임무도 겸했다. 어느 날 왕비가 신부를 찾아와 자신이 외도했다는 사실을 털어놓게 되고, 이를 왕의 측근인 신하가 몰래 엿듣게 된다. 신하는 이런 내용을 왕에게 즉시 달려가 알리고, 의심 많은 괴팍한 성격의 왕은 신부를 불러 고해성사 내용을 털어놓으라고 추궁한다. 그러나 네포무크 신부는 종교적 신념을 지키기 위해 왕의 명령을 따르지 않았고, 그 대가로 신부는 혀가 뽑힌 채 다리 아래로 던져져 죽음을 맞는다. 얼마 후 그의 시신이 물 위에 떠올랐는데, 다섯 개의 별이 강물 위에서 빛났다고 한다. 석상에 별 다섯 개가 둘린 이유다.

이 전설은 개신교 교회에서 나온 말인지도 모르겠다. 당시 왕 바츨라프는 개혁파인 신교도들에게 우호적이지 않았는데, 이에 개신교가

개신교 지도자 얀 후스를 따르는 개혁파를 응집시키기 위해 신앙심이
투철한 얀 네포무크를 순교한 성자로 격상시킨 것일지도.

카를교 위에 울리는 보헤미안 랩소디

프라하 최초의 다리인 카를교에 전실이 없을 수 없나.

바츨라프 4세 Václav IV, 1361~1419 때인 어느 해 여름, 프라하에 엄청난
비가 내렸다. 유례없는 홍수를 견디지 못하고 카를교는 군데군데 무너
져 내리고 말았다. 바츨라프 4세는 홍수가 지나간 후 여러 차례 기술자
를 동원해 다리를 복구하려 했지만, 번번이 실패했다. 외국 기술자까
지 초빙하여 보수를 시도해도 실패만 거듭할 뿐이었다.

그런데 어느 날, 한 인부가 왕에게 찾아와 꿈속에서 어떤 영험한
지혜를 계시받았다며, 다리 보수를 자청했다. 그는 보수 공사 때 일한
석공이었다. 인부는 꿈에서 만난 유령의 지시대로 비가 억수같이 내
리던 날 밤, 구시가 쪽에 세워진 다리 교탑에 올라가 다리가 무너지는
이유를 밤새 살펴보았다. 그러던 중 깜박 졸고 말았는데, 갑자기 우르
르 쾅쾅하는 천둥소리와 함께 다리가 다시 무너져 내렸고, 유령이 그
의 꿈속에 나타났다.

유령은 그에게 한 생명의 영혼을 빼앗아 가는 조건으로 비책을 알
려주겠다고 제안했다. "내 영혼을 원하나요?" 유령에게 인부가 물었
다. "아니, 네가 다리를 수리할 수 있도록 도와주려고 하는 것뿐이야."

유령은 음산한 목소리로 대답했다. "누구의 영혼을 원하는지 말해 보시오." 사내가 다시 물었다. 유령은 다리를 수리하고 나서 첫 번째로 다리를 건너는 생명을 자기에게 바치면 된다고 말했다. 유령의 대답을 들은 사내는 천천히 미소를 지으며 그렇게 하겠다고 대답했다. 유령의 탈을 쓴 악마와 사내의 계약은 이렇게 성사되었다.

사실 사내는 기막힌 꾀를 낸 참이었다. 닭을 한 마리 준비하고 있다가 다리를 다 보수하면 맨 처음 닭을 다리 위로 지나가게 하면 되지 않는가!

악마는 사내에게 몇 가지 비책을 알려주었다. 그중에는 흙과 계란을 섞어 반죽하여 사용하라는 내용도 있었다. 그 방법은 다리 보수 공사에 실제로 활용되었다고 한다.

유령이 알려준 비책에 따라 다리는 완벽하게 보수되었다. 사내는 미리 다리 양쪽에 경비병을 세워 아무도 지나가지 못하도록 조치를 해 두었으므로 자신에 찬 미소를 짓고 있었다. 그러나 악마는 이미 사내의 꾀를 간파하고 있었다.

악마는 다리가 완성될 즈음 사내의 집으로 달려가 그의 부인을 찾았다. 부인을 만난 악마는 숨을 고르며, 자신은 당신의 남편을 도와 다리를 공사하는 인부인데 남편이 공사 중에 많이 다쳤다고 말했다. 깜짝 놀란 부인은 신발도 제대로 신지 못한 채 카를교로 뛰어갔다. 당시 사내의 아내는 임신 중이었다.

도착한 아내는 당연히 다리를 지키던 경계병들에 의해 제지당했다. 그러나 여인은 자초지종을 말하고 남편의 상태만은 알아야겠다고 혼자만의 시간, 다리는 침묵으로 새벽을 연다. 카를다리의 새벽녘.

사정을 했다. 딱한 사정을 들은 경비병들은 길을 내어 주었다.

한달음에 남편이 일하는 다리에 도착한 여인은 남편의 멀쩡한 모습을 보고 매우 기뻤다. 그러나 남편의 얼굴은 사색이 되었다. 사내는 온몸이 얼음처럼 굳는 듯했다. 그날 밤 집으로 돌아온 남편은 수심에 차서 아내에게 한마디 말도 건넬 수 없었다.

며칠 후 아내는 아이를 낳은 후 곧 세상을 뜨고 말았다. 악마가 아내의 영혼을 데려간 것이다. 자신의 꾀에 넘어간 사내는 괴로워했고, 이내 정신을 놓아버렸다. 그러나 절망 속에도 희망은 있는 법. 사내의 아들은 무럭무럭 자라 날마다 다리 위에서 엄마의 영혼을 위로하는 진혼곡을 연주하는 악사가 되었다. 이런 까닭에 오늘날까지도 거리의 악사들이 그 역할을 대신하는 듯 카를교 위에서 아름다운 곡을 연주하고 있다.

비 오는 밤에는 다리 위에서 영혼을 부르는 소리가 들린다고도 한다. 귀를 기울여 들어보려 노력했지만, 아쉽게도 직접 들을 수 없었다. 신은 내게 영혼의 소리를 들을 수 있는 능력은 주지 않았나 보다.

카를교의 또 다른 흥미로운 점은 동양 사상인 음양의 조화가 담겨 있다는 데 있다.

블타바 강 위에 최초로 건설된 다리는 1172년에 지어진 유디트 다리였다. 카를 다리의 시조격인 이 다리는 붉은 돌과 나무로 지어진 목조 다리였는데, 여러 차례 홍수를 겪으며 훼손되었다. 카를 황제는 홍수에도 견딜 수 있는 다리를 건설할 계획을 세웠다.

이 과정에서 황제는 꿈을 꾸게 되었다. 꿈은 홀수 날에 착공해야만 프라하가 번성하고 다리가 안전을 유지할 수는 있다는 내용이었다. 이

다리를 구해낸 전설 속 석공의 아들을 기리는 듯 음악으로 다리의 낭만을 더해 주는 거리의
악사들.

말에 따라 황제는 실제 135797531이라는 숫자를 조합하여, 1357년 7월 9일 5시 31분에 착공할 것을 명령했다. 7월 9일은 토성과 태양이 합을 이루는 날로 서양에서는 토성이 태양의 에너지에 의해 생명력을 주도한다고 믿는다. 마치 동양 사상을 보는 듯하다.

앞뒤 구별이 없는 홀수 숫자의 배열도 참 재미있다 서양 월일의 표기는 일월의 순서이므로. 또, 물은 음의 영역이고 홀수는 양을 나타내는 것이니 동양과 서양의 사상적 교류를 보는 것 같다. 참고로 우리나라 조선의 건국이 1392년이니 이 다리는 조선의 건국보다 무려 35년 앞서 지어졌다. 조선의 건국 해와 연관해서 카를 다리가 지어진 해를 기억해도 좋겠다.

자유를 향한 염원, 존 레논의 벽

프라하에 올 때마다 들르는 작은 공간이 있다. 커피 향이 은은하게 퍼지는 카페도 아니고, 마른 목을 적셔주는 그윽한 맥주 향이 풍부한 바bar도 아니다. 공산국가 시절 체코 젊은이들이 블타바 강을 바라보며, 자유를 열망하며 토론하던 볼품없는 낮은 담장이 있는 곳이다.

1980년 12월 9일 오후, 카를교 옆 캄파 공원 한쪽에 있는 수도원의 낡은 벽돌담 아래 프라하 예술대학 학생 몇 명이 모여 앉았다. 그들은 각자 집에서 가져온 포도주를 나눠 마셨다. 전날 총탄에 사망한 존 레논의 비보를 듣고 울적한 마음을 달래려고 캄파 공원에 모인 것이다. 모여 있던 학생 중 누군가가 당시 세계 모든 젊은이의 우상이었던 비틀스를 흠모하며 존 레논의 얼굴을 벽에 그리기 시작했다. 다른 친구는 '혼자 꾸는 꿈은 꿈이지만 함께 꾸는 꿈은 현실이 된다. ―오노 요코'라는 문구를 그 아래 적어 넣었다.

왜 그랬을까? 공산체재하에서 '프라하의 봄'을 겪으며 체코 젊은 이들은 민주화 열기를 이념과 국경을 넘어선 음악에서 찾았기 때문이다. 사랑과 평화를 노래한 존 레논의 노래는 그들이 바라던 동경의 세계였다. 평화를 부르짖는 존 레논의 자유사상이 깃든 음악이 그들에게는 더할 나위 없는 위안이었다. 비록 몇 해 전부터 비틀스 멤버들 사이가 삐꺽거리고, 노래에 집중하기보다는 허구한 날 으르렁거리며 서로 비난하다 팀이 해체되고 말았지만 말이다.

이즈음, 존 레논은 연상의 여인이자 일본인인 오노 요코와 연인관계를 맺고 있었다. 오노 요코는 전위 예술가이자 반전 운동가였다. 그녀는 종교도 국가도 권력도 뛰어넘는, 오로지 모두가 평등한 개인만이 존재하는 평화로운 세상을 꿈꾸는 무정부주의자이기도 했다.

멤버들과 갈등을 겪던 존 레논은 그녀의 사상에 매료되어 오노 요코를 자신의 도피처로 삼았다. 사랑하는 음악을 등진 채 그는 요코와 결혼했고, 그녀를 따라 반전 운동가가 되었다. 공산국가 시절 체코 젊은이들에게는 존 레논의 이런 점이 음악 자체보다 더 따뜻한 위안이었다.

그러나 송충이는 솔잎을 떠나 살 수 없는 법. 결국, 레논은 다시 자신의 음악을 기다리는 팬들 앞으로 돌아왔다. 예전의 그룹이 아닌 솔로로.

솔로로 데뷔한 지 얼마 안 되는 때인 12월 8일 밤, 뉴욕 맨해튼 센

반전 시위를 하는 존 레논과 오노 요코.

전 세계인의 낙서장 존 레논 벽.

물레방아가 도는 캄파 섬의 샛강.

트럴 파크 웨스트 72번지 코너의 다코타 하우스 앞에서 네 발의 총성이 울렸다. 집으로 귀가하던 존 레논에게 그의 광적인 팬 채프먼이 총을 쏜 것이다.

암울한 시기에 체코 젊은이들의 마음에 위안과 희망의 불을 지폈던 존 레논의 사망 소식은 그들에게 무엇보다도 큰 좌절이었다. 담장에 그린 존 레논의 얼굴과 낙서는 존 레논에게 보내는 체코 젊은이들의 추모 의식이었던 것이다. 울적한 마음을 오손 행위를 통해 보상받으려 한 것은 아니었을까?

프라하 시민은 이 담장의 낙서를 지우지 않고 존 레논의 벽이라 이름 붙였고, 오늘날까지 유명한 관광 명소로 자리 잡고 있다.

'존 레논의 벽'은 카를교 옆 프라하 성의 아래쪽 캄파 공원 부근에 있다. 구시가에서 반대편으로 프라하 성을 향해 가다가 다리가 끝나는 지점에 조금 못 미치면 왼쪽으로 난 계단이 보인다. 이 계단은 좁은 샛강으로 이루어진 캄파 섬으로 통하는 길로 이어지는데, 건물 사이의 좁은 통로를 지나 모퉁이를 돌면 수도원의 작은 담장이 보인다. 이것이 존 레논의 벽이다.

지금은 체코 젊은이들뿐만 아니라 세계 각국에서 온 사람들이 자기 나라의 언어로 낙서해놓아 벽면이 온통 더럽혀져 있다. 유명해진 만큼, 전 세계인의 낙서장이 된 것이다. 이곳은 자유가 없던 시절, 볼품없고 초라하지만 체코 젊은이들의 의지의 공간이 되어주었으며 그들의 소외된 마음을 달래주는 장소였다. 이 벽이 있는 캄파 공원 주변은 유명한 체코 맥줏집들도 많이 있어 맥주 애호가들이 선호하는 장소이기도 하다.

프라하의 랜드마크
구시가 광장

체코가 사랑하는 인물들

체코인은 어떤 인물을 가장 존경할까? 이번 체코 방문에 앞서 가졌던 의문이다. 특히 예술가 중에는 어떤 인물이 그들의 삶에 큰 영향을 미쳤을까?

자료를 찾다가 체코 국영 방송이 실시한 가장 위대한 체코인 Největší Čech 순위 조사 명단을 찾아냈다. 2005년에 체스카 텔레비제가 실시한 설문 조사로 '지난 역사와 현재에 가장 위대한 인물'을 투표한 결과였다.

이 설문조사는 2002년 영국 BBC 방송을 본뜬 프로그램으로 전설적 인물은 대상에서 제외했다. 그런데 재미있는 것은 그럼에도 매우 많은 사람이 존재하지 않는 인물인 체코의 천재 야라 침므르만에게 투표했다는 점이다. 비록 명단에서는 제외했지만 많은 체코인이 전설을 신봉하고 있다는 증거이기도 했다. 야라 침므르만을 창조해낸 즈데네크 스베라크와 라디슬라프 스몰랴크가 각각 25위와 79위를 차지한 것도 놀라웠다. 체스카 텔레비제는 BBC 방송의 자문을 구한 뒤 가상의 인물을 제외했고, 혹시 인물 평가에서 오는 부작용을 염려해서인지 투표수도 1~3위 외에는 공개하지 않았다.

여기서 나는 다른 어느 나라보다 체코에 많은 전설이 존재하며, 체코인들이 그 전설에 남다른 애정을 보이는 이유를 어렴풋하게나마 이해할 수 있었다. 이곳저곳에서 치이면서도 굴욕의 역사를 꿋꿋이 버티어낸 정신이 전설에 대한 믿음에서 비롯한 것이 아니었을까 하는 생각.

한편으론 이 조사 결과가 놀랍기도 했다. 1위로 조사된 카를 4세는 그의 업적 등을 고려할 때 당연한 결과로 여겨졌다. 얀 후스7위와 얀 지슈카4위의 경우는 서로 순위가 바뀐 줄 알았다. 다소 의외인 것은 카프카55위와 밀란 쿤데라85위의 순위다. 2위의 마사리크는 체코의 초대 대통령이었기에 상징적인 인물이니 쉽게 수긍이 갔고, 3위의 하벨 역시 벨벳 혁명의 주역으로 체코를 공산 정권에서 독립시키고 대통령을 지낸 현존 인물로서 당연한 결과로 여겨졌다. 나의 예상을 빗나가게 한 인물은 소설가 차페크9위와 하셰크38위였다. 드보르자크8위, 스메타나11위 등 음악가가 예술가로는 꽤 높은 순위를 차지한 것도 조금 놀라웠다. 체코의 험난한 역사 속에서 그들의 버팀목이 되어 왔던 민족정신이 이 조사에 반영된 것이 아닐까.

차페크는 그저 평범한 작가 정도로만 알고 있었는데, 10위 안에 든 결과를 보고 다소 놀랐다. 그는 체코인들이 전설이 아닌 사실로 받아들이고 싶어 하는 골렘 전설을 바탕으로 최초로 '로봇'이란 용어와 그 가능성을 만들어 낸 인물이다.

《착한 병사 슈베이크의 모험》의 작가 하셰크Jaroslav Hašek, 1883~1923가 카프카나 밀란 쿤데라 보다 앞선 순위를 점한 것도 조금 놀라웠다. 아마 탄압 때문에 작품 활동에 제한을 받으면서도 체코를 한 발자국도 떠나지 않은 순혈주의 체코인이라는 것을 높이 평가한 것이 아닐까 하는 생각이 들었다. 실제 많은 체코인에게 추천받은 책도 그의 책이었다.

이에 반해 카프카와 밀란 쿤데라의 순위는 세계적 명성보다 좀 낮았다. 카프카가 독일인이 되기 바라는 유대인 아버지의 뜻에 따라 체

카를교 구시가 쪽 입구에 서있는 카를 4세 동상.

코 독일어 학교를 다니고, 글도 체코어가 아닌 독일어로 발표했다는 점에 미루어 보면, 이유를 유추해볼 수 있을 듯하다.

실제로 우리가 우리말로 된 카프카를 읽기 시작한 1957년경에 이르러서야 체코인들도 체코어로 된 그의 소설을 접할 수 있었다. 밀란 쿤데라 역시 프랑스로 망명해 프랑스어로 글을 쓴 작가다. 비록 카프카와 밀란 쿤데라라는 작가의 업적이 뛰어나다고 해도 체코인의 마음속에는 체코의 대표 작가라고 부르기에 뭔가 석연치 않음이 있을지도 모르겠다.

위대한 체코인 순위

1. 카를 4세 (Karel IV.) – 68,713표

2. 토마시 가리구에 마사리크 (Tomáš Garrigue Masaryk) – 55,040 표

3. 바츨라프 하벨 (Václav Havel) – 52,233표

4. 얀 아모스 코멘스키 (체코어: Jan Amos Komenský, 라틴어: 코메니우스, Comenius)

5. 얀 지슈카 (Jan Žižka)

6. 얀 베리흐 (Jan Werich)

7. 얀 후스 (Jan Hus)

8. 안토닌 드보르지그 (Antonín Dvořák)

9. 카렐 차페크 (Karel Čapek)

10. 보제나 님초바 (Božena Němcová)

11. 베드르지흐 스메타나 (Bedřich Smetana)

12. 에밀 자토페크 (Emil Zátopek)

13. 카렐 고트 (Karel Gott)

14. 이르지 스 포데브라트 (Jiří z Poděbrad)

15. 프란티셰크 팔라츠키 (František Palacký)

16. 프르셰미슬 오타카르 2세 (Přemysl Otakar II.)

17. 스바티 바츨라프 (Svatý Václav)

18. 바츨라프 클라우스 (Václav Klaus)

19. 야로슬라프 헤이로프스키 (Jaroslav Heyrovský)

20. 스바타 아네슈카 (Svatá Anežka)

21. 토마시 바탸 (Tomáš Baťa)

22. 에드바르트 베네시 (Edvard Beneš)

23. 오토 비흐테를레 (Otto Wichterle)

24. 야로슬라프 사이페르트 (Jaroslav Seifert)

25. 즈데녜크 스베라크 (Zdeněk Svěrák)

26. 에마 데스티노바 (Ema Destinnová)

27. 야로미르 야그르 (Jaromír Jágr)

28. 마리아 테레사 (Marie Terezie)

29. 카렐 크릴 (Karel Kryl)

30. 밀로시 포르만 (Miloš Forman)

31. 블라스타 부리안 (Vlasta Burian)

32. 로만 셰브를레 (Roman Šebrle)

33. 이반 흘린카 (Ivan Hlinka)

34. 카렐 하블리체크 보로프스키 (Karel Havlíček Borovský)

35. 다니엘 란다 (Daniel Landa)

36. 밀라다 호라코바 (Milada Horáková)

37. 블라디미르 멘시크 (Vladimír Menšík)

38. 야로슬라프 하셰크 (Jaroslav Hašek)

39. 알폰스 무하 (Alfons Mucha)

40. 얀 에반겔리스타 푸르키녜 (Jan Evangelista Purkyně)

41. 파벨 네드베트 (Pavel Nedvěd)

42. 얀 얀스키 (Jan Janský)

43. 프란티셰크 크르시지크 (František Křižík)

44. 얀 젤레즈니 (Jan Železný)

45. 얀 팔라흐 (Jan Palach)

46. 베라 차슬라프스카 (Věra Čáslavská)

47. 레오시 야나체크 (Leoš Janáček)

48. 알로이스 이라세크 (Alois Jirásek)

49. 야로미르 노하비차 (Jaromír Nohavica)

50. 얀 마사리크 (Jan Masaryk)

51. 보후밀 흐라발 (Bohumil Hrabal)
52. 얀 네루다 (Jan Neruda)

53. 요세프 융만 (Josef Jungmann)
54. 요한 그레고르 멘델 (Johann Gregor Mendel)

55. 프란츠 카프카 (Franz Kafka)
56. 프란티셰크 토마셰크 (František Tomášek)

57. 스바티 보이테흐 (Svatý Vojtěch)
58. 요세프 비찬 (Josef Bican)

59. 요세프 카예탄 틸 (Josef Kajetán Tyl)
60. 루시에 빌라 (Lucie Bílá)

61. 카렐 히네크 마하 (Karel Hynek Mácha)
62. 스바타 루드밀라 (Svatá Ludmila)

63. 볼레슬라프 볼리프카 (Boleslav Polívka)
64. 루돌프 2세 (Rudolf II.)

65. 요세프 도브로프스키 (Josef Dobrovský)
66. 요세프 라다 (Josef Lada)

67. 루돌프 흐루신스키 (Rudolf Hrušínský)
68. 바츨라프 2세 (Václav II.)

69. 마들렌느 올브라이트 (Madeleine Albright)
70. 아네타 랑게로바 (Aneta Langerová)

71. 프르셰미슬 오타카르 1세 (Přemysl Otakar I.)
72. 루드비크 스보보다 (Ludvík Svoboda)

73. 도미니크 하셰크 (Dominik Hašek)
74. 얀 루쳄부르스키 (Jan Lucemburský)

75. 밀란 바로시 (Milan Baroš)
76. 카렐 야로미르 에르벤 (Karel Jaromír Erben)

77. 스바타 즈디슬라바 (Svatá Zdislava)
78. 야로슬라프 포글라르 (Jaroslav Foglar)

79. 라디슬라프 스몰랴크 (Ladislav Smoljak)
80. 올가 하블로바 (Olga Havlová)

81. 마르티나 나브라틸로바 (Martina Navrátilová)
82. 헬레나 루지치코바 (Helena Růžičková)

83. 파벨 티그리트 (Pavel Tigrid)
84. 엘리슈카 프르셰미슬로브나 (Eliška Přemyslovna)

85. 밀란 쿤데라 (Milan Kundera)
86. 블라디미르 레메크 (Vladimír Remek)

87. 볼레슬라프 1세 (Boleslav I.)

88. 막달레나 도브로밀라 레티고바 (Magdalena Dobromila Rettigová)

89. 미콜라시 알레시 (Mikoláš Aleš)
90. 에밀 홀룹 (Emil Holub)

91. 프란티셰크 파이틀 (František Fajtl)
92. 클레멘트 고트발트 (Klement Gottwald)

93. 즈데네크 마테이체크 (Zdeněk Matějček)
94. 이르지 보스코베츠 (Jiří Voskovec)

95. 마르타 쿠비쇼바 (Marta Kubišová)
96. 이르지나 보흐달로바 (Jiřina Bohdalová)

97. 밀로슬라프 시메크 (Miloslav Šimek)
98. 지그문트 프로이트 (Sigmund Freud)

99. 사모 (Sámo)
100. 밀로시 제만 (Miloš Zeman)

프라하 관광의 첫발은 대부분 구시가 광장 천문시계탑이 있는 구 시청사 앞에서 시작된다. 이 광장 한가운데에는 한국인에게도 낯설지 않은 얀 후스 동상을 떠받치는 벽이 있다. 드라마 〈프라하의 연인〉에서 연인인 재희와 영우가 자신들의 소원을 담은 쪽지를 붙여 놓아 '소원의 벽'으로 소개된 곳이다. 이 장소가 프라하 젊은이들의 만남의 장소인 것은 분명하지만, 드라마에서처럼 소원의 벽은 실제로 있지 않다.

우리에게 다른 이미지를 잠시 빌려 준 동상의 주인공 얀 후스, 그는 어떤 인물일까? 얀 후스에 대해서는 마틴 루터보다 약 100년 앞서 종교개혁을 부르짖다 화형당한 종교 지도자 정도로만 알고 있었을 뿐이었다. 그에 대해 별다른 지식을 갖고 있지 못한 내가 그를 자세히 알게 된 것은 체코의 한 대학생 덕분이었다.

학생에게 전해 들은 바로는 얀 후스라는 인물이 체코인들이 매우 흠모하는 인물이며, 그에 대한 자긍심이 대단하다는 것이다. 프라하의 진정한 모습을 대강이라도 이해하려면, 얀 후스에 대한 짧은 지식과 역사적 배경이라도 알아야겠다는 생각이 들었다.

그 학생을 만난 것은 우연이었다. 2008년 독일 하이델베르크 성에 갔을 때였다. 고독과 사색의 계절이 야금야금 성을 점령해 가고 있던 초가을 날이었다. 벤치에 앉아 햇볕을 온몸으로 받아내며 나들이 온 사람들을 바라보고 있는데, 다소 우스꽝스러운 모습을 한 학생이 말을 걸어왔다. 여행하면서 내가 먼저 말을 걸어 보긴 했어도 외국인이 말

얀 후스 서거 500주년을 기념하여 1915년에 세워진 동상.
동상 벽에는 얀 후스의 사상인 '진실을 사랑하고 진실을 말하고
진실을 행하라'는 라틴어 문구가 새겨져 있다.

을 걸어오는 경우는 거의 없었기 때문에 조금 놀랐다.

대뜸, "한국 사람?"이라고 물었다. 외국에서 이런 일은 흔치 않다. 대부분 일본인이나 중국인으로 오해하기 마련인데, 한국인으로 단정 짓고 말을 걸어오다니.

그는 프라하 대학 인문학부에서 인류학을 전공하는 학생이라고 자신을 소개했다. 한국인이라는 것을 어떻게 알았느냐고 묻자 내 옆에 놓인 책의 글자를 보고 알았단다. 한글을 아느냐고 묻자, 자신의 여자 친구가 한국어를 전공하고 있어서 글은 못 읽어도 구별은 할 수 있다는 것이다. 그러면서 체코에 오면 자신의 여자 친구를 소개해주겠다며 메일 주소를 알려주었다.

그는 주말 동안 여행하러 온 것으로 스위스, 오스트리아, 독일이 국경을 이루고 있는 곳의 콘스탄츠라는 도시를 방문하고, 다음 날 저녁 돌아갈 예정이라고 했다. 콘스탄츠라는 도시가 낯설어 그곳에 가려는 이유를 묻자, 체코인이 존경하는 종교 지도자 얀 후스가 자신의 주장을 펼치기 위해 종교회의에 참석했다가 화형당한 도시라고 친절하게 설명해주었다. 얀 후스는 주어진 운명이 아니라 자기가 선택한 운명을 살았기에 많은 체코인이 존경한다는 설명도 덧붙였다. 그는 내가 얀 후스에 대해 한마디 거들자 그를 조상으로 둔 것을 어깨까지 들썩이며 자랑스레 이야기했다. 후스의 업적과 의의를 알려주고자 서투른 영어로 최대한 설명하려고 하는 그의 열정이 아름다웠다.

또 한 가지 알게 된 것은 프라하 구시가 광장에 세워져 있는 얀 후스의 동상 모습이 실제 얼굴을 본뜬 게 아니라는 것이다. 그의 초상화가 남겨져 있지 않아 체코인들이 생각하는 가장 성자다운 모습으로 동상을 조각한 것이라고 한다. 말하자면, 체코인들이 가장 닮고 싶은 인물상을 새겨 넣은 조각상인 것이다.

이와 더불어 이번 프라하 방문에 앞서 얀 후스에 대해 기본적인 공부를 했고, 그에 대해 보다 새로운 시각을 갖게 되었다.

세 명의 교황

왜 유럽의 종교 개혁자들은 교회의 몰락을 바랐을까?

교회가 부패했기 때문만이 아니라 종교가 아닌 다른 조직으로 변질되고 있었기 때문이다. 얀 후스 역시 이런 점을 안타까워했다. 교회의 궁극적인 권위는 성경이어야지 교회나 특정 인물이 될 수 없다는 것이 그의 생각이었다.

얀 후스는 영국 옥스퍼드 대학 교수인 위클리프John Wycliff, 1324~1384에게서 영향을 받았다. 위클리프는 성직자는 모든 세속적인 것과 관계를 끊고 신을 섬기는 일에만 전념하라고 설파했다. 1384년 위클리프가 세상을 떠나자 얀 후스는 프라하 대학에서 위클리프가 주장한 교회의 개혁을 강연했다. 그의 이런 행동에 교회의 고위 성직자들은 크게 노했다. 하지만 일반인들은 바로 지금이 변혁의 시기라는 점에 공감하고 있었다.

이런 분위기가 고조되자 보헤미아의 대주교는 1410년 위클리프의 사상이 담긴 책 200부를 날마다 불 속에 던져 태워버렸다. 진시황 때의 분서갱유이자 광해군 때의 사문난적과 같은 사건이었다. 어느 나라 어느 시대건 문화의 역류 현상이 존재할 수밖에 없는 걸까. 그러나 그런 탄압도 역사의 도도한 흐름은 막아 낼 수는 없었다. 그로부터 2년 후 얀 후스는 프라하 대학의 총장이 되어 이단의 이론을 더욱 소리 높여 되풀이했으니 말이다. 그는 다음과 같이 역설했다.

"지금 세 명의 교황이 제각기 그리스도교의 수장이라 주장하고 있다. 이것은 그들 모두가 결함이 있다는 가장 확실한 증거다."

어떻게 여러 명의 교황이 존재했을까? 교황청이 로마 바티칸에만 줄곧 존재했을 것으로 알고 있지만 실은 그렇지 않다. 한때 프랑스 남부 도시 아비뇽에도 교황청이 있었다. 이는 아비뇽에 교황을 잡아둔

프랑스 남부에 위치한 아비뇽 교황청. 이 교황청의 역사는 1309년 클레멘스 5세 때로 거슬러 올라간다. 프랑스 왕에 의해 정치적으로 교황이 로마 바티칸을 버리고 이곳에 머무르게 되어 아비뇽 유수라는 말을 낳은 곳이다.

사건으로 고대 유대인을 바빌론에 강제 이주시킨 바빌론 유수에 빗대어 아비뇽 유수 Avignonese Captivity라 부른다.

중세 프랑스 왕 필립 4세가 교황의 승인 없이 교회에 세금을 물리자 로마 교황과 프랑스 왕이 충돌했다. 교황과의 갈등 끝에 프랑스 왕이 승리하자, 프랑스는 아예 교황을 프랑스인으로 선출하고, 교황청을 로마에서 아비뇽으로 옮겨왔다. 이 교황청은 1309년부터 1377년까지 약 70년간을 존속했다. 그러나 1378년 로마에서 교황이 선출되자 프랑스도 이에 질세라 프랑스인을 교황으로 내세워 아비뇽의 교황청에 1417년까지 존속시켰다. 이런 혼란기에 가톨릭 세력은 서로 분열되기에 이르렀다. 1409년에는 이탈리아 피사에서도 알렉산드르 5세 Alexander V를 교황으로 옹립해 동시에 세 명의 교황이 존재하는 어처구니없는 일이 일어났다. 이때, 교회는 너도나도 세력화하여 죄지은 사람의 죄를 면제해준다는 명목으로 돈을 받고 면죄부를 팔고 있었다. 이런 상황을 얀 후스가 비판한 것이다.

당시 체코는 국가라기보다는 독일에 속한 영주국이나 다름없었다. 모든 기관의 고위직과 성직자는 독일에서 파견된 가톨릭 사람으로 채워져 자신들의 잇속만 채우기 급급했다. 심지어 미사에서 서민에게 빵만 제공할 뿐 포도주는 제공하지 않았다. 차별은 점점 심해졌다.

상황이 이러하자, 얀 후스는 로마 교황청의 반대에도 불구하고, 체코어로 된 성경을 출간하고 체코어로 미사를 드리며 민족의식을 고취하고자 했다. 많은 체코인이 그를 따랐고 평등한 종교의 자유와 개혁을 요구하는 주장은 점차 폭동으로 이어졌다. 자연스레 이 저항은 체코 국민주의운동의 성격을 띠게 되었다.

　이러한 운동에도 불구하고 얀 후스는 뜻을 이루지 못하고 콘스탄츠에서 열린 종교회의에서 1415년 7월 6일에 화형을 당했다. 공교롭게도 그날은 얀 후스의 생일이기도 했다.

　그를 따른 성직자들은 후스가 사망한 후 후스파를 태동시켰다. 프로테스탄트Protestant, 항의자란 말로 가톨릭에 대항한 신교도들을 지칭한다는 꾸준히 후스의 주장을 알리며 체코인들의 민족의식을 고양했다.

　1419년, 서민과 농민들의 지지를 얻은 후스파 신교도들과 귀족들은 시청으로 몰려가 종교의 자유를 요구하며 열세 명의 시의원들을 창문 밖으로 내던졌다. 이 사건은 15년간에 걸쳐 일어난 후스전쟁으로 이어졌는데, 끝내는 서민과 농민으로 이루어진 후스파가 승리했다.

2차 세계대전 당시 나치에 대한 체코인의 저항을 그린 영화 〈새벽의 7인〉의 무대가 되었던 체르닌 궁전. 현재는 외무부 부속 청사로 사용되며 맞은편에는 맑고 청아한 음색의 종이 있는 로레타 성당이 있다.

위 사건을 '1차 프라하 투척사건'이라 한다. 이후 신교도들의 요구가 받아들여져 약 200년 동안 서민들도 종교의 자유를 누리게 됐으며, 잠정적으로 신구파 간의 평화 시대를 맞게 되었다.

하지만 17세기에 또다시 가톨릭을 섬기는 합스부르크가의 구파가 신파의 권리를 가져가려고 했다. 이에 반발한 개혁파들은 1618년 프라하 성으로 몰려가 2차 투척사건을 일으켜 프라하 성에서 구파 공직자 두 명과 비서 한 명을 창문 밖으로 내던졌다. 2차 투척사건은 유럽 30년전쟁으로 이어졌다. 폭동을 진압하기 위해 신파와 구파가 싸우다 결국 유럽 전쟁으로 번진 것이다.

이때 아래로 내던져진 사람들은 창밖 15미터 아래 거름더미 위로 떨어져 상처 하나 입지 않았다고 하는데, 구파의 황제 측은 이 일을 가톨릭 천사의 힘으로 이들이 무사할 수 있었다고 주장하며, 이를 자신의 입지를 굳히는 데 이용했다.

여기서 흥미로운 점은 얀 네포무크 성인의 강물 투척사건을 비롯해 1차, 2차 투척사건 등 '사람을 집어던지는 사건'이 체코 역사의 중요한 분기점을 만들어왔다는 것이다.

20세기에도 체코가 1948년 구소련의 지배하에 종속되는 위성국이 되자, 당시 외무장관이었던 얀 마사리크가 체르닌 궁전 창문에서 뛰어내린 사건이 있었다. 당국은 자살로 발표했지만, 대중은 비밀경찰이 각료 중 유일한 반공주의자였던 그를 창문 밖으로 내던진 것으로 의심하고 있다.

여기서 체코인들의 굴레가 되었던 역사적 아이러니가 느껴진다.

체코인의 자유를 억압했던 오늘날의 공산주의 사상이 600년 전 얀 후스가 인간 평등과 자유를 추구하고자 재산을 공동 분배했던 일과 어느 점에서 일치한다는 게 역설적이지 않은가.

당시 프라하에 들어와 살고자 했던 개신교도들은 일정량의 재산을 다른 교인들에게 나누어 주어야만 했다. 마치 니체가 제기한 사상과 밀란 쿤데라가 '무거움'한번이 아닌 반복은 무거움이기에으로 해석한 '영원한 회귀'의 역설을 보는 것 같다. 인간의 자유와 평등에 근거한 후스의 사상과 파시즘에 철저히 물든 현대판 공산주의와는 엄청난 괴리가 있는데도 말이다.

이렇게 보면, 재산의 공동 분배 등의 사상을 주장했던 얀 후스를 최초의 공산주의자로 볼 수도 있지 않을까?

눈먼 시계공의 마지막 걸작

프라하에서 관광객이 가장 많이 모이는 장소 1위부터 3위는 구 시청사 벽에 매달린 천문시계탑, 카를교, 프라하 성 근처 카프카의 집이 있는 황금소로Zlatá Ulička, 黃金小路가 아닐까 싶다.

매시 정각이 가까워져 오면 구시가 시계탑 앞은 많은 사람으로 북적인다. 관광객을 안내해 온 가이드들은 각국의 언어로 "이 천문시계 오를로이는 당시 우주관이었던 천동설을 바탕으로 만들어진 것이기 때문에 땅을 중심으로 한 태양의 움직임을 볼 수 있게 되어 있어요"라고 열심히 설명한다.

그런데, 가장 많은 인파를 불러 모으면서도 허망함을 느끼게 하는 장소가 또 이곳이다. 정각을 알리는 종소리가 울리면 시계탑 창문이 열리면서 닭과 그리스도 열두 제자의 조각상들이 하나씩 나타났다가 사라진다. 말 그대로 눈 깜작할 사이인 20초 동안의 공연이라서 잠시만 한눈을 팔아도 오를로이Orloj 천문시계의 공연은 어느새 끝나버린다. 한껏 기대감에 부풀어 시계탑 앞에 모였는데, 이렇게 순식간에 공연이 끝나 버리나 하는 사람들의 표정이 재미있다. 아쉬움으로 미련을 못 버린 몇몇 사람들은 남아서 이미 닫혀 버린 창문과 시계를 계속 올려다보지만 문은 열리지 않는다. 날마다 매시간 이런 풍경이 되풀이된다.

프라하가 자랑하는 이 천문시계에 전설이 없을 수 없다. 이 시계의 역사는 1410년경으로 거슬러 올라간다. 이 시계는 프라하 대학의 수학 교수인 하누쉬Hanuš와 조수 미쿨라셰가 함께 만들었다. 완성된 시계가 시청사에 걸리자 그 아름다움에 매료된 다른 도시와 주변 국가들은 이 시계를 갖고 싶어 했다고 한다. 하누쉬에게 똑같은 시계 주문이 쇄도하기 시작하자, 시의회는 시계를 독점하고 싶은 마음에 똑같은 시계를 만들지 못하도록 하누쉬를 장님으로 만들어버렸다. 장님이 된 하누쉬는 죽기 전에 단 한 번이라도 자신이 만든 시계를 만져 보고 싶었다. 시의회의 동의를 얻어 부축을 받으며 시계탑에 오른 그는 손으로 시계를 더듬었다. 그 순간 시계가 작동을 멈췄다. 시계가 주인을 알아본 것일까? 그 후부터는 몇백 년 동안 누구도 이 시계를 다시 작동시킬 수 없었다고 한다. 움직이지 않던 시계가 다시 작동하기 시작한 것은 1860년

천문시계의 바깥 원의 파란색은 낮과 하늘을 검은 색은 밤과 달을 상징한다. 갈색은 땅, 새벽, 초저녁을 상징하며 안의 파란 작은 원은 태양, 달, 북극을 상징한다고 한다.

부터로 현재까지 쉼 없이 움직이고 있다는 이야기다.

오를로이의 짧은 공연에 아쉬움이 남는다면, 시계탑 오른쪽 모퉁이를 돌아가 보자. 모퉁이를 돌면 바로 아래쪽 마당에 스물일곱 개의 십자가와 1621 21 VI이라는 표식이 새겨져 있다. 2차 투척사건 때문에 일어난 신구파 간의 싸움에서 신교도 측이 패하자 구파인 황제 측이 신교도 측에게 그 책임을 물어 성직자와 시민 대표 등 스물일곱 명을 참살한 때를 나타낸 것이다.

여행객들이 무심코 밟고 지나가는 바닥에 새겨진 글씨와 십자가는 프라하 2차 투척사건으로 말미암은 희생자 27인을 기리는 표식이다. 1621년 6월 21일 하짓날에 이들은 참수되었다.

벽에는 참살당한 이들의 이름이 새겨진 명판이 걸려 있다. 사형을 집행한 날은 6월 21일인데, 이날을 택한 이유는 낮이 가장 긴 하짓날을 택해 시민으로 하여금 가장 오래도록 단죄된 머리 모습을 보게 하기 위함이었다고 한다.

이와 관련한 흔적이 또 있다. 구시가에서 프라하 성을 가려면 카를 다리를 건너 말라스트라나 소지구 광장을 지나 성에 올라야 한다. 이 광장을 중심으로 성 미쿨라셰 성당 구시가 광장에 있는 성 미쿨라셰 성당과 동명 맞

프라하 성 아래쪽인 소지구 성 미쿨라셰 성
당 맞은편에 있는 리히텐슈타인 궁전과 이
궁전 앞 보도 경계석 위의 기괴한 형상의
철 구조물. 앞서 말한 27인을 형상화한 것
으로 모두 다른 모습이다.

은편에 리히텐슈타인 궁전이 있다. 이 궁전 보도에 보행자 보호 장치처럼 보이는 특이한 스물일곱 개의 기둥이 서 있다. 그냥 스쳐 지나가기 쉬운 이 조각 기둥이 바로 1621년 6월 21일에 처형된 스물일곱 명을 상징하는 조각품이다.

여성을 위한 나라

구시가는 오래된 거리답게 고풍스럽고 아름다운 건물이 몰려 있다. 이 주변을 대충 돌아보더라도 고딕, 르네상스, 바로코 양식의 건축물이 한눈에 들어온다. 프라하를 건축 박물관이라 부르는 것은 바로 이런 이유에서다.

가장 두드러진 건물은 두 개의 첨탑을 가진 아름다운 틴 성모성당이다. 기도할 때 두 손을 모은 모습을 따서 만든, 고딕 양식의 탑을 가진 성당으로 두 개의 탑은 각각 아담과 이브를 상징한다. 아담 탑이 이브 탑보다 조금 높고 크게 지어져 있다. 뜨거운 오후가 되면 그늘을 만들어 이브 탑을 보호해 주기 위해서라고 한다. 체코가 여성들을 위한 나라라고 하는 이유를 이런 해석에서도 엿볼 수 있다.

이 성당에서 화약탑 Prašná Brána 으로 향하는 길이 첼레트나 거리 Celetná ulice 다. 프라하 성에서 화약탑까지 왕의 대관식 행렬이 지나는 길로 프라하에서 가장 오래된 길이다.

오래된 길이라면 전설 한두 개쯤은 있지 않을까? 아니나 다를까

구시가 광장의 상징이기도 한 틴(Týn) 성당. 이 성당 안에는 프라하에서 연구 활동을 해 온 덴마크 출신의 티코 브라헤(Tycho de Brahe, 1546~1601)의 묘석이 있다. 이 묘석 위에 새겨진 그의 오른쪽 뺨을 때리면 치통이 없어진다는 재미난 미신이 있어 언제나 방문자들의 손길로 바쁜 곳이다.

이 길은 비 오는 날이면 창녀 귀신이 남자들의 영혼을 빼앗기 위해 출몰하는 으스스한 길이란다. 남자들은 비 오는 날 행여 이 길을 지날 때 한눈을 팔면 안 될 듯싶다.

옛날에 틴 성당에 미남 신부가 있었다. 당시 첼레트나 거리에는 거리의 여자들이 많았는데, 그 중 한 여인이 이 꽃미남 신부에게 반한 것이다. 신부에게 마음을 뺏긴 여인은 열 일 제쳐놓고 날마다 이 거리에서 신부가 나타나기만을 기다렸다. 도가 지나친 이 여인 때문에 신부

프라하에는 성 미쿨라셰 성당이 세 군데 있다. 그 중 잘 알려진 곳은 구시가 광장의 이 성당과 소지구 광장에 있는 성당이다. 이 성당 옆으로 난 길이 파리거리이며 명품점들이 들어서 있어 명품거리로 통한다.

는 혼자서 성당 밖으로 나갈 수조차 없었다.

어느 비 오는 날이었다. 십자가를 성당 밖으로 옮겨야 했던 신부는 십자가를 등에 지고 힘겹게 밖으로 나왔고, 모처럼 신부를 본 여인은 반가운 나머지 신부를 향해 달려들었다. 놀란 신부는 등에 지고 있던 십자가를 그 여인 위로 떨어뜨렸고 여인은 심하게 다쳐 시름시름 앓다 죽었다. 그 후로 죽은 여인의 영혼이 비가 오는 날이면 남자들의 영혼을 훔치기 위해 첼레트나 거리에 나타난다고 한다. 옛날 사람들은 비 오는 날

이 길을 지나갈 때 뿌리려고 주머니에 소금을 넣고 다녔다고 한다.

이 길의 반대쪽 길은 파리 거리 Pařížská třída다. 1차 세계대전 후 합스부르크제국으로부터 체코 독립을 도와준 프랑스에 대한 답례로 1926년에 이름 붙여진 거리다. 이 거리에는 명품가게들이 즐비하고 카프카의 생가와 카프카 카페가 있다. 이 길의 또 다른 이름이 있는데 지난번 독일 여행에서 만났던 프라하 대학 학생인 바츨라프의 말을 빌면 프라하 시민들은 한 때 이 길을 김일성 거리라고도 불렀다고 한다. 김일성은 비행기 타는 것을 싫어해서 기차를 타고 프라하에 오곤 했는데, 시 당국이 그를 환영하고자 프라하 중앙역에서부터 이 길을 거쳐 구시가 광장까지 마스 게임을 벌이며 왔다고 해서 붙여진 별칭이었다.

첼레트나 거리 끝 부분에 세워져 있는 첨탑. 11세기에 구시가의 동쪽 출입문으로 세워졌으나 러시아와의 전쟁(1757년) 때 화약 보관소로 사용돼 화약탑이란 별칭이 생겼다.

3

프라하의 상징
프라하 성

프라하 성 Prazský Hrad의 관광은 흐라트차니 광장에서부터 시작된다. 그래서 이 광장은 늘 사람으로 붐빈다.

광장이 있는 성 안쪽에는 대통령 집무실이 있어 정문 앞에는 두 명의 근위병이 부동자세를 하고 근엄하게 서 있다. 현재 이들이 입고 있는 파스텔 색조의 제복은 세련되었지만, 예전에 입던 제복은 공산 체제의 냄새가 물씬 풍기는 복장이었다. 제복 디자인이 바뀐 이유는 영화 덕택이다.

체코 출신인 밀로스 포만 감독은 모차르트의 일생을 다룬 영화 〈아마데우스〉를 그가 망명해 버린 고향 프라하에서 찍고 싶었다. 우려와 달리 조국은 그를 따뜻하게 맞아 주었고 이 영화로 아카데미 일곱 개 부문에서 수상했다. 후에 프라하를 다시 방문한 포만 감독은 하벨 대통령에게 촌스러운 근위병 복장을 바꾸는 것이 어떻겠냐고 조언했

(左)현재 대통령 집무실이 있는 프라하 성 정문. 매시 정각이 되면 근위병 교대식이 행해지며 12시 정오의 교대식은 가장 화려해 작은 볼거리를 제공한다.
(右)체코국가 문장. 두 개의 꼬리를 가진 하얀 사자는 체코를, 파란색 바탕 위의 독수리는 모라비아를, 노란색 바탕 위의 독수리는 슐레지엔을 상징한다. 그 아래 라틴어 문구는 '진리가 승리한다'라는 뜻이다.

다. 공산 체제의 냄새를 없애자는 것이었다. 대통령은 포만의 의견이 받아들여 제복의 디자인을 영화의상 담당자에게 의뢰했다고 한다. 하지만, 제복 디자인이 바뀌었다고 과거 공산국가 시절의 흔적이 완전히 사라진 것 같지는 않다. 여전히 무표정한 근위병들의 표정을 보면 말이다. 하지만 관광객들은 이런 무표정한 모습에는 아랑곳하지 않고 이들을 모델로 기념사진을 찍느라 분주하기만 하다.

정문 앞에서는 매시간 위병 교대식이 열린다. 정오에 하는 교대식은 화려한 편이어서 관광객들에게는 좋은 볼거리다.

반듯하게 서 있는 이들의 머리 위에는 큰 조각상이 버티고 있다. 몽둥이를 들고 위협적인 자세로 사람을 내리치는 인물은 그리스 신화에 나오는 거인 타이탄의 형상이다. 오스트리아 합스부르크 왕가가 체코를 지배할 당시 그들의 힘을 과시하고자 세운 것이다. 밑에 깔려 고통받고 있는 사람은 체코인을 상징한다. 체코 사람들 처지에서는 치욕스러울 텐데도 왜 이 조각상을 철거하지 않는지 궁금했는데, 후대에 역사적인 교훈을 심어주기 위해 아프지만 고통인 역사의 흔적을 남겨놓은 것이라고 한다.

정문 윗부분을 치장한 화려한 금장식을 보면 T, M, J 세 개의 영문자가 숨은그림찾기처럼 세로로 겹쳐져 조각되어 있다. 이 글자는 마리아 테레지아Marie Teresie 여황제와 그의 아들 요제프 2세Josef Ⅱ를 의미하는 머리글자로 요제프 2세 때 세워졌다.

대통령궁 문 위에 걸려 있는 체코 문장을 보면 체코인들의 기질이 담긴 그림을 볼 수 있다. 문장에는 사자와 독수리가 각각 두 마리씩 그려져 있고 그 아래 '진리가 승리한다Pravda Vítězí'라는 문구가 쓰여 있다. 독수리는 합스부르크가의 상징이며 사자는 체코를 상징한다.

체코 사람들을 처음 만나면 근위병의 표정처럼 무뚝뚝하고 퉁명스러워 보인다. 수많은 전쟁으로 나라를 빼앗겼고, 독립해서도 오랫동안 공산국가 체제의 지배를 받아 온데다, 누구에게도 쉽게 정을 주지 않는 습관이 배어 있어서다. 하지만 조금만 더 자세히 체코 사람들의 내면을 들여다보면, 낭만적인 보헤미안 기질을 숨기고 있다는 걸 알게 된다.

이들은 음악과 시를 즐기며 살아가는 민족이다. 체코 속담에 '체코 사람이면 음악인'이라는 말이 있다. 체코 사람이라면 누구나 악기를 잘 다루며, 체코 사람은 음악을 즐기는 민족이라는 의미다. 한 예로 모차르트의 고향 잘츠부르크보다 모차르트의 음악과 오페라가 더 자주 공연되는 곳이 바로 프라하다.

체코는 인구에 비해 시집을 많이 출판하는, 시인이 가장 많은 나라 중 하나이기도 하다. 시인 사이페르트 Jaroslav Seifert는 1984년에 노벨문학상을 받았다. 희곡작가 출신인 바츨라프 하벨 같은 대통령을 두었던 것도 우연은 아닐 것이다.

때로 체코 사람들의 유연하고 낙천적인 기질을 굴욕적으로 바라보기도 한다. 2차 세계대전 때 전쟁하기를 포기하고, 나치에게 자신의 나라를 스스로 갖다 바쳤기 때문이다. 물론 그 덕택에 프라하와 중요 도시는 나치로부터 폭격을 당하지 않고 온전히 유지될 수 있었다.

하벨이 주도한 1989년 벨벳 혁명에서도 체코 사람들의 유연함을 발견할 수 있다. 피 한 방울 흘리지 않고 공산 체제에서 벗어나 평화 혁명을 이뤄내지 않았는가. 체코 사람들의 낙천적이고 유연한 기질은 '진리가 승리할 때까지 참고 기다리겠다'는 의지처럼 보이기까지 한다.

춤추는 자들의 수호성인

프라하 성에서 으뜸인 건축물은 단연 성 비트 Katedrála sv. Víta 성당이다. 이 성당은 926년 바츨라프가 원형으로 된 교회당을 처음 짓기 시작하여 현재의 모습을 갖춘 시기는 카를 4세 때인 1344년경이다. 이후에도 끊임없이 개축과 증축을 거듭하여 1929년에 최종 완공되었으니 무려

'춤추는 자들의 수호성인'인 이탈리아 출신의 성 비트를 기려 이름이 지어진 1000년 역사의
성 비트 성당.

체코에 가톨릭을 전파한 치릴과 메토디우스 성인의 일대기를 묘사한
아르누보 예술의 대가 알폰스 무하의 작품.

1000여 년에 걸쳐 완성된 건물인 셈이다. 오랜 시기를 두고 지어진 만큼, 건물에는 각 시기를 대표하는 로마네스크, 고딕, 르네상스, 바로코 등의 건축양식이 고스란히 반영되어 있다. 성 비트 성당을 프라하의 모든 건축양식을 담고 있는 건축 박물관이라 해도 과언이 아니다.

프라하 성은 세상에서 가장 큰 성으로 기네스북에 올라 있다. 성의 가장 위쪽에 있는 성당의 이름은 시칠리아 출신으로 순교한 성인^{聖人} 비트에서 따왔다. 성인 비트는 그가 순교하기 전 쇠고랑을 차고 걸어가는 모습이 마치 춤을 추는 듯하다고 하여 춤추는 자들의 수호성인^{守護聖人}으로 추앙된 인물이다. 또 간질병자와 폭풍우를 춤으로 가라앉힐 수 있는 능력을 가졌다 하여 그것들의 수호성인이기도 하다.

성 비트 성당이 유명한 이유는 아름다운 스테인드글라스도 한몫한다. 아름답기도 하지만 다른 고딕식 성당보다 스테인드글라스가 많이 설치되어 있는 것만으로도 놀랍다. 가장 인기 있는 스테인드글라스 그림은 체코가 자랑하는 아르누보의 대가 알폰소 무하의 〈성 치릴과 성 메토디우스〉이다. 알폰스 무하는 아르누보를 대표하는 화가로 체코 사람들이 가장 사랑하는 화가다. 영국 사람들이 셰익스피어를 자랑스러워하듯 체코인들은 무하를 아낀다.

성 치릴과 성 메토디우스 두 사람은 보헤미아에 처음으로 기독교를 전파한 선교사 형제다. 색의 마술사라는 명성을 지닌 무하의 작품답게 그의 작품은 색을 유리에 화려하게 수놓았다. 파란색은 과거를, 금색은 신화적 의미를, 빨간색은 미래를 상징한다.

무하의 작품들은 상당히 장식적이며, 마치 만화를 보는 듯하다. 비엔나 시절, 연극무대 장식을 담당하며 습득한 기법이다. 이런 상업적인 활동 때문에 일부 비평가들은 그의 작품을 두고 가벼운 상업적 그림이라고 비하하기도 한다. 그렇다손 치더라도 그가 아르누보에 끼친 파급력과 세세한 인물 묘사는 누구도 따를 수 없다. 디테일이 살아 있는 화려한 장식들, 젊고 건강하고 아름다운 여인, 물 흐르는 듯한 리듬의 머릿결 등은 누구도 모방할 수 없는 무하만의 독창적인 특징이다. 비록 퇴폐적인 작품들이 없지 않지만, 비엔나의 클림트나 에곤 실레의 그림과 마찬가지로 세기말을 전후한 당시의 시대적 조류로 본다면 그리 문제 될 것은 없다.

무하의 그림은 무엇보다 생동감 넘치는 인물의 표정 묘사로 극찬을 받는다. 또, 난해하지 않으며 비교적 쉬워 누구나 가까이하기 편하다는 게 큰 장점이다.

알폰스 무하는 체코 동쪽 모라비아에서 태어났다. 어렸을 때부터 노래 부르기, 그림 그리기 등 재주가 뛰어났던 그는 재능으로 끼니를 때우며 미술에 대한 열정을 키웠다. 그 후 비엔나로 건너가 얼마간 무대 배경을 그렸다. 그 시기에 무하는 어느 부유한 귀족의 눈에 띄었고, 그의 후원으로 뮌헨으로 건너가 정식 미술 공부를 시작했다.

무하는 뮌헨을 떠나 파리에서 미술 공부를 이어가며 잡지와 삽화를 출판하는 회사에서 보조로 일하게 된다. 그러다가 1894년 크리스마스 즈음, 그는 인생을 바꿔놓을 기회를 맞닥뜨린다. 파리 최고의 여배우 사라 베르나르 Sarah Bernhardt가 무하가 다니는 회사에 공연 포스터를 의뢰한 것이다. 직원 대부분은 크리스마스 휴가를 떠나 모두 자리를 비운 상태였고, 작업실을 지키고 있던 무하가 그녀의 공연 포스터 작업을 맡게 되었다. 그는 2주 안에 포스터를 완성해서 선보였고, 그의 그림은 파리 시민의 호응을 얻어냈다. 시내 곳곳에 붙은 그의 공연용 포스터는 기존의 포스터와 다름은 물론, 보기 편하면서도 매우 아름다워 파리지앵으로 하여금 열렬한 반응을 불러일으켰다. 사라 베르나르는 무하의 첫 작품을 매우 흡족해하며 그 자리에서 6년 전속 계약을 맺었다. 이러한 인기는 1900년 파리 만국박람회에서 최고조에 이르렀다. 세계 박람회의 내외부 디자인을 모두 그가 맡은 것이다.

　세계 박람회를 통해 그의 명성은 국외로 급속히 퍼져 나갔다. 그는 상업적으로 대단한 성공을 거두었다. 그러나 그럴수록 좌절감과 공허감이 더해 갔다. 일종의 괴리감이었다. 그가 진정으로 표현하고 싶은 것은 광고가 아니라 바로 조국 체코의 이야기였기 때문이다.

　1906년 정든 유럽을 떠나 미국으로 거처를 옮긴 그는 뉴욕 등지에서 강의하며 예술 활동을 이어가다 부호 찰스 크레인을 만났다. 무하는 크레인의 도움을 얻어 꿈에 그리던 조국 체코로 돌아온다. 이때부터 그의 작품은 더 이상 상업적 색채를 띠지 않고, 오로지 슬라브 민족에 초점을 맞춘다. 그리고 20여 년간에 걸쳐 온 힘을 기울인 끝에 〈슬라브 서사시〉를 완성하게 된다. 〈슬라브 서사시Slva Epic〉는 거대한 크기168x62cm로 체코와 슬라브 민족의 역사를 스무 개의 연작을 통해 풀어냈다. 아주 어릴 때부터 꿈꿔왔던 대 프로젝트의 결실이었다. 무하는 1928년에 〈슬라브 서사시〉를 프라하 시에 기증했다. 현재 성 비트 대성당에 걸려 있는 스테인드글라스가 바로 그것이다.

비트 성당의 자랑거리는 스테인드글라스뿐만이 아니다. 성당 정면 중앙에 있는 장미의 창 또한 빼놓을 수 없는 볼거리다. 이 유리창을 제작하기 위해 무려 2만 7천여 장의 색 유리가 사용됐다고 한다.

주제단의 오른쪽 옆에는 은으로 만들어진, 카를 다리의 수호성인인 성 얀 네포무크의 묘가 시선을 끈다. 은빛을 발하는 묘 위에 장식된 조각상은 천사들에 의해 천국으로 옮겨지는 승천을 묘사하고 있다. 어둠 속에서 불빛을 받아 은은하게 빛을 반사시키는 정교한 장식은 관람

객들의 눈을 사로잡을 만하다.

이 성당의 내부는 고딕양식의 전통과 관례를 깨뜨렸다는 평가를 받는 등 건축사적 의미도 지닌다. 둥근 천장에 있는 갈빗대 모양의 뼈대가 교차하는 새로운 디자인을 도입한 점이 그러하다. 성당 정문 안으로 들어서면 모든 시련을 이겨내고 살아남은 웅장한 기둥들과 난간들이 묵묵히 프라하의 신비로운 역사를 들려준다. 그 사이 스테인드글라스를 통해 스며드는 햇살의 오묘한 분위기는 관람자 자신의 존재마저 잊게 할 정도로 성스럽고 아름답다. 여러 실험적인 건축 기법을 선보인 기념비적인 체코인의 성당, 그들이 이 성당을 자랑스러워할 수밖에 없는 이유를 충분히 알 수 있었다.

친구와의 대화

성 비트 성당을 둘러보고 성당에서 북쪽으로 난 황금소로로 갔다. 이곳에 오니 옛날 추억을 떠올리지 않을 수 없었다.

대학 시절 독문학을 전공하는 친구가 있었다. 그는 무신론적 실존주의자인 사르트르Jean-Paul Sartre, 1905~1980와 카프카Franz Kafka, 1883~1924를 매우 좋아해 늘 한쪽 손에 카프카 소설을 들고 다녔다. 당시 그는 카프카에 정통한 교수님을 따르며 매우 흠모했기에 자신도 미래에 카프카 전문가가 되겠다고 했었다.

이때까지 나는 카프카를 독일인으로 알고 있을 정도로 그에 대해

무지했다. 문학적 소양이 풍부한 친구가 부러울 수밖에 없었다. 그와 많은 대화를 나누고 싶어 종종 그를 만났다. 그는 고려대 학생이었는데, 고려대에서부터 한강 건너 그가 사는 흑석동까지 카프카 문학에 대해 이런저런 이야기를 나누며 걷곤 했다. 이때 그에게서 많은 문학적 감성을 배울 수 있었다. 아마 내가 책을 통해 알게 된 카프카에 관한 지식보다 그때의 대화가 더 많은 것을 알게 해주지 않았나 싶다.

그 시절만 해도 체코와 슬로바키아가 분리되기 이전이었고 체코가 공산국가인 관계로 국내에는 알려진 것들이 별로 없었다. 이런 조건에서도 그는 어디서 구했는지 프라하 사진과 정보 등을 꽤 많이 가지고 있었다. 게다가 그때 상황으로는 거의 불가능한 것으로 여겨지던 프라하 방문 의지를 내비치기까지 했다. 졸업 후 그 친구와 소식이 끊겨 그가 프라하를 방문했는지를 알 수 없지만, 전해 듣기로는 대학 졸업 후 다시 신학 공부를 했다고 한다. 그리고 아프리카 어느 도시로 목회 일을 위해 떠났다는 소식을 들었을 뿐이다. 이때 친구와 무신론과 유신론적 실존주의에 관해 나눈 대화가 지금도 생생하다.

지금은 성벽 쪽에 열다섯 채의 건물만 남아 있는 황금소로의 주택들. 파란색의 22번지가 카프카의 누이동생 오틀라의 집으로 카프카가 잠시 작업실로 사용했던 집이다.

중세시대의 각종 투구와 무기들이 전시되어 있는 2층 입구 쪽의 카프카 카페.

파스텔 톤의 뒷골목, 황금소로

이런 추억 때문에 카프카가 살았던 프라하와 그의 흔적이 밴 이 장소가 꽤 남다르게 느껴졌다. 그러나 이 장소가 세상에서 가장 비싼 통행료를 내야 한다는 사실에 프라하가 너무 빨리 자본주의의 속물적 행태를 답습하고 있다는 생각이 들어 씁쓸했다. 카프카는 1916년 11월부터 1917년 5월까지 6개월 동안 이곳 22번지 집에 머무르며 글을 썼다. 겉으로 볼 때는 보잘것없는 이 골목이 단지 그 이유만으로 비싼 통행료를 받고 있으니 하는 말이다.

하지만 낡고 오래되고 얼마간의 상처를 안고 있는 이 길을 걸으며 그만큼 속 깊은 이야기를 느낄 수 있어 사랑하는 마음도 생겨났다. 아니 사랑할 수밖에 없었다고 하는 편이 낫겠다.

황금소로라 이름 붙여진 이유는 옛날 왕실에 납품할 물품을 다루는 금은 세공사들이 모여 살았기 때문이다. 카프카가 이곳에 머물게 된 것은 그의 막내 여동생 오틀라의 권유 때문이었다. 카프카의 일기를 보면 이런 구절이 나온다.

나는 글을 쓰고 싶은데 내 머릿속에는 끊임없는 떨림만이 있다. 나는 이 집안 소음의 중심지인 내 방 안에 앉아 있다. 문이 여기저기서 꽝꽝거리며 여닫히고, 아버지는 내 방문을 고장 내고는 목욕옷을 질질 끌면서 나간다. 발리카프카의 누이동생는 응접실에서 아버지에게 양치질을 했는가 묻기 위해, 마치 길거리라도 되는 듯 커다란 소리로 외친다. 현관문은 기관지염을 앓은 듯 소음을 낸다. 그리고 마침내 아버지가 사라지면 이번에는 보다 연약하면서 쓸모없는 두 마리의 카나리아앵무새가 나를 감시한다.

글을 쓰는 데 집중할 수 없는 집안 분위기를 말하고 있다. 그 무렵 그는 약혼녀와 결혼해 살기 위한 셋방을 구한 상태였다. 하지만 애석하게도 그는 파혼하고 말았다.

이 집은 그가 가족을 떠나 처음으로 얻은 자유와 독립의 공간이었다. 그러나 그 자유도 나무 계단의 삐걱거리는 소리와 주변 상황 때문에 오래가지 못했다. 카프카는 도무지 정신을 집중할 수 없다고 동생에게 털어놓았다. 그러자 막내 여동생은 자신이 사는 황금소로 22번지의 위층 다락방을 카프카에게 내주었다.

바로 이 집에서 카프카는 〈학술원에 드리는 보고〉를 썼다 이 작품이 고 ㈜ 추송웅의 모노드라마로 유명한 〈빨간 피터의 고백〉의 원작. 고 추송웅은 배우 추상미의 아버지다. 어느 책에서는 이곳에서 프라하 성을 모델로《성城》을 집필했다고 써 놓았는데 그것은 시대적으로도 잘못된 내용이다.

카프카는 아버지의 완고하고 폭력적인 행동 때문에 심적으로 심하게 상처받았음을 일기에 수차례 쓰고 있다. 〈아버지에게 보내는 편지〉에서는 노골적으로 자신은 아버지가 아닌 어머니를 닮았음을 고백한다. 이러한 소심한 성격은 그의 작품 대부분에 속속들이 녹아 있는데, 그의 대표작이라 할 수 있는 〈변신〉에서도 이러한 경향을 엿볼 수 있다.

벌레로 변한 뒤에도 직장일과 가족을 걱정해야 하는 주인공의 모습은 현대사회를 살고 있는 우리 모습이다. 〈변신〉은 이기적인 개인들의 욕망으로 인해 가족을 비롯해 개개인이 돌아갈 공간이 점차 사라지

미누트 하우스란 이름의 이 집에서 카프카 가족들이 살았으며 벽에 새겨진 문양은 르네상스 양
식의 즈그라피토(Sgrafito) 장식이다.

고 있음을 드러내는 소설이다.

카프카는 유대인으로 당시 프라하의 사회적, 정신적 상층계급이었던 독일인 사회로의 진입을 위해 독일어 학교를 다닌 독일 문화 수용자였다. 종교적으로는 유대교나 기독교 어디에도 속하지 않았으나 일반적인 유대 풍습을 배제하지는 않았다. 히브리어는 말년에 배우기 시작했으며, 체코어는 현지어라서 알고는 있었으나 어디까지나 카프카의 언어는 독일어였다. 이렇게 경계인으로 살게 된 그의 삶 때문에 체코 사람들은 민족적인 측면에서 그를 과소평가하는지도 모르겠다.

야망의 궁전, 발렌슈타인

말로스트란스카Malostranská 지하철역을 나와 좁은 길인 발렌슈타인스카 거리를 따라 프라하 성 쪽으로 오르다 보면 벨기에, 폴란드 대사관 등 아름다운 건물이 늘어서 있다. 이 거리에 발렌슈타인 궁전Valdštejnský palác과 그에 딸린 아름다운 정원이 있다. 프라하 성 아래쪽에 자리 잡고 있으며 현재 체코 상원으로 사용되는 건물인데 일부는 박물관으로 일반인에게 공개하고 있다.

베토벤의 영원한 사랑을 그린 영화 〈불멸의 연인〉을 보다가 익숙한 저택이 눈에 들어와 반가웠다. 영화에서 베토벤이 줄리아줄리에타 귀차르디에게 피아노 교습을 하던 건물이다. 베토벤이 귀가 먼 것을 알지 못하는 줄리아가 건성으로 앉아 있는 베토벤에게 투정을 부린다. 그녀를

(上)현재 체코 상원에서 사용하고 있는 프라하 성에서 가장 아름다운 발렌슈타인 궁전과 정원.
(下)기괴한 모습의 벽면은 포도송이를 형상화한 것으로 여름철에 그 사이로 물을 흘려보내 냉
방장치의 역할을 했다고 한다.

달랜 후 베토벤은 그녀와 함께 마차를 타기 위해 저택 정원을 지난다. 이때 〈영웅 교향곡〉이 흘러나온다. 이 장면의 배경이 되는 저택이 바로 발렌슈타인 궁전이다.

베토벤은 궁전 정원을 지나다 귀족들 사이를 일부러 밀치고 지나간다. 곧 귀족들이 몰락할 것이라고 소리치면서 말이다. 공화주의자인 베토벤이 프랑스 대혁명을 지지해 작곡한 〈영웅 교향곡〉의 의미를 살리기 위해 설정된 장면으로 보인다. 〈영웅 교향곡〉은 평민 출신 나폴레옹이 한때 공화정을 이끌며 귀족 계급을 타파한 것에 대한 존경의 마음으로 베토벤이 그에게 헌정하기 위해 만든 곡이다. 그러나 나폴레옹은 정권을 잡은 후 스스로 황제에 올랐고, 베토벤은 원래의 마음을 거두었다. 귀족제도에 대해 반감이 있던 평민 출신 베토벤의 의지가 돋보이는 장면이 아닌가 싶다. 영화도 이런 사실들을 이해하며 보면 훨씬 재미있게 즐길 수 있다. 모든 지적 추구가 그러하듯 예술도 아는 만큼 보이는 것이다.

발렌슈타인 궁전은 프라하 최초의 바로코 양식의 건물로 17세기 초반에 건설되었다. 아름답기도 하거니와 잘 정돈된 정원 때문에 여행자들의 발걸음을 멈추게 하는 휴식처로써 더할 나위 없다.

이 궁전의 주인은 독일 출신의 발렌슈타인 백작이다. 그는 새로 부임한 가톨릭교도인 보헤미아 왕 페르디난트 2세를 도와 프라하 성 2차 투척사건으로 발생한 신교도들의 반란을 진압한 장수다. 그는 이 전쟁을 승리로 이끈 후 확고한 입지를 다졌다. 오늘날의 체코는 서쪽으로는 보헤미아, 동쪽으로는 모라비아의 왕국이 합쳐져 만들어진 국가다.

발렌슈타인은 일찍이 부모를 여의고 독일에서 숙부의 손에 의해 키워졌다. 그는 어릴 때부터 야심이 많은 소년이었다. 이 야심가는 성장해 그의 뜻을 펼치기 위해 모라비아의 거대한 영지를 가진 나이 든 과부와 결혼하는 것도 마다하지 않았다. 늙은 아내가 일찍 죽자 상속받은 아내의 돈으로 용병을 키웠다. 때마침 새로 부임한 보헤미아 왕 페르디난트 2세는 신교도들이 일으킨 전쟁에 투입할 군사가 필요했다. 이런 기회를 놓칠 리 없는 발렌슈타인은 자신의 개인 병사를 용병으로 제공하겠다고 왕에게 제안했다. 군사가 필요한 왕은 발렌슈타인의 제안을 반기며 그를 총사령관에 임명했고, 그는 잘 훈련된 군사를 지휘해 전쟁을 승리로 이끌었다.

이때 발렌슈타인은 아예 신교도들의 재산을 몰수하여 그 싹을 자르려 했다. 그때 몰수한 재산으로 그의 부는 더욱 탄탄해졌다. 앞서 말한 구시가 광장에서 참수한 스물일곱 명의 신교도들의 집행도 그의 작품이었다. 발렌슈타인 백작은 부와 권력을 거머쥐었지만 이에 그치지 않고 보헤미아 왕까지 넘보기 시작했다. 이 궁전도 프라하 성의 권위를 실추시키고 자신의 힘을 과시하기 위해 화려하게 지은 것이다. 궁전이 지어진 사연은 그리 아름답지 않지만 궁전의 자태만큼은 프라하 성 내에서 가장 빼어나다. 하지만 그의 야심을 눈치챈 사람이 있었으니, 바로 보헤미아의 왕이자 신성로마제국의 황제에 오른 페르디난트 2세였다. 결국, 발렌슈타인은 황제 군의 유인에 말려들어 황제가 보낸 암살자의 도끼창에 맞아 죽는다.

그 후 야심가 발렌슈타인의 일생을 주제로 독일 작가 실러 Friedrich

Schiller는 희곡 《발렌슈타인》을 작품으로 써 주목받았고, 체코 음악의 아버지 스메타나 Bedřich Smetana는 교향시 〈발렌슈타인 캠프〉를 남겼다. 베토벤이 발렌슈타인 백작에게 헌정한 〈피아노 소나타 21번〉의 부제도 '발렌슈타인'인데, 이 인물은 이 궁전의 주인인 알프레이트 본 발렌슈타인 Albercht von Wallenstein과 다른 사람이다. 베토벤의 후원자였던 백작 이름은 페르디난트 발렌슈타인 Ferdinand Wallenstein으로 베토벤의 빈 초기 시절부터 베토벤을 후원한 사람이다.

발렌슈타인 궁전 본관 홀 천장에는 백작 자신을 로마 신화에 나오는 군신 마르스에 비유해 '승리의 전차'를 탄 모습의 프레스코화로 장식해 놓았다. 그의 야심이 드러나는 대목이다. 또 정원 한쪽에는 얼핏 보면 해골들을 묶어 걸어 놓은 듯 괴기한 모습의 벽이 있다. 가까이 가 보면 포도송이 모습을 본떠서 만든 것이다. 여름에는 그 사이로 물을 흘러내리게 해서 냉방장치 기능을 겸하고 있다.

억척어멈이 남긴 교훈

몇 해 전이었다. 은행잎이 노랗게 물들기 시작할 무렵, 동숭동 마로니에 공원을 걷고 있었다. 낯익은 얼굴이 다가와 반갑게 인사를 했다. 옛날 제자였다. 인근에 있는 월간 잡지사에서 기자로 일한다고 했다. 얼마 후 이 제자가 연극표 두 장을 보내려고 하니 주소 좀 알려달라며 전화를 했다. 연극 평론을 부탁한다는 것이다. "연극평론가들도 많은데,

왜 하필……"이라며 말끝을 흐리자 재차 간곡히 부탁을 해왔다. 대학 재학시절 내게 영미 희곡 수업을 들은 인연도 있고, 옛 스승의 글을 잡지에 싣고 싶었나 보다 생각해 청탁을 수락했다. 연극은 독일 작가 브레히트의 희곡《억척어멈과 자식들》로, 우리식으로 약간 번안하여 올린 연극이었다.

갑자기 연극 공연 이야기를 하는 이유는 이 작품이 프라하 2차 투척사건으로 일어나 유럽을 황폐하게 한 30년전쟁 1618년~1648년을 시대 배경으로 삼고 있기 때문이다. 나비효과라고 하는 물리적 현상처럼 프라하 성에서 일어난 단순한 인간투척 사건이 유럽의 인구의 3분의 1을 죽음으로 몰아넣은 전쟁으로 이어진 것이다.

인류의 역사를 전쟁의 역사라고 말해도 틀리지 않을 것이다. 그런데 어느 시대 어느 곳에서 일어난 전쟁도 실제 속을 들여다보면 공통으로 돈이 걸려 있다. 원시시대 전쟁이건 오늘날의 아프가니스탄 전쟁이건 그 중심에는 모두 돈 문제가 있다.

이 작품은 제로섬 게임인 전쟁이 이데올로기 다툼만이 아니라는 것을 작품을 통해 고발하고 있다. 매년 연극 무대에 단골로 오르는 작품이니 간단히 언급하는 것도 좋을 듯싶다.

주인공 억척어멈은 각기 다른 성을 가진 두 아들과 딸을 키우기 위해 별명처럼 억척스레 일한다. 그녀는 포화를 뚫고 전쟁 군인들을 따라다니며 빵과 음식을 파는 종군 행상이다. 어느 날, 빵과 셔츠, 총알 등을 실은 그녀의 마차가 신병을 모집하러 거리로 나온 장교와 부사관에게 걸려 검열을 당한다. 배고픈 아이들을 위해 어떤 고난과 위험도 맞설 수

보헤미아의 대법관의 방으로 프라하 2차 투척사건이 일어났던 장소다. 위 창문에서 가톨릭 측
백작 두 명과 한 명의 비서가 내던져졌다.

있는 게 바로 억척어멈. 억척어멈은 몇 번의 위기를 넘겨낸다.

어느 날 신병을 모집하러 나온 모병관의 꼬임에 큰아들이 넘어간다. 억척어멈은 군인은 되지 말라며 기를 쓰고 반대를 했지만, 아들은 전쟁터로 향했고 결국 비뚤어진 전쟁 영웅이 되어 죽음을 맞는다. 여기서 아이러니한 것은 아들이 군인으로 나간 대가로 돈을 받아 챙기는 억척어멈의 모습이다. 아들의 죽음에 억척어멈은 잠시 놀란듯하지만, 그 순간에도 아들의 죽음의 대가인 전쟁에서 번 돈을 챙기기에 바쁘다.

둘째 아들 역시 부대의 출납 장부를 담당하다 적에게 잡혀 잔인한 죽임을 당할 위기에 처하게 된다. 억척어멈은 아들을 끌고 와 "이 사람을 아느냐"고 묻는 이에게 굳은 얼굴로 아들을 모르는 척한다. 아들의 목숨을 담보로 돈과 흥정을 하는 비정한 일도 마다하지 않는 이중적인 여인인 것이다. 막내딸이 죽었을 때도 딸아이의 장례식도 치르지 않고 돈을 벌기 위해 발길을 전쟁터로 옮긴다. 그녀의 행동에 분노가 일지만, 어떤 면에서 동정심도 느껴진다.

《억척어멈과 자식들》은 전쟁에서 자식들을 다 잃어 전쟁에 분노하면서도 자신의 생계를 위해 전쟁이 계속되기를 바라는 인간의 이중적인 마음을 그렸다. 억척어멈을 통해 인간의 본능을 드러낸다. 이 작품은 희망인 아들과 딸이 죽었음에도 여전히 마차를 끌고 전쟁터로 향하는 억척어멈을 통해 모순된 인간상을 고발하고 있는 동시에 성공을 위해서라면 타인의 희생을 아랑곳하지 않는 자본주의적 사회질서를 비판한다. 유럽 30년전쟁의 모습이 바로 이런 것이었음을 말해 주고 싶다.

프라하의 몽환적인 이미지를 가장 잘 구현하고 있는 거리가 아마 네루도바 거리 Nerudova Ulice가 아닐까 싶다. 아무 생각 없이 여유를 부리며 걷기에 안성맞춤인 장소다.

구시가에 이어서 프라하에서 두 번째로 오래된 이 지역은 모퉁이 하나를 돌 때에도 옛 프라하의 소박한 삶을 느낄 수 있다. 반들반들하게 닳은 네모진 돌들이 촘촘히 박힌 길 한쪽으로는 바로크 양식의 멋진 건물들이 늘어서 있다. 과거에 번지조차 부여받지 못한 집들은 각각 자신의 집을 상징하는 상징물로 번지를 대신했다. 바이올린 세 개가 걸려 있는 집이 있는가 하면 백조, 붉은 양, 녹색 가재, 금잔, 황금열쇠 등 각각 어떤 집임을 알려주는 상징물을 벽에 새겨두고 있다. 아마 장인들이 자신이 만든 물건을 팔던 가게였던 것 같다. 1857년까지 이 거리에는 주소가 부여되지 않아서 글을 모르는 사람들이 이런 그림을 보고 집을 구별했다고 한다.

네루도바 거리는 프라하 성의 흐라트차니 광장에서 성 미쿨라셰 교회가 있는 소지구 광장으로 이어지는 길이다. 1850년대의 낭만파 시인이자 언론인인 얀 네루다 Jan Neruda, 1834~1891가 47번지에 살았던 곳으로, 그의 이름을 따 거리 이름을 만들었다. 낭만적인 이 거리를 걷다 보면 두 개의 태양이 그려져 있는 집이 나오는데, 이곳이 네루다가 살던 집이다.

마치 동화책을 보는 듯한, 수수하면서도 화려함이 깃든 길을 걸어

47번지 두 개의 태양 문양이 새겨진 집이
네루다의 집.

체코의 낭만주의 시인 네루가 살던 이 거리에는 붉은 양, 3개의 바이올린, 황금열쇠, 바다가재
등 집집마다 그 집을 상징하는 심벌이나 문장을 문 앞에 매달아 놓고 있다.

성 쪽을 향한 계단을 오르고 있었다. 엄마와 딸 사이로 보이는 한국 여성 둘이 내 앞을 지나갔다. 주고받는 말을 얼핏 들으니 드라마 〈프라하의 연인〉에서 전도연이 살던 언덕 계단 쪽의 집을 찾고 있는 모양이었다. 그들을 지나쳐 모퉁이를 돌아 막 계단에 올라섰는데 이십 대 초반의 대학생으로 보이는 또 한 명의 한국 여성이 한쪽 벽에 기댄 채 훌쩍이고 있었다. 프라하가 관광도시로 주목을 받으면서 이웃 동유럽 나라에서 흘러들어온 불법 체류자들이 소매치기 행각을 많이 벌인다는 소문을 익히 들었던 바였다. 소매치기를 당한 것 같아 뭔가 도움을 줄 수 있지 않을까 해서 무슨 일인지 물었다. 별일 아니라고 하기에 지나쳐왔는데, 나중에 숙소에 돌아와 보니 그 학생도 나와 같은 집에 머물고 있었다.

낮에 있던 일의 자초지종을 들을 수 있었다. 지하철을 탈 때 구매한 표를 개찰기에 넣어 펀칭해야 하는데 모르고 그냥 지나쳤다는 것이다. 우리나라와 다른 방식으로 운영되는 것을 간과한 것이다. 그녀가 지하철 개찰을 막 했는데, 제복을 입은 남자 검표원 서너 명이 자신을 불러 세우고는 고압적으로 뭐라고 하는데 도무지 의사소통이 되지 않더란다. 체코는 공공기관에서 일하는 젊은 사람일지라도 영어로 거의 소통이 안 된다. 현지어를 모르면 난관에 봉착했을 때 그야말로 속수무책이다. 그녀도 영어로 의사소통을 할 수 없었고, 승강이를 벌이다 검표원이 종이에 500Kc라는 글씨를 써서 보여주기에 돈을 내라는 것으로 이해해 500코룬의 벌금을 물고 새 표를 받았다는 것이다. 비록 자신이 저지른 실수이지만 돈의 액수보다도 타지에서의 자신의 처지가 너무 초라하게 느껴져 길을 걸으면서도 눈물이 자꾸 나더라는 것이다.

여행을 하다 보면 이보다 심한 일들도 겪게 된다. 어떤 인생에도 뜻하지 않은 먹구름이 끼게 마련이니까. 문득 탈무드에 나오는 말이 생각났다. '돈은 빼앗길 수 있지만 지식은 빼앗기지 않는다.' 그렇다. 그녀는 비록 벌금으로 돈은 빼앗겼지만 프라하에서의 그 추억만은 오래도록 함께 할 것이다.

학생에게 가했을 검표원의 행동이 짐작되고도 남았다. 공산 체제에서 벗어난 지 이십 년의 세월이 흘렀지만, 아직도 체코 공무원들의 권위의식과 불친절, 복지부동의 자세는 세계에서 둘째가라면 서러울 정도다. 공적인 일로 공무원들과 접촉해야 할 땐 정말 피 터지는 전쟁을 각오해야 한다. 당연히 피를 흘리는 건 내 쪽이다. 일반 체코 국민도 공무원들의 권위주의 앞에서는 잘 길든 순한 양이 되어 복종의 자세를 취하고 만다. 공산주의 시절 의사표현을 억압받고, 서로 감시하며 살아와서인지 일반인들은 자신의 개인적 의사표현을 극도로 자제한다. 그리고 그것을 너무나 당연한 것으로 받아들인다. 그들이 자신의 권리의식을 되찾기까지는 앞으로도 많은 시간이 필요할 것 같다.

4

프라하는 카프카다

프라하는 카프카다

프라하에는 카프카를 추억할 수 있는 장소가 무려 서른여덟 곳이나 된
다. 누구도 이렇게 많은 자취를 프라하에 남긴 인물은 없다. '프라하는
카프카'라는 말이 과장이 아니다. 이를 증명이라도 하듯 카프카의 흔
적만을 따라 관광하는 코스가 생겼을 정도다.

메릴린 벤더Marylin Bender의 《Franz Kafka's Prague》나 헤럴드 셀펠네르Herald Salfellner가 쓴 《프란츠 카프카와 프라하Franz Kafka and Prague》와 같은 책이 카프카와 관련된 장소를 소개하는 안내서다. 이 책이 아니더라도 프라하 관광 안내소에 가면 이와 비슷한 관광 안내 책자를 무료로 구할 수 있다.

카프카는 1883년 7월 3일 구시가 광장 모퉁이 집에서 태어났다. 당시의 건물은 철거되고 지금은 회색 대문만 남아 있다. 그의 집 벽에는 카프카 얼굴 부조가 걸려 있어 쉽게 그의 생가임을 알 수 있다. 이 부조는 공산 체제하에 있던 1965년에 내걸렸는데, 공산 정권이 그를 퇴폐적 허무주의자에서 자본주의적 소외에 대한 혁명적 비판가로 재평가한 후 생긴 일이다. 그러나 이 부조는 1968년 '프라하의 봄'이라 불리는 시위가 소련의 탱크에 의해 저지된 때에 철거되었다가 1989년 벨벳 혁명 이후 다시 제자리를 찾았다. 현재 1층은 카프카 기념관 역할을 하고 있는데, 카프카 생전의 사진과 책들이 전시되어 있다. 카프카의 흔적이 묻어 있는 프라하의 서른여덟 곳을 소개하는 영상물도 볼 수 있다. 그러나 실상은 기념품 가게에 더 가까워서 카프카의 자취를 깊이 알아보고 싶다면 카프카 박물관에 가는 편이 좋다.

생가에서 모퉁이를 돌면 바로 유대인 거주 지역인 게토ghetto와 경계를 짓고 있다. 그를 지칭하는 또 다른 수식어 경계인이라는 말이 이런 공간에도 적용되고 있는 것 같아 신기하다. 이곳에는 카프카 동상이 있다. 벨벳 혁명 이후 야로슬라프 로나Jaroslav Rona라는 체코 작가가 제작한 4미터가량 되는 동상이다. 머리 없이 걸어가고 있는 거인의 어

카프카 동상.

깨 위에 카프카가 앉아 있는 모습이다. 카프카의 작품 중 〈어느 투쟁의 기술〉에서 영감을 받아 제작한 것이라 한다. 동상 아래에는 카프카 하면 예의 떠오르는 벌레가 타일로 모자이크 되어 있다.

카프카의 여인들

한번쯤 작가를 꿈꿨던 사람치고 카프카의 소설을 탐독하지 않은 사람은 없을 것이다. 카프카의 작품은 세상에서 가장 많이 번역된 책에 속하며, 그에 대한 논문은 세계적으로 이미 수만 권이 넘는다. 하지만 그의 작품이 생전에도 인기 있었던 건 아니다. 생전에는 거의 팔리지 않는 인기 없는 소설일 뿐이었다. 카프카는 일기에 처음 출판한 소설 〈관찰〉이 초판 800부를 찍었지만 열한 부만 팔렸다고 적기도 했다. 혜안을 가진 카프카의 친구이자 문인인 막스 브로트 Max Brod, 1884~1968가 카프카의 유언을 그대로 지켰더라면 세상에 카프카라는 이름은 알려지지 않았을지도 모를 일이다.

카프카는 임종 직전에 브로트에게 그의 원고를 모두 소각해 달라고 부탁했다. 브로트는 카프카가 죽은 후 고민을 거듭했고, '친구, 미안하네, 나는 자네 부탁을 들어줄 수 없네'라는 말로 미안함을 전하며 원고를 간추려 출판했다.

그의 소설이 난해한 건 사실이다. 그래서 사람들은 카프카를 기이한 작가라고 한다. 〈변신〉, 《성》, 《소송》 같은 작품을 보면 어떠한 일이

카프카 박물관. 카프카를 상징하는 K와 오줌 누는 동상이 박물관만큼이나 인상적이다. 오줌을 눌 때마다 동상의 엉덩이가 들썩인다.

왜 일어났는지 어떤 합리적인 원인이나 이유가 없다. 이해할만한 결말도 없다. 미로 안을 헤매듯 절망적이거나 단단히 꼬인 실타래처럼 풀리지 않는 불분명한 사건들이 반복될 뿐이다.

카프카는 우리 인간이 부조리하고 불합리한 운명의 거대한 힘으로 조명되는 불안한 존재라는 것을 간파했다. 그는 존재의 실존적 체험이 바로 삶이라고 말한다.

한때 나도 밤을 새우며, 중독된 듯 그의 소설에 빠진 적이 있다. 정서는 고갈되고 글 샘조차 말라버려 단 한 줄의 글조차 쓸 수 없는 때였다. 그때 읽은 카프카의 난해한 소설은 오히려 마음의 안정을 가져다

주었다. 나의 존재를 다시금 되새기는 기회를 얻게 했다.

카프카가 내게 이런 존재였기에 프라하에 온 만큼 그의 자취를 조금이라도 더 느껴보고 싶었다. 그래서 황금소로를 거쳐 카를교 쪽에 있는 카프카 박물관으로 발길을 재촉했다.

박물관 마당에는 카프카 이름의 첫 글자인 K와 오줌 누는 조각상이 세워져 있다. 박물관 안에 들어서자 소설 초판본과 사진, 편지 등이 전시되어 있었다. 박물관 내부는 마치 설치미술을 보는 것처럼 독특하게 꾸며져 있는데, 카프카 연인들의 부스가 각자 따로 구분되어 있었다.

어느 작품이나 남녀 주인공이 등장한다. 그러나 카프카의 작품에 나타나는 여인들은 남다르다. 카프카 소설의 여인은 직접이든 간접이든 소설 속의 주인공들과 관계를 맺고 있다. 주인공이 그녀들에게 의도적으로 접근하기도 하고, 여인들이 주인공을 유혹하기도 한다. 그런데 어느 경우에건 그들의 관계는 파멸로 끝나고 만다. 이것이 우연이기만 할까? 사실, 카프카의 여자관계가 실제로 그랬다. 아마도 카프카 박물관은 이런 사실을 의식하고 여인별로 장소를 따로 마련해 놓은 것은 아닐까?

카프카는 여러 여인과 교제를 했지만 세 명의 여인과의 교제가 특히 두드러졌다. 그 중 첫 여인과는 세 번의 약혼과 파혼을 거듭했다. 카프카의 이러한 경력은 그가 결혼 문제를 무척이나 고민했던 사람임을 보여준다. 그의 일기를 보면 결혼을 앞두고 매우 고민하는 것을 볼 수 있는데, 특히 약혼이나 파혼을 전후하여 그 고뇌가 극에 달했다. 이러지도 못하고 저러지도 못하는 카프카의 우유부단한 성격은 일곱 명의 여인과 결혼 생활을 하며 각 여인을 예술로 승화시킨 피카소와 대조된다.

카프카는 펠리체 바우어 Felice Bauer와 1914년에서 1917년 사이에 세 번 약혼하고 파혼했다.

카프카는 1912년 8월 13일, 친구 브로트의 집에서 베를린에서 프라하를 방문한 스물여섯 살의 펠리체 바우어를 처음 만나게 된다. 같은 해 9월 20일, 그는 바우어에게 첫 편지를 썼고, 이듬해 베를린을 잠시 방문한 뒤 6월 16일, 자신의 아내가 되어 달라는 청혼 편지를 쓴다. 그 이후 이들은 무려 500여 통에 이르는 편지를 주고받는다. 카프카가 펠리체에게 처음 3개월 동안에 쓴 편지만 100통에 이른다. 그는 펠리체 바우어와의 만남으로 창작의 의욕을 북돋우게 되었던 것 같다.

바우어는 베를린에서 직장 생활을 하는 유능한 여자였다. 가족, 직장 그리고 궁극적으로 프라하에서 벗어나고자 하는 카프카에게 그녀는 이상적인 배우자였을 것이다. 베를린과 프라하의 물리적 거리 또한 그에게 매력적으로 느껴졌을 것이다.

그의 사랑은 끓어오르고 수많은 변전과 함께 사랑의 고백이 편지로 이어진다. 그런데 문제는 그의 사랑은 편지에서만 유지되고 실제 만남은 거의 항상 파탄으로 끝났다는 것이다. 연애편지의 내용은 대개 '왜 둘의 결합이 어려울 수밖에 없는가'로 채워졌다. 그의 바우어에 대한 사랑은 가슴이 결여된 머리만의 사랑이었다. 1916년 세 번째의 약혼은 1917년 8월 9일 그의 각혈로 또다시 무산됐다.

두 번째 여인인 밀레나 예젠스카 Milena Jesenská는 마음 놓고 만날 수 있는 여인이 아니었다. 그녀는 기혼자였고 그녀의 남편은 카프카의 문

카프카와 펠리체 바우어의 약혼 사진

밀레나 예젠스카

도라 디아만트

학 친구인 작가 에른스트 폴락Ernst Pollak이었다. 더욱이 두 사람은 열세 살이라는 나이 차이를 극복해야 했고, 밀레나는 엄격한 가풍의 딸이어서 카프카의 유대인 신분도 벽이 되었다. 더 큰 문제는 카프카에게 있었다. 현실의 사랑을 완성할 정신적인 에너지가 고갈된 상태였기 때문이다. 불치병인 자신의 결핵을 확인한 카프카는 사랑을 추진할 심리 상태가 되지 못했고, 밀레나의 정열을 받아들이기에는 자신의 정신세계에 대한 불안이 너무도 컸다.

밀레나는 대학에서 음악과 의학을 전공한 지적인 여성이었다. 그녀는 뜨거운 가슴을 가졌고, 온몸을 다해 남을 도우려는 헌신적인 성향이 있는가 하면, 물불 가리지 않는 낭비벽을 지닌 여성이기도 했다. 그녀는 동료에게 괴팍한 행동으로 화제에 오르기도 했다. 한밤중에 공동묘지로 소풍을 가는가 하면 옷을 입은 채로 블타바 강에 뛰어들어 수영을 즐기기도 했다.

밀레나와 카프카가 만난 것은 카프카의 작품을 체코어로 번역하는 일이 계기가 되었다. 밀레나가 번역한 단편 〈화부〉는 카프카의 작품이 외국어로 번역된 최초의 사례가 되었다. 문학적 감수성이 뛰어난 그녀를 만난 카프카는 그녀의 번역 제안을 받아들였을 뿐만 아니라 그녀에게서 깊은 인상을 받았다. 그들은 가까워졌다. 카프카에게는 일종의 정신적 피난처가 생긴 셈이었다. 뜨거운 정열뿐 아니라 예술에 대한 근본적인 교감이 가능했으니 그가 그녀에게서 느낀 정신적인 위안은 상상 이상으로 큰 것이었다.

밀레나가 카프카에게 정서적으로 기운 이유 중에는 그녀 남편의 바람기도 작용했다. 이렇게, 결핵과 바람기라는 절망적인 상황이 서로 구원하는 대상이 되었기에 둘은 적극적인 사랑을 나눌 수 있었다. 하지만 성격적인 면에서 둘은 너무나 달랐기에 불행히도 그들의 사랑은 그리 오래가지 못했다.

카프카의 마지막 여인 도라 디아만트Dora Diamant와의 만남은 가장 극적이었다. 그녀 나이 스무 살, 카프카는 서른아홉, 열아홉 살 차이였다. 디아만트에게 카프카가 앓고 있는 결핵과 그의 나이는 아무런 방해 요소가 되지 않았다.

카프카가 그녀를 만난 곳은 북해 연안 그라알 뮈르츠Graal-Müritz다. 요양차 카프카는 누이동생들과 함께 그라알 뮈르츠로 휴가를 떠났다. 그곳에 유대인을 위한 수련원이 있었기 때문이다. 카프카는 그 수련원의 후원자였는데 디아만트는 그곳에서 보조원으로 일하고 있었다.

둘은 만나자마자 서로에게 끌려 베를린으로 사랑의 도피를 떠난다. 카프카의 일생에서 정서적으로 가장 안정된 시기가 이때가 아니었을까. 그런데 이런 행복도 잠시, 1차 세계대전의 패전국인 독일의 당시 경제 상황은 극심한 인플레이션을 맞고 있었다. 별다른 직장이 없는 둘은 생활비가 부족했다. 더구나 카프카는 채식주의자인 데다 충분한 영양공급이 필요한 결핵을 앓고 있었다. 단백질 공급을 충분히 공급받지 못한 카프카의 병세는 나날이 악화되었다. 소식을 들은 가족과 친구 브로트가 달려와 카프카를 프라하로 데려갔다. 이미 그의 병은 회복할 수 없을 만큼 중증 상태였다. 결국, 얼마 버티지 못하고 카프카는 1924년 6월 3일 브로트와 디아만트가 지켜보는 가운데 생을 마감한다.

한 소녀를 위해 쓴 소설

지금 할 이야기는 비교적 최근인 2000년에 이르러서야 비로소 세상에 알려진 실화다. 〈중앙일보, 2010. 2. 27 기사 참조〉

디아만트와 사랑의 도피를 즐기고 있을 때인 1923년 겨울, 베를린의 슈테글리츠 공원을 산책하던 카프카는 인형을 잃어버려 울고 있는 한 소녀를 만난다. 카프카는 작가적 상상력을 발휘해 울고 있는 아이를 달랜다.

"네 인형은 길을 잃어버린 게 아니란다. 여행을 떠난 거야." 여전히 훌쩍이고 있는 소녀를 위해 그는 좀더 상상력을 동원했다.

"그 인형이 왜 그렇게 갑자기 떠나야 했는지 설명하는 편지를 나에게 남겼단다. 그런데 내가 너무 바빠서 편지를 집에 두고 왔구나. 내일 가져다줄게."

"그런데 제 인형이 왜 아저씨에게 편지를 보냈나요?"

"왜냐하면 내가 인형 우편배달부거든."

그 뒤로 3주 동안 카프카는 매일 편지를 썼다. 인형의 편지를 기다리는 아이를 위해서였다. 그 사이 카프카의 상상력으로 인형은 전 세계 방방곡곡 여행을 하고, 사랑에 빠지고, 결혼을 하고, 마침내 아이에게 작별을 고한다. 그리고 매일 인형이 보낸 편지를 읽으며 아이는 어느새 인형을 잃은 슬픔에서 벗어났다는 이야기다.

한 아이의 슬픔을 달래려고 카프카가 만들어낸 인형의 여행 이야기가 어쩌면 카프카가 쓴 글 중 가장 아름다운 글이 아닐까. 현대문학

의 거장 카프카가 오직 한 사람의 독자를 위해 이야기를 만들어냈다
는 사실은 그 자체만으로도 화제가 될 만하다. 더욱이 1923년이면 카
프카가 폐결핵으로 숨지기 불과 1년 전이다. 인생의 마지막 불꽃을 태
웠을 시기였다.

이 이야기는 당시 카프카와 함께 살았던 연인 도라 디아만트의 유
품이 정리되면서 드러난 사실이다. 하지만 애석하게도 편지의 내용은
남아 있지 않다. 그 어린 소녀가 누구인지 아직 밝혀지지 않았기 때문
이다. 어떤 내용이었을까? 궁금하다.

비세흐라드에서 바라다 본 블타바 강.

5

전설이 전하는
프라하

체코의 건국 신화

어느 나라든 그 나라만의 정서가 깃든 고유하고 신비로운 건국 신화를 가지고 있다. 체코에도 당연히 그들의 숨결을 간직한 건국 신화가 있다. 나는 이 신화를 전설의 범주에 넣어 이야기하고자 한다.

전설은 신화와는 달리 강한 지역성과 시대성을 지닌다. 신화가 까마득한 태초, 역사 이전의 이야기라면 전설은 어느 특정 시대, 특정 지역의 특정 인물에 관한 이야기다. 신화가 공동체의 구성원들에게 종교적 믿음을 심어 주는 데 반해 전설은 역사적 믿음을 준다. 따라서 전설은 한 지역의 역사학이자 지리학 또는 지정학적 성격을 가진다. 이런 측면에서 이야기를 풀어가 보자.

9세기경 유럽 중부 어느 마을에 루시Rus, 레흐Lech, 체흐Čech라는 이름을 가진 삼 형제가 살았다. 어느 날 이들은 함께 여행을 떠났다. 이들은 여행하다가 마음에 드는 장소가 있으면 각자 그곳에 정착하기로 했다.

루시는 지금의 루마니아와 러시아 국경 부근을 지나다 넓은 호수와 풍요로운 땅에 매혹되어 그곳에 눌러앉았다. 그리고 가정을 꾸리고 주변 사람을 불러 모아 작은 부족을 꾸렸다. 부족의 이름은 자신의 이름을 따서 키예프 루시Kiev Rus라 했다. 이때가 서기 862년경으로 러시아 역사의 시작이다. 레흐는 지금의 폴란드 포즈난 근처를 지나다 완만한 구릉과 자작나무로 뒤덮인 계곡의 울창한 숲에 마음을 빼앗겨 그곳에 정착했다. 그의 후손은 주변 여러 부족을 통일시켜 996년경 피아스트 왕조를 세워 오늘의 폴란드를 건설했다. 그리고 체흐는 보헤미아 숲 근처에 이르렀을 때 바람을 타고 날아온 향긋한 꿀 향기와 동물들이 자유롭게 뛰어노는 모습에 반해 보헤미아에 정착했다. 이때가 서기 852년경으로 체코 역사의 기원이다.

체흐가 세운 부족은 점점 세력이 커졌고 체흐가 죽자 후계자인 크록Krok이 권력을 이어받았다. 그는 지금의 프라하 블타바 강기슭 비셰흐라드Vyšehrad, 높은 지대를 나타내는 말에 성을 짓고 부족국가의 기반을 다졌다. 크록에게는 딸만 셋이 있었다. 그는 큰딸 카지Kazi에게는 약재를 다루는 의술을 가르쳤고, 둘째 테타Teta에게는 점술과 신앙 공부를 시켰다. 셋째인 리뷰세Libuše는 어려서부터 지혜가 남다르고 뛰어난 예지력을 타고났기에 통치술을 가르쳤다. 셋째는 아름답기까지 해서 주변 사람들의 사랑을 한몸에 받으며 자랐다. 아버지 크록이 죽자 권력은 통치술을 익힌 리뷰세에게 돌아갔다. 여성이지만 영특하여 부족을 다스리게 되었다.

그러던 어느 날, 리뷰세는 백성들 사이에서 일어난 분쟁을 중재해야 했다. 분쟁을 일으킨 두 남자에게 사건의 자초지종을 들은 리뷰세는 지혜로운 결정을 내려주었다. 그 중 한 사람은 자신의 잘못을 인정하며 참회의 눈물을 흘렸지만, 다른 한 사람은 자기는 여전히 아무 잘못이 없다며 결정을 받아들이지 않았다. 이런 상황을 물끄러미 바라보던 리뷰세는 잘못을 인정한 사람에게는 큰 돌을 하나 주워오라고 하고, 나머지 사람에게는 작은 돌 여러 개를 가져오라고 했다.

이들이 돌을 주워오자 이번에는 각자에게 주워온 돌을 다시 제자

비세흐라드 정원에 세워져 있는 리뷰세와 프제미슬 조각상.

리에 가져다 놓으라고 했다. 큰 돌을 한 개 가져온 사람은 쉽게 그 돌을 제 위치로 돌려놓았으나 다른 사람은 그렇게 할 수가 없었다. 죄가 없다고 한 사람을 향해 리뷰세는 이렇게 말했다.

"죄를 깨우친 자는 자기 양심의 위치를 알고 있으니 자유로운 사람입니다. 세상에 죄 없이 사는 사람은 아무도 없으니까요." 이와 비슷한 이야기가 톨스토이의 〈돌과 두 여자〉란 작품에도 나타나 있다.

죄가 없다던 남자는 여전히 그 결정을 받아들이지 않았다. 오히려 사람들을 선동하기까지 했다. 그는 사람들에게 "머리카락만 길뿐 단 한 명의 적장의 목조차 벨 수 없는 나약한 여자에게 어떻게 공명정대함을 기대하고 그의 명령을 따르겠는가?"라고 외치며 리뷰세를 비난했다. 지혜로운 리뷰세는 그 사람을 꾸짖거나 벌하지 않고 그와 주변 사람들을 향해 말했다.

"당신 말이 옳아요. 나는 약한 여자이고 적장은 고사하고 한 명의 병사의 목도 벨 능력이 없어요. 그러니 용맹스럽고 엄격하며 권위적인 통치자를 원한다면 그렇게 할게요. 여러분이 그런 남자를 선택해주면 그와 결혼하겠어요."

그녀의 말에 감동한 사람들은 며칠이 지난 후 프제미슬Přemyl이란 건장한 농부를 데려왔고, 그녀는 그 농부와 결혼해 프제미슬 왕조를 탄생시킨다.

보헤미아의 건국 신화는 이러하다. 이 전설에 따르면, 세계 최초의 민주주의는 체코에서 비롯된 것이라고도 할 수 있겠다.

'문지방'의 도시, 프라하

프제미슬 왕조가 시작되자 더 넓은 장소로 도시를 옮겨야 했다. 이때 용한 예지력을 지닌 리뷰세는 꿈속에서 어떤 노인을 만나 계시를 받는다. 다음날 날이 밝자 그녀는 지리에 밝은 신하를 불러 강을 따라 거슬러 올라가다가 처음으로 만나는 사람을 데려오라고 명령했다. 오후가 되어서 신하는 지금의 프라하 성 아래쪽 강가에서 물고기를 잡으며 농사일을 하는 한 남자를 데려왔다. 남자의 인상을 보니 농부이지만 남달라 보였다.

리뷰세는 그에게 무슨 일을 하고 있었는지 물었다. 농부는 지난 홍수 때 부서진 자신의 집 문지방을 고치는 중이었다고 대답했다. 대답

'카를로바 거리'의 한 건물에 매달려 있는 체코의 시조 리뷰세 조각상.

을 들은 리뷰세는 그 농부를 잘 대접한 후 후한 돈을 쳐줄 테니 그 집을 자신에게 팔라고 말했다. 꿈속에서 백발이 성성한 노인이 나타나 말하기를 당장은 누추할지라도 남들이 예의를 갖출 수 있는 장소에 도읍을 정하면 부족이 크게 번성할 것이라는 말을 들었기 때문이다. 굳이 그 허름한 집을 사들인 이유는 사람들이 그 집을 드나들 때, 여느 집보다 높은 문지방이 있어 그 문을 통과할 때마다 고개를 숙일 수밖에 없었기 때문이었다. 바로 이런 이유로 이 집터에 성을 지었는데, 그 성이 오늘날의 프라하 성이다. 도시 이름도 체코어로 문지방práh을 뜻하는, 소박하지만 의미 있는 말을 따서, 프라하Praha라 지었다.

프라하를 처음 방문했을 때 구시가에서 카를 다리로 가는 가장 가까운 지름길인 카를로바 거리를 걷다가 어떤 여인이 문지방에 걸터앉아 있는 조각상을 보았던 게 기억났다. 그때는 단순한 건물 장식품 정도로만 알았는데, 이런 전설을 담고 있는 조각상임을 후에 알게 되었다.

이 조각상이 있는 장소는 찾기가 쉽다. 과거 보헤미아 왕의 대관 행렬이 지나다녔던 왕의 길Royal Mile에 자리하고 있다. 프라하 관광의 요지로 지금은 대관 행렬에 버금가는 관광객들이 줄지어 지나는 길이다. 중세 양식의 건물과 간판이 매우 고풍스럽고 아름다워서 그림 같은 거리 분위기에 압도되다 보면, 자칫 놓치고 지나칠 수도 있다. 이럴 땐 체코 연극대학DAMU을 찾으면 된다. 대학 옆 건물에 이 조각상이 있다. 연극에 관심이 있는 여행자라면 대학 1층에 일반인도 이용할 수 있는 카페테리아와 극장DISK이 있으니 들러보는 것도 좋을 듯싶다. 조각상은 카를로바 거리 바스톨로뮈스카 304-1번지 건물에 있다.

프라하의 뿌리를 찾아서, 비셰흐라드

프라하에서 가장 인상 깊었던 장소는 고요한 녹음과 경건한 바람이 어우러져 아침 공기를 가르는 블타바 강기슭의 언덕이었다. 신비스러운 고도 비셰흐라드가 바로 그 장소다. 이곳은 체코인들에게 있어 민족의 정체성을 상징하는 공간이다. 그들이 이 성을 얼마나 사랑하는지는 스메타나의 교향시symphonic poem 제1장 〈비셰흐라드〉에 잘 나타나 있다.

이곳에 이르는 좁은 골목 하나하나에는 중세의 향기가 배어 있고, 언덕 위에는 고대 성채의 흔적과 체코의 정기가 서려 있다.

이른 아침 체코 최초의 왕조가 둥지를 틀었던 비셰흐라드 언덕을 향해 발걸음을 옮겼다. 얼굴을 스치는 차가운 바람이 습기를 머금어 시리지만 상쾌했다. 시간이 일러서인지 주인을 기다리는 노점들은 늦잠을 자고 있었다. 한 할머니가 한쪽 손에 손녀로 보이는 여자아이의 손을 붙잡고 다른 손에는 강아지 목줄을 잡은 채 걸어가고 있었다. 묶인 강아지는 무엇이 그리 바쁜지 더딘 할머니의 발걸음을 재촉했다.

얼마를 걸었을까. 하늘과 맞닿은 뾰족한 첨탑 사이로 파란 하늘이 보였다. 탑 아래 뒤뜰에는 버려진 신전 같은 돌무덤들이 빼곡하게 들어서 있었다. 성긴 들풀이 뒤덮인 묘지 사이사이로 체코의 역사를 빛낸 이름들이 비석에 새겨 있었다. 검은 머리의 뿔테 안경을 쓴 한 소녀가 물기가 마르지 않은 꽃다발을 그들에게 바치고 있었다. 비록 육체는 썩어 없어졌지만 영적 울림이 시공간을 넘나드는 곳이었다.

이곳을 벗어나자 야외 조각 공원이 나타났다. 리뷰세와 프제미슬의

로툰다 양식의
성 마르틴 성당.
로마네스크 양식으로
1100년경에 지어진
프라하에서
가장 오래된 성당이다.

전설의
악마의 기둥.

신화를 그린 조각상, 샤르카와 츠티라드의 조각상도 눈에 띄었다. 또 성당 앞에는 세 개의 돌기둥이 서로 의지된 채 세워져 있었는데 이 기둥을 악마의 기둥이라 부른다고 했다. 이 기둥에도 역시 전설이 있다.

어느 날 나무꾼이 나무를 하다 사냥꾼을 만났다. 나무꾼은 사냥꾼에게 가난한 자신의 고달픈 신세를 한탄했다. 이야기를 들은 사냥꾼은 부자가 되도록 도와주겠다고 했다. 대신 한 가지 약속을 하라며 조건을 달았다. 부자가 될 수 있다는 말에 현혹된 나무꾼은 사냥꾼의 제안을 얼른 받아들였다. 사냥꾼은 함께 집으로 가서 나무꾼의 아내가 손에 들고 있는 것을 자신이 원할 때 주기만 하면 된다고 말했다. 별로 어려운 일이라고 생각하지 않은 나무꾼은 사냥꾼을 데리고 자신의 집으로 돌아왔다. 그리고 아내를 본 나무꾼은 소스라치게 놀랐다. 아내가 갓 태어난 어린 아들을 안고 젖을 먹이고 있는 것이 아닌가! 사냥꾼은 사람의 탈을 쓴 악마였고, 앞일을 훤히 내다보고 있었다.

아이를 빼앗기게 된 나무꾼은 자신의 잘못을 뉘우치며 이웃에게 조언을 구했다. 신앙심 깊은 이웃은 나무꾼에게 방법을 알려주었다. 아이의 이름을 베드로라 바꾸고 성 베드로에게 기도하면 성인으로부터 도움을 받을 수 있다고 했다. 나무꾼은 지극 정성으로 기도했다.

어느덧 세월이 지나 아이가 청년이 되자 악마가 청년을 데려가기 위해 집으로 왔다. 나무꾼은 악마에게 한 가지 청을 들어 달라고 간곡히 부탁했다. 앞으로 하나뿐인 아들을 볼 수 없을 테니, 아이의 이름과 같은 로마에 있는 성 베드로 성당으로 가서 그곳에 있는 기둥 하나를 비세흐라드 성당으로 옮겨 달라는 것이었다. 아들을 보고 싶을 때마다 성당으로 가서 그 기둥 아래서 기도하며 슬픔을 달래겠다고 했다. 망설이던 악마는 그의 청이 너무 간곡하여 부탁을 들어주기로 했다.

나무꾼은 그 사이 아들을 사제로 만들 참이었다. 사제가 되면 악마도 그를 어찌할 수 없을 것이라는 생각에서였다. 로마로 날아간 악마는 난관에 부딪혔다. 기둥을 가져가려면 성 베드로와 싸워서 이겨야 했기 때문이다. 악마는 성 베드로가 자꾸 기둥 뽑는 것을 방해하자 그 성당의 기둥을 뽑는 대신 이웃해 있는 성모 마리아 성당의 기둥을 빼들어 비셰흐라드로 날아왔다. 돌아온 악마가 청년을 데리고 가려 했으나, 청년은 이미 하나님의 부름을 받고 사제가 되어 있었다. 속은 것을 알고 화가 난 악마는 들고 있던 기둥을 성당 지붕 위로 던져버렸다. 이때 자신도 성당 지붕으로 함께 떨어져 죽었는데, 이때 쪼개져 생긴 돌기둥이 이 '세 개의 기둥'이다.

이 전설도 앞에 언급한 카를교에 얽힌 석공의 전설처럼 악마에게 영혼을 파는 행위가 얼마나 위험한 것인지를 경고하고 있다. 또 신이나 신의 사도의 지혜를 빌린다면 악마를 물리칠 수 있다는 교훈도 함께 전하고 있다.

팜므파탈의 계곡, 디보카 샤르카

프라하에 가면 디보카 샤르카Divoká Šarka 마을을 꼭 둘러보자. 시내에서 약간 떨어진 곳에 있는 산악지대로 야트막한 언덕과 그 아래에 다즈반

Džbán 호수를 두고 있다. 프라하 시민들이 휴일에 산책하거나 여가를 즐기는 곳이다. 한여름에는 나체족들이 반라 차림으로 자전거나 인라인스케이트를 타고 와서 일광욕을 즐긴다.

이 마을을 소개하는 이유는, 아담과 이브의 삶을 즐기는 나체족이 출몰하는 장소여서도 아니고 한적하게 태양을 즐기며 산책할 수 있는 장소이기 때문만도 아니다. 이 마을이 바로 프라하 판 팜므파탈femme fatale의 무대가 된 전설의 진원지이기 때문이다.

체코는 유럽에서 여성의 지위와 역할이 가장 높았던 곳으로 짐작된다. 앞서 이야기한 리뷰세 전설이나 샤르카 이야기에서도 엿볼 수 있다. 디보카 샤르카 마을은 여전사 샤르카가 전쟁에서 남성들을 물리쳤다는 전설의 숲이다.

체코의 시조 리뷰세가 죽자 남자들은 여자를 비하하고 조롱했다. 여자들은 분노했고, 그 중심에는 블라스타Vlasta라는 여자가 있었다. 그녀는 데빈Děvin 성을 근거지로 삼아 여전사 조직을 만들었다. 자신들을 업신여긴 남자들에게 복수하기 위함이었다. 남자들은 이 소식을 들었음에도 더욱 비웃고 조롱할 뿐, 여전사들이 공격해 올 것으로 생각하지 않았다. 전쟁을 치를 아무런 준비를 하지 않은 것이다. 전쟁은 여전사들의 일방적인 승리로 끝났다.

혼쭐이 난 남자들은 뒤늦게 용감하고 전술이 뛰어난 츠티라드Ctirad를 대장으로 내세워 반격하기로 했다. 이 소식을 들은 여자들은 용맹스러운 츠티라드가 지휘하는 남자 전사들을 상대로 싸워 이기지 못할 것 같았다. 블라스타는 계략을 짰다. 여전사 중 가장 뛰어난 미모를 갖춘

보헤미아 판 팜므파탈 전설의 진원지 디보카 샤르카의 현재 모습.
큰 호수를 옆에 끼고 있어 프라하 시민들의 휴식처이기도 하다.

여성을 한 명 뽑아 그녀를 팜므파탈로 변신시키기로 한 것이다.

뽑힌 여인은 샤르카Šarka라는 이름의 아름다운 처녀였다. 블라스타는 남자들이 공격해 올 숲 속의 큰 나무에 그녀를 묶었다. 무더운 여름낮은 바람 한 점 없었다. 날씨는 더웠고 숲 속 그늘은 시원했다. 먼 길을 걸어오느라 지친 남자 전사들이 숲에서 잠시 휴식을 취하는데 어디선가 여자의 가냘픈 신음이 들렸다. 전사들은 떡갈나무에 묶인 아름다운 여인을 발견했다.

샤르카는 남자 전사들에게, 자신은 여전사의 일원이었으나 싸움이 싫어 집으로 돌아가게 해달라고 하자 여전사들이 자신을 나무에 묶어놓고 가버렸다며 울며 말했다. 그리고 그녀는 마침 몰래 숨겨둔 벌꿀 술이 있는데, 자신을 구해준 대가로 나눠주겠다며 남자 전사들에게 술동이를 건넸다. 더위에 지친 병사들과 츠티라드는 아무런 의심 없이 술을 받아 마셨다. 그들은 잠에 곯아 떨어졌고 숲에 숨어 있던 여전사들이 나타나 남자 전사들을 모조리 죽여버렸다. 그러나 츠티라드에게 첫눈에 반했던 샤르카는 그를 죽음에 이르게 한 죄책감으로 절벽 아래로 몸을 던지고 만다.

샤르카가 몸을 던진 절벽을 샤르카 절벽이라고 부르며, 지금도 많은 프라하 시민은 절벽 아래로 꽃을 던지며 그녀의 죽음을 애도한다. 스메타나는 교향시 〈나의 조국〉 제3곡에 〈샤르카〉를 만들어 넣었다. 야나체크도 오페라 〈샤르카〉를 통해 그 전설을 전한다.

이런 유의 설화는 체코가 유럽의 어느 나라보다 여성의 역할이 컸다는 것을 반증한다. 또, 비록 굴곡이 많은 역사를 지닌 나라지만, 종교개혁 등을 먼저 제기할 수 있었던, 일찍부터 깨인 민족이었다는 것을 보여준다. 이런 역사적, 예술적 의미를 담고 있는 장소에서 하룻밤을 보내는 것도 남다른 여행의 추억거리가 될 것이다.

프라하의 봄은 올 것인가

체코인들에게 '프라하의 봄'은 두 가지를 의미한다. 하나는 1968년 정치인, 문인, 예술가와 학생들이 함께 바츨라프 광장에서 벌인 '인간의 얼굴을 가진 사회주의'를 주창하며 자유를 찾으려던 운동이고, 또 하나는 체코 음악의 아버지 스메타나를 추모하는 5월 음악제다.

'프라하의 봄'이란 말은 민주화를 향하던 시위 현장을 취재하던 어느 서방 외신기자의 '프라하의 봄은 올 것인가?'라는 기사 송고에서 비롯되었다.

음악제는 2차 세계대전이 끝나고 체코슬로바키아^{당시 분리 전 가 독일}에서 독립한 다음 해인 1946년에 시작되었다. 전쟁으로 황폐해지고 혼란스러운 상황에서 체코 필하모니가 중심이 되어 체코인들의 자주적인 혼을 결집하고자 시작되었다.

이 음악제는 조국의 독립을 염원하던 스메타나의 서거 일인 5월 12일에 시민회관 스메타나 홀에서 열리며, 그의 교향시 〈나의 조국〉으로 시작한다. 매년 5월 12일부터 6월 4일까지 3주간 계속되며, 폐막 곡으로 베토벤의 교향곡 9번 〈합창〉이 연주된다.

아르누보 양식의 우아함을 갖춘 시민 회관. 매년 봄 국제음악제 '프라하의 봄'이 열리는 장소다.
1층 스메타나 홀에서 〈나의 조국〉 연주로 시작되고 베토벤의 〈합창〉으로 막을 내린다.

1968년 '프라하의 봄'으로 상징되는 시가지 전투 장면. 소련군 탱크 위에 올라 체코 국기를 흔
드는 이 장면을 본 한 외신기자의 '프라하의 봄은 올 것인가?'라는 신문 캡션이 '프라하의 봄'
이란 말을 낳았다.

이 기간에 프라하를 방문하는 여행자라면, 모든 생명이 움트고 떠났던 동물들이 되돌아와 새끼를 낳는 봄, 보헤미아 숲으로 둘러싸인 프라하에서 진정한 '프라하의 봄'을 음악으로 느껴보는 것도 좋겠다. 단, 표는 매년 2월 말에 인터넷으로 예약해야 한다.

스메타나의 음악으로 잘 알려진 오페라 〈팔려간 신부〉가 있지만, 프라하를 제대로 느끼고 싶다면 〈나의 조국〉을 들어보아야 한다.

교향곡이 오케스트라가 연주하는 4악장짜리 곡이라면, 교향시는 교향곡보다 긴 여러 개의 제목이 붙은 곡을 모아놓은 것이다. 교향시 〈나의 조국〉은 여섯 개의 곡으로 이루어져 있다. 〈비셰흐라드〉, 〈블타바〉, 〈샤르카〉, 〈보헤미아의 목장과 숲에서〉, 〈타보르〉, 〈블라니크〉 총 여섯 편이다.

아인슈타인과 프라하 대학

어느 도시에나 그곳을 빛나게 한 특별한 인물이 있다. 프라하를 빛나게 한 인물로는 카를 4세가 있다. 체코인들이 가장 존경하는 인물이다.

보헤미아 왕 카를 4세는 신성로마제국의 황제에 올라 체코 역사상 국가적 위상과 기반을 가장 확실하게 다진 지도자였다. 프라하의 젖줄 블타바 강을 동서로 잇는 카를교를 놓았고, 신시가_{바츨라프 광장}를 건설하고 구시가를 정비했다. 더욱이 국가의 장래를 위해 체계적인 학문의 필요성을 일찍이 깨달아 1348년에 카를 대학_{현 프라하 대학}을 설립했다. 카

프라하 대학 본부가 있는 건물.

를 대학은 당시 동중부유럽에서 최초로 설립된 대학으로 오스트리아의 비엔나 대학1365년 설립보다도 앞서 설립되었다.

파리에서 교육을 받아 프랑스어와 이탈리아어에 능통했던 카를 4세는 일찍이 유럽 최초의 대학인 이탈리아 볼로냐 대학1088년 설립과 파리 대학1180년 설립을 보고, 이를 모델로 카를 대학을 세웠다.

오늘날 프라하 대학 건물은 시내 곳곳에 산재해 있는데, 본부 건물인 카롤리눔Carolinum은 세상에 현존하는 대학 건물로는 가장 오래된 건축물이다. 프라하 대학은 이렇게 유서 깊은 대학으로도 유명하지만 2차 세계대전이 일어나기 전 아인슈타인이 교수로 재직한 대학으로도 유명하다.

아인슈타인은 스위스 취리히 공대를 재수해 들어간 뒤에 1900년 도에 졸업했다. 유대인이라는 이유로 시민권 취득과 취업에 어려움을 겪다가 교수의 추천으로 스위스 특허국 관리가 되었다. 1910년 취리히 대학에 교수 자리를 얻었지만, 프라하 대학이 파격적인 조건을 제시하여 채 1년도 안 되어 프라하 대학으로 자리를 옮겼다. 이때 그가 프라하 생활에 대해 친구에게 쓴 편지를 보면 당시의 프라하는 스위스 취리히보다 도시 여건이 매우 열악했던 것으로 보인다.

공기는 매연으로 오염되어 숨쉬기가 힘들 정도야. 수도꼭지를 틀면 시뻘건 흙탕물이 나오고 마시면 죽을 것 같아. 사람들은 천박하고 무정하며 퉁명해. 그래도 건물들은 아름답군.

프라하 생활에서 무엇보다도 견딜 수 없었던 것은 그의 첫 번째 부인 밀레바 마리치 Mileva Maric 의 불평이었다. 밀레바는 아인슈타인보다 네 살 연상으로 대학 동급생이었다. 밀레바에게 마음이 끌려 그는 부모의 반대를 무릅쓰고 학창 시절에 결혼했다. 대학 시절 홍일점이었던 밀레바는 골반 장애로 다리를 조금 절긴 했지만 지식인 여성이었다. 아인슈타인은 이런 지적 능력을 갖춘 그녀에게 마음을 빼앗겼다. 실제로 물리학적 능력은 뛰어나나 수학적 지식이 부족했던 아인슈타인은 그녀의 도움을 받아 논문을 완성할 수 있었다고 한다. 그래서인지 아인슈타인은 만일 자신이 노벨상을 타면, 그녀에게 절반을 주겠다는 농담도 했다고 한다. 실제로 아인슈타인이 노벨상을 받자 ― 비록 이혼 위

아인슈타인의 첫 부인 밀레바 마리치와 아이들.

자료를 겸한 것이었지만 — 상금을 그녀에게 주었다고 한다.

그런 그녀가 프라하라는 낯선 곳에서 두 아이만 키우며 살아가기에는 뭔가 갈증이 있었다. 아이 교육문제부터 친구 하나 없는 도시라는 점, 더구나 언덕에 있는 집을 불편한 몸으로 오르내려야 한다는 것부터가 힘들었다. 밀레바는 남편에게 취리히로 돌아가자고 날마다 졸랐고, 결국 1년이라는 짧은 프라하 생활을 접고 아인슈타인은 이듬해 취리히 공과 대학으로 다시 자리를 옮긴다.

아인슈타인의 사생활 대부분은 거의 알려지지 않은 채 비밀에 부쳐졌다. 아마 프라하 시절부터 부부 사이는 금이 간 것 같다. 그 이후 별거를 거듭하다가 1919년에 결국 이혼했다. 재혼한 아내와의 관계도 특별하다. 아인슈타인은 이혼 후 자신의 사촌 동생과 결혼했다. 그래서 자신의 삼촌이 장인이기도 하다.

밀레바와의 사이에서는 결혼 전에 낳은 딸이 있었다. 학업에 몰두

해야 할 형편이었던 그들은 다른 집에 딸을 입양시켰다. 이는 사실만 알려졌을 뿐, 딸의 생사 등은 구체적으로 알려진 바 없이 어려서 사망한 것으로 추정된다. 이 사실은 아인슈타인이 죽은 후 유물로 그의 아들이 갖고 있던 편지 때문에 밝혀졌다.

세상에서 가장 오래된 대학 건물

유서 깊은 대학 건물은 어떤가? 프라하 대학의 카롤리눔은 원래 대학을 위해 지은 건물이 아니라 로틀레프Rotlev라고 하는 부유한 상인의 대저택이었다. 이 저택이 대학 건물이 된 사연이 흥미롭다.

로틀레프는 장사꾼으로 프라하에 넓은 포도원과 건물을 여러 채 가지고 있었다. 그는 그것에 만족하지 않고 더 많은 재산을 모으려고 노다지를 캐는 광산업에 손을 댔다. 그런데 전에는 많이 나오던 금맥이 그가 채굴권을 얻어 금을 캐기 시작하자 어떤 이유에서인지 금이 나오지 않았다. 더 많은 사람을 고용해 금맥을 찾고자 했지만 허사였다. 그의 재산은 점점 줄어갔다. 초조해진 그는 집을 한 채씩 팔아 그 비용을 충당했으나, 결국 전 재산을 날리게 되어 인부들도 한둘씩 그의 곁을 떠났다. 그의 곁에는 가족과 오랜 세월 그를 돌보던 늙은 하인 한 명만이 남았다. 늙은 하인은 병을 얻어 더는 주인을 도울 수 없었다. 그 하인은 주인에게 부담되지 않으려고 추운 밤에 광산 쪽으로 가서 얼어 죽었다.

로틀레프는 그를 섬기던 그 많은 하인이 모두 떠났는데도, 끝까지 자신의 곁에 남았던 늙은 하인을 위해 직접 장사를 치러 주기로 했다. 그러나 손에 쥔 재산이라고는 아내가 결혼식 때 입었던 면사포뿐. 다행히 그 면사포는 금실로 짠 것이어서 약간의 돈을 만들 수 있었다. 그 돈으로 늙은 하인의 관을 짜고, 장사를 치를 음식을 사서 아내와 함께 손수 곡괭이를 들고 땅을 파냈다. 땅을 파 들어가는데 하얀 들쥐가 자꾸 음식을 넘보았다. 화가 난 그는 곡괭이를 집어던졌고, 그만 곡괭이가 바위틈에 끼어버렸다. 그는 곡괭이를 빼내기 위해 아내와 힘을 합쳐 바위를 밀어냈는데, 그곳에서 번쩍번쩍 빛나는 금맥이 나타났다.

금맥을 발견한 그는 전보다 몇 배 많은 재산을 갖게 되었다. 다시 부자가 된 그는 사람들에게 과시하기 위해 새 저택을 짓고 정원도 아름답게 꾸몄다. 새로 지은 집을 본 마을 사람은 그의 저택을 부러워하며 모두 저택의 아름다움을 칭송했다. 하지만, 그는 무엇 때문인지 예전처럼 기쁘지 않았다.

그는 늙은 하인이 자신에게 가져다준 재산의 진정한 가치를 깨닫게 되었다. 마을 사람들을 불러 잔치를 벌이고 가난한 사람에게 재산을 조금씩 나누어 주기 시작했다. 그렇게 베푸는 삶을 살다 보니 하루하루가 너무 즐거웠다. 로틀레프는 마지막으로 그의 아름다운 저택을 어떻게 활용할까 생각하다가 마을 회관과 병원으로 사용하기로 하고, 저택의 방 한 칸만 빌려 살면서 여생을 봉사하며 살았다고 한다.

그 후, 이곳에 카를 대학이 설립되었다.

Golema
Bon Appetit
THURSDAY
FRIDAY
SATURDAY
Live piano

6

유대인의 비극
유대인 지구

골렘과 로봇

프라하 시내를 거닐다 보면 유난히 골렘이라는 상호를 가진 상점들을 자주 본다. 프라하에 골렘이란 상점들이 왜 이렇게 많을까? 그 이유는 골렘의 고향이 프라하이기 때문이다. 영화 〈반지의 제왕〉에 나오는 골룸도 프라하의 골렘에서 모티브를 얻은 것이다.

골렘 전설은 중세부터 구전됐다. 유대인 랍비 뢰브Löeb가 블타바 강 언저리의 진흙으로 사람 모양을 빚고 여기에 생명을 불어넣어 골렘을 만들었다. 골렘은 힘든 삶을 살아가는 유대인들을 도와주기 위한 인조인간으로 만들어졌다.

뢰브는 강변의 나뭇가지를 잘라 몸체로 삼고 진흙을 발라 형체를 완성시키고, 주문을 외워 그것에 생명을 불어넣었다. 이렇게 만들어진 골렘은 낮에는 유대인을 도와 일을 하고 밤에는 유대인 공동구역인 게토의 경비를 맡았다. 골렘은 예수를 배반한 민족이라고 불리며 기독교인들의 심한 차별과 냉대 속에 살아가는 유대인들을 보호했다.

그런데 언제부터 이런 착한 골렘이 악마의 이미지로 변한 걸까? 유대인을 못마땅하게 여긴 기독교인들이 악마의 이미지를 심어 놓은 것이 아닐까? 기독교 입장에서 보면, 생명을 창조하는 것 자체가 신의 권위를 부정하고 모욕하는 일이다. 게다가 유대인이 무언가를 만들었다는 주장은 더욱 마뜩잖았을 것이다. 이렇게 해서 골렘이 악마나 괴물과 같은 나쁜 이미지를 갖게 된 것은 아닐까?

사실, 그즈음 기독교인들은 유대인들이 유월절 무교병無酵餠, 누룩을 넣지 않은 빵을 반죽할 때 기독교인 어린아이의 피를 섞어 사용한다고 의심했다. 유대인들에게 더욱 심한 폭력을 행사한 때였다.

그러나 하루아침에 골렘을 유대인을 돕는 친구에서 악마와 같은 괴물로 바꾸려면, 어떤 절차가 있어야 했다. 그 과정은 다음과 같다.

골렘은 입 안쪽에 부적 같은 것을 꽂아 놓아야만 생명을 얻을 수 있었다. 잠잘 때는 그 부적을 빼놓아야 했는데, 어느 날 뢰브는 그 사실을 깜빡 잊었다. 다음날 일어나 보니, 골렘은 난폭한 미치광이로 변해 있었다. 뢰브는 고민을 거듭하다가 결국 골렘에게서 생명을 빼앗기로 마음먹고 골렘으로부터 혼을 빼내 신구新舊 예배당 천장 다락방에 숨겨 놓았다. 그 후 골렘은 기능을 잃게 된 것이다.

2차 세계대전 당시 이 전설을 사실로 믿은 독일군 병사가 이 예배당에 있다는 골렘의 실체를 확인하고자 남몰래 밤에 다락방에 올라갔다고 한다. 그 독일군은 어떤 이유에서인지 죽게 되었고 그의 시체는 유대인 지구에서 가장 오래된 신구(新舊) 시나고그(유대인 회당).

그다음 날 짙은 안개가 낀 새벽녘 길거리에서 발견되었다는 이야기가
전해진다. 그 이후 체코인들은 안개 낀 새벽을 두려워한다. 골렘이 새
벽안개를 타고 출몰해 자신의 영혼을 되찾기 위해 사람의 영혼을 빼앗
아 간다고 믿기 때문이다.

이렇게 전설 속에 묻혀버린 골렘을 현실로 다시 이끌어낸 사람은
체코 작가 차페크다. 카렐 차페크Karel Čapek, 1890~1938는 골렘 전설을 토
대로 한 그의 희곡 작품에서 골렘을 로봇으로 새롭게 부활시켰다.

1920년 희곡 《로봇R.U.R: Rossum's Universal Robots》을 발표했는데, 골
렘에서 아이디어를 얻어 '강제 노동'을 뜻하는 로보타에서 로봇이라는
낱말을 따 '인간을 돕는 인조인간'인 로봇을 창조해냈다. 로봇이라는
용어는 이 희곡을 통해 처음 생겨났다.

이후 반세기가 지난 1973년, 일본 와세다 대학 연구팀에서 최초로
걸을 수 있는 로봇을 발명했으니, 과학은 과연 무한한 상상력에 근거한
인문학적 사고에서 만들어지는 것이다.

80년 만에 쉰들러 열차가 달리다

나는 여행 중에 마음이 따듯한 사람들을 여럿 만났다. 그들과 만난 시
간은 짧지만 아름다운 추억으로 늘 마음속에 간직하고 있다. 나는 여
행지에서 풍경을 보기보다 사람들을 만나고 대화하는 데에 더 많은 시
간을 보낸다. 낯선 곳에서 낯선 사람과 만나 그들과 깊은 추억거리를

2차 세계대전이 일어나기 바로 전해에 나치로부터 유대인 아동을 도피시킨 니컬러스 윈튼 경을 기려 프라하 중앙역 구내에 세워져 있는 윈튼 동상.

만들 때, 여행의 진정한 가치를 느끼기 때문이다.

길거리에서 눈이 마주치자 "도브리 덴 Dobr'y den"하며 웃어주시던 체코 할머니, 자신이 하던 일을 팽개치고 손짓 발짓으로 길을 가르쳐주려고 애쓰던 할아버지에 대한 기억도 생생하다. 특히 천진한 모습으로 생글거리며 미소 짓던 프라하의 하늘을 닮은 체코 아가씨 안나. 그녀는 그 흔한 이메일 주소조차 없었다.

프라하에서 안나를 만난 것은 행운이었다. 프라하 중앙역 앞 패스트푸드점에서 일하는 그녀는 영어는 잘 못했지만 내게 프라하에 대한 많은 정보를 알려주었다. 아주 고마운 친구로 기억하고 있다. 역 구내에 있는 어떤 조각상에 대해 물어본 것이 그녀와의 첫 인연이었다. 영어로 소통이 잘 되지 않자, 마침 조금 후에 만나기로 한 친구를 소개해주겠다고 했다. 간단히 요기하며 10여 분 정도를 보냈을 때, 그녀의 친구 샤르카가 도착했다. 전설의 여인 샤르카와 같은 이름이라니 괜스레 더 반가웠다.

샤르카는 영국에서 대학을 다니다 할아버지를 돕기 위해 학교를 휴학하고 잠시 프라하에 와 있었다. 샤르카는 내 프라하 여행에 많은 도움을 주었는데, 특히 자신의 이름과 같은 디보카 샤르카 마을을 적극적으로 추천해주었다. 샤르카에게 역 구내에 있는 동상에 대해 물으니 자신의 할아버지를 소개해주겠다고 했다.

역 구내에 있는 동상은 윈튼 경을 기념하기 위해 세워졌다고 했다. 윈튼 경은 2차 세계대전이 일어나기 직전, 유대인 어린이들이 나치를 피해 영국 런던으로 이송될 때, 물심양면으로 도왔던 사람이다.

원튼 경과 원튼스쿨 학생들.

샤르카는 자신의 할아버지가 바로 그 열차를 탔던 소년 중의 한 명이라고 귀띔해줬다.

그녀의 할아버지는 중앙역 근처에서 작은 호스텔을 운영하고 계셨다. 내친김에 아예 숙소를 그곳으로 정했다. 덕분에 원튼 경과 할아버지의 어린 시절의 눈물겨운 생활담도 밤새 들을 수 있었다. 할아버지에게 들은 원튼 경의 이야기와 당시의 상황에 대해 외신이 전하는 신문 기사의 내용을 정리하면 다음과 같다.〈Chicago Tribune, 2009. 9. 4일 자/한국일보 참조〉

2008년 영국 런던의 리버풀 스트리트 역에 구식 증기기관차 한 대가 흰 연기를 내뿜으며 들어섰다. 기차에는 백발이 성성한 노인 스물네 명과 그들 가족 174

명이 타고 있었다. 이들은 자신들을 마중 나온 한 노인과 감격의 해후를 했다.

2차 세계대전 발발 직전 나치 독일이 점령했던 옛 체코슬로바키아에서 기차 편으로 유대인 어린이 669명을 영국으로 탈출시킨 나이 100세의 '영국의 쉰들러' 니컬러스 윈튼의 선행을 재현하는 행사였다.

유럽에 전운이 감돌던 1938년 겨울, 런던에서 주식 중개인으로 일하던 니컬러스 윈튼은 스위스로 스키 여행을 떠나려는데, 인도주의 활동을 벌이던 한 친구로부터 체코슬로바키아의 유대인 어린이들을 열차로 탈출시키는 계획을 도와달라는 요청을 받았다. 망설임 없이 제의를 수락한 윈튼은 프라하로 가서 1939년 초 특별 열차를 준비했다. 이는 프라하에서 출발해 나치 독일과 네덜란드를 횡단하고 도버 해협을 횡난하는 1120킬로미터의 대장정이었다. 윈튼은 어린이들을 받아줄 가정까지 미리 준비해두었다.

윈튼이 마련한 특별열차는 아홉 차례 운행됐으나, 마지막 기차는 1939년 9월 1일 독일이 폴란드를 침공하면서 나치 독일군에 의해 제지됐다. 탑승한 유대인 어린이 250여 명은 강제로 끌려가 거의 희생된 것으로 알려졌다.

종전 후 윈튼은 이런 사실에 대해 일언반구도 없었으나 1988년 그녀의 부인 그레타Greta가 우연히 다락방에서 당시 특별열차에 탔던 어린이들의 명단과 사진을 발견하면서 '자유의 탈출극'이 세상에 드러났다. 윈튼은 이런 인도적인 업적으로 2002년 12월 영국 여왕으로부터 기사 작위를 받았고, 2008년 체코 정부에 의해 노벨 평화상 후보로 추천되기도 했다.

당시 '쉰들러 열차'에 몸을 실어 목숨을 구한 필립 할아버지는 두 살 아래 여동생과 함께 그 열차를 얻어 탈 수 있었다고 한다. 영국에 도착해서는 서로 다른 집으로 입양되었는데, 여동생은 입양 가족의 아들에게 성폭행을 당하다 결국 숨졌다며 눈시울을 붉혔다. 자신의 동생과 비슷한 희생을 당한 여러 이야기도 함께 들려주었다. 영국은 할아버지에게는 애증이 교차하는 나라였다. 결국, 할아버지가 영국 생활을 접고 고향 프라하로 돌아온 것도 여동생의 죽음과 무관하지는 않을 것이다.

유대인의 시체로 만든 비누

필립 할아버지에게 유대인과 관련된 여러 가지 이야기를 듣기 전까지 내가 아는 유대인에 대한 지식은 극히 일부분이었다. 영화〈쉰들러 리스트〉나〈피아니스트〉, 책에서 본 유대인에 대한 나치의 만행을 상상하는 것이 전부였다. 아니 지난번 폴란드 여행 중 방문한 아우슈비츠 수용소에서 본 사진과 살인 가스실 등은 좀더 구체적인 경험이었으나, 그것도 직접 전해 듣는 것처럼 전율은 느끼게 하지는 못했다.

유대인은 누구인가? 왜 히틀러는 유대인을 그토록 증오했을까? 나치는 정말 유대인이 열등 민족이라고 확신했던 것일까? 대부분 사

유대인 묘지.

람들이 한 번쯤은 가져봤을 법한 의문이다. 자세한 이야기는 폴란드 편에서 다루기로 하고, 프라하에서 겪은 유대인과 관련된 경험을 소개하겠다.

프라하 유대인 지구는 유럽에서 가장 오래된 골렘 전설을 가진 유대인 교회당1270년 전설과 특이한 시계가 매달린 옛 유대인 시청, 유럽 최대의 유대인 관련 자료를 전시한 박물관 등이 있어 여행자들의 발길을 묶어 놓는 장소다. 나치에 의해 희생된 유대인 묘지도 있다.

묘지는 핀카스 유대교회당Pinkasova Synagoga 뜰에 있다. 15세기 초에 조성된 이 묘지는 2차 세계대전을 거치며 급작스레 시신이 늘어나 비석의 숫자는 1만 2천 개이지만 실제 매장된 시신은 10만 구가 넘는다고 한다. 비석 한 개에 열 구 이상의 시신이 겹겹이 쌓인 셈이다.

이곳에서 한 소녀를 만났다. 대학교 초년생 정도로 보이는 하얀 얼굴을 가진 이 여대생은 물기가 마르지 않은 꽃다발과 정성껏 포장된 비누로 보이는 꾸러미를 비석 아래 놓고 기도를 올리고 있었다. 묘지를 방문하는 사람들이 꽃, 음료수, 과자 혹은 각종 액세서리 등을 묘지에 남겨두고 가는 것은 종종 보았지만, 비누를 놓고 가는 경우는 처음이었다. 호기심이 발동해서 여학생에게 다가가 말을 걸었다.

그녀는 캐나다에서 여행을 왔다고 했다. 비누를 묘지에 남겨둔 이야기를 묻지 않을 수 없었다. 그 여학생이 한 이야기는 충격적이었다. 그녀는 중학교 시절 학교에서 유대인들의 시신으로 나치가 비누를 만들어 유대인에게 공급했다고 배웠다는 것이다. 교과서에도 이 이야기가 실려 있다고 했다. 내 귀를 의심하지 않을 수 없었다. 도대체 믿을

수 없었다. 그렇다고 그녀를 더 추궁할 수도 없는 일. 다시 한 번 확인
차 정말 책에 그런 내용이 있느냐고 묻자 오히려 나를 이상한 눈초리
로 보았다.

뭔가 찜찜했다. 여행에서 돌아와 도서관을 돌아다니며 자료를 찾
았다. 아니나 다를까 유대인 비누에 대한 여러 가지 주장의 논문과 자
료들이 있었다. 캐나다 교과서와 관련된 내용이 있는 자료도 있었다.
대충 정리해 보면 이러하다.

나치가 유대인 희생자들의 시체로 비누를 만들었다는 이야기의 근
거는 1945년부터 1946년에 있었던 독일 뉘른베르크 재판에서 비롯했
다. 당시 재판 결과, 이 사건은 사실로 인정되었다. 그 후 수십 년 동안

유대인 복장을 한 유대인 모습.

많은 역사가는 이 내용을 입증하기 위해 근거 자료를 제시해 왔다. 다수의 홀로코스트 역사가들은 이 이야기가 반 나치 측의 전시 선전용 거짓말이라고 반박하며 기존 사실을 뒤엎는 자료를 제시했다. 나치가 저지른 만행이야 끔찍하지만 비누이야기는 거짓이라는 주장이다. 그 근거로 다음과 같은 자료를 제시했다.

나치에게 학살된 유대인들의 시체로 비누를 만들었다는 당시의 주장은 그 비누에 'RIF'라는 머리글자가 찍혀 있었다는 것을 근거로 제시하고 있다. RIF는 'Rein jüdisches Fet' 즉, '순수한 유대인 지방'을 뜻한다는 것이다. RJF가 RIF와 같은 의미라는 근거로 당시 독일에서는 J와 I는 철자를 교차 사용하기도 했다는 주장을 폈다.

그런데, 이를 반박하는 자료에는 실제 RIF의 의미는 'Reichsstelle für Industrielle Fettversorgung'으로 전시 중 나치에게 전쟁 물자를 공급하는 회사의 머리글자라는 것이다.

당시 인체비누 설은 전쟁이 한창 진행 중이던 1941년과 1942년 사이에 널리 확산되어 유대인들을 경악하게 했다. 물론, 이 이야기는 유대인들로 하여금 나치에 대한 증오심을 불러일으키는 데 큰 역할을 했다.

반박론자들은 전시 중에 반 나치 측인 연합군 측이 유대인들을 자극하고 결집하기 위해 전략적으로 퍼뜨린 설이라고 주장했다. 사실 여부도 그렇지만 내가 진정 놀란 것은 이런 확실한 근거가 입증되지 않은 내용이 캐나다 중등학교 표준 역사 교과서 《Canada: The Twentieth Century》에 실려 있다는 사실이다. 실제 그 책 속에는 단정적으로 말하고 있지는 않지만 분명하게 이런 내용이 실려 있었다.

'독일은 유대인 희생자들의 시체를 삶아서 비누를 만들었다고 전한다.'

시온주의자인 유대인 비방 대응기구ADL에 의해 출판되고 배포된, 《나치의 해부》라는 책자에서는 '야만화의 과정은 대량 학살과 더불어 끝나지 않았다. 살해된 사람들의 시체로 다량의 비누가 제조되었다'고 주장하고 있는데, 이는 어디까지나 시온주의자의 주장이다.

그런데 미래를 책임질 학생들이 배우는 교과서에 이런 내용이 실렸다는 것은 유대인과 나치에 대해 보다 객관적인 입장인 나로서는 지나침이 있다고 본다. 더구나 이로 말미암은 결과를 한 여대생의 행동을 통해서 본 나는 뭔가 씁쓸한 마음을 갖지 않을 수 없었다. 비록 역사의 기록이 아무리 승자의 기록이라고 하더라도 지나침이 넘치면 안 된다는 생각이다. 적어도 인류 역사의 기록만큼은 객관적 진실에 바탕을 두어야 하지 않을까?

유대인은 여전히 경계인

유럽을 여행하면서 이번처럼 유대인에 대해 관심을 가졌던 적이 없었다. 유대인의 역사를 깊이 알지 못해서인지 유럽 각지에서 과거 그들이 학대받으며 살아온 흔적을 볼 때도 연민 이상의 감정을 느끼지는 못했다.

유대인 시청.
시청사 위에 붙어 있는 시곗바늘을 주목해 보면 흥미롭다.
히브리어는 오른쪽에서 왼쪽으로 읽기 때문에
시곗바늘은 왼쪽에서 오른쪽으로 돈다.

그러나 이번에 폴란드와 체코 등을 여행하면서 유대인들이 치열하게 살아온 삶의 현장을 가까이에서 살펴보니, 유대인은 어떤 사람들이었으며 왜 굴욕의 삶을 살아야만 했을까 하는 의문이 들기 시작했다. 이런 이유로 의도적으로 유대인을 만나기도 했다.

사실, 유대인 하면 매부리코에다 검은 모자와 숄을 걸친 어딘지 중동인의 풍모를 가진 사람들일 것 같았다. 그렇게 생긴 유대인도 있다. 하지만, 오늘날 유대인을 외모와 인종 차원에서 구분하기는 쉽지 않다.

유대 민족의 기원은 기원전 2000년 이전으로 추정된다. 그들은 아브라함이 유일신이라는 믿음을 가지고 오늘날 팔레스타인 땅에 정착했다. 그 이후 기독교의 등장으로 유대인은 소수 민족으로 그들이 일궈온 터전에서 쫓겨났다. 기독교들은 유대인을 예수를 팔아넘긴 민족이라고 간주해 천대하고 탄압했다.

이렇게 쫓기는 유랑 생활을 하다 보니 유대인들은 일정한 직업은 물론 토지 소유 등이 극히 제한적일 수밖에 없었다. 유대인들이 고리대금업이나 중개인 같은 일에 하게 된 이유가 여기에 있다.

유럽인들에게 유대인들은 눈엣가시였다. 유대인들이 그렇게 된 데는 유럽인들의 책임도 있으면서 말이다.

이런 질시의 시선을 탈피하기 위해 많은 유대인은 결혼을 통해 혼혈 인종이 되고자 했다. 집시들이 자기 종족하고만 결혼하는 것과는 구별되는 점이다. 그래서 오늘날까지 집시들은 다수의 집시 혈통을 유지하고 있는데 반해 유대인은 그렇지 못하다.

　이런 이유로 오늘날 순수 혈통의 유대인보다는 혼혈 유대인들이 더 많다. 이렇게 보면, 오늘날 유대인을 구분 짓는 기준은 혈통이 아니라 유대교나 유대인의 교리, 유대인의 문화 등을 계승하고 있느냐 하는 것이 되어야 옳아 보인다.

　오늘날 유대인에 대한 인종적 구분이 무의미해졌다고 해서 그들에 대한 편견과 차별이 거의 없어졌으리라 생각한 나의 판단은 잘못이었다.

　지난번 독일 여행 때 독일 로텐베르크를 가기 위해 뮌헨에 머물 때였다. 내가 머물던 호스텔에서 한 쌍의 남녀를 만났다. 어디에서 왔느냐고 묻자 그리스에서 왔다고 했다. 그들도 로텐베르크가 다음 여행지라서 같은 열차를 타게 되었다. 당연히 그리스인이라 생각해 그리스에 대해 이것저것을 묻자 둘 다 뭔가 망설이며 어정쩡한 표정을 지었다. 내가 동양인이어서 다소 안심이 되었는지 그제야 속 시원히 얘기를 시작했다. 그들은 이스라엘인이라고 했다. 그때까지만 해도 내가 숙소에서 그들에게 어디에서 왔느냐고 물었을 때 국적이 아닌 그리스에서 왔다고 대답한 진의를 깨닫지 못하고 있었다. 내 말을 오해하여 직전 여행지를 대답한 것으로만 생각했다. 유대인에 대한 어떤 차별적 감정이 없었기에 진의를 파악하지 못했던 거다. 그들이 미안하다고 사과할 때야 비로소 그들의 진의를 알아차렸다.

　그들은 유럽인들 앞에서 자신들의 신분이 드러나는 것을 피하려 했던 것이다.

　우리는 여행사에서 표를 구하면서, 어느 지역에 가면 소매치기를 조심하고 어느 곳에서는 바가지요금을 경계하라는 주의를 듣곤 한다. 반면, 이스라엘에서는 이외에도 낯선 사람에게 이스라엘인이라고 함부로 말하지 말 것과 히브리어로 큰소리 내며 대화하지 말 것 등을 추가로 당부받는다고 한다. 이런 이야기를 듣고 보니, 유대인과 유럽인 사이의 갈등과 반목이 생각보다 심각하구나 하는 생각에 안타까웠다.

7

예술이 넘치는 도시
프라하

재즈와 함께한 프라하의 밤

체코인들도 재즈 음악을 즐길까? 미국의 흑인들에 의해서 시작된 음악 재즈, 비록 음악을 좋아하는 체코인이지만 재즈와는 좀 거리감이 있을 것 같았다. 그런 생각은 오해였다. 체코인들도 흑인 못지않게 재즈를 사랑하고 있었다. 재즈가 자유를 상징하는 음악이기 때문이다. 우리나라의 군부 통치 시절에 탈춤과 사물놀이가 민주화 운동과 함께했다면, 체코인의 자유화 운동에는 재즈가 있었다.

자유의 상징으로 표현되기도 하는 재즈가 공산주의 정권 아래서 자유로울 수 없었다. 그 시절에는 드러내 놓고 재즈를 즐길 수 없었다. 재즈클럽이 있었지만 당국의 감시에 문을 여닫기를 거듭하며 겨우 명맥을 유지할 뿐이었다. 이런 재즈를 한마디로 정의하기는 쉽지 않다. 그러나 분명한 건 흑인들이 처음 부르기 시작했고, 백인들에 의해 체계적이고 이론적으로 완성된 음악임은 틀림없다.

재즈 음악은 미국 루이지애나 주 뉴올리언스 지방에서 흑인 노예들이 그들의 처지를 달래며 부르기 시작한 것으로 추정된다. 루이지애나는 스페인령이었다가 프랑스로 지배권이 넘어왔다가 1803년에 나폴레옹이 1500만 달러를 받고 미국에 인도한 땅이다.

재즈의 어원은 프랑스어 'Jaser 재잘거리다'에서 비롯되었다고도 한다. 재즈가 재잘거리는 소리와 비슷하다고 해서 나온 말이다. 좀더 구체적인 가설도 있다. 뉴올리언스 홍등가에서 나왔다는 설이다. 당시 거리의 여인들이 재스민 오일을 뿌리고 다니며 'Jazzing it up 진탕 놀아볼까?' 이

재즈클럽 레두타.

레기교 초입에 있는 국립극장(Národní divadlo).

라며 남자들을 유혹했는데, 여기서 나온 말이라는 추측이다.

재즈의 어원이야 어찌 됐든, 재즈는 고상하고 지적인 음악이라기보다는 원초적이고 도발적인 음악이다. 재즈는 흑인 노예들이 자신들의 울분에 저속하고 선정적인 의미를 담아 자유를 그리는 수단으로 사용한 음악이자 언어였다. 암울한 시대에 밀란 쿤데라가 '에로틱한 도시'라고 지칭한 프라하와도 잘 어울리는 음악인 것이다. 자유를 염원하는 그들의 심정을 달래주는 수단으로 재즈가 불리는 것은 자연스러운 일이었다.

이틀 후면 프라하를 떠나야 할 때가 왔다. 프라하의 야경을 즐길 수 있는 마지막 밤이었다. 땅거미가 기울고 거리의 조명이 한둘 켜지기 시작할 때 카를교 남쪽에 있는 레기교를 향해 걸었다. 카를교의 마지막 야경을 즐기기 위해서였다.

카를교는 여전히 분주해 보였다. 쉴 새 없이 반짝거리며 터지는 카메라 플래시의 조명이 레기교에 서 있는 내게 그곳의 활기를 전해주었다. 프라하의 밤은 이렇게 깊어갔다. 여행하는 동안 내내 혼자였건만, 그날만은 누군가와 함께이고 싶었다.

그간 고마운 마음도 전할 겸, 안나와 샤르카에게 전화를 했다. 그들과 함께 재즈 바에서 작별 인사를 나누는 것도 좋겠다는 생각에서였다. 우리는 프라하에서 가장 유명하다는 레두타 재즈 바가 근처에 있는 지하철 B 호선 나로드니 트리다 Narodni Trida 역에서 만나기로 했다.

레두타 재즈클럽은 역에서 국립극장으로 가는 길목에 있었다. 1958년 공산정권 시절 처음 문을 열었다는 이 클럽은 미국 클린턴 대통령이 체코를 방문했을 때 당시 체코 대통령인 하벨과 이곳을 찾았던 곳이기도 하다. 이곳에서 클린턴이 직접 색소폰 연주도 했다는데, 그래서 더욱 유명하다.

체코 맥주를 마시고 연륜이 묻어나는 연주자들의 음악에 귀 기울이며, 또 체코의 아름다운 여성들과 프라하의 밤을 만끽한 즐거운 하루였다.

모차르트가 사랑한 도시

모차르트는 그의 고국 오스트리아에서보다 프라하에서 더 많은 사랑을 받았다. 그런 예는 그의 오페라 〈돈 조반니〉가 예나 지금이나 세상에서 가장 많이 공연되는 도시가 프라하인 것을 보면 알 수 있다. 이 음악을 토대로 만든 인형극 또한 프라하가 독보적이다. 스페인의 호색한 돈 주앙Don Juan을 모델로 한 〈돈 조반니〉가 탄생한 고향이 프라하이기 때문인지도 모르겠다.

모차르트는 생전에 다섯 번 프라하를 방문했다. 특히 모차르트는 1787년의 프라하에서의 기억을 잊지 못했다. 같은 해 1월 〈피가로의 결혼〉이 프라하에서 공연되었을 때 프라하 시민들이 보여준 열광은 가히 폭발적이었다. 로시니의 〈세비야의 이발사〉의 속편으로 작곡한 〈피가로의 결혼〉이 비엔나에서 1786년에 최초로 공연되었지만, 기대만큼 인기를 얻지 못했다. 하지만 프라하에서는 달랐다. 어쩌면 그 음

에스타트(Estates) 극장. 현지에서는 스타포프스케(Stavovské) 극장이라 불린다.
모차르트의 〈피가로의 결혼〉을 프라하에서 처음으로 공연한 곳으로 그해 〈돈 조반니〉를 초연
해 각광을 받은 이래 오늘날까지도 모차르트의 인형극을 공연하는 극장이다.

악이 담고 있는 힘의 때문인지노 노른다. 봉건 귀속의 하인인 피가로
가 결혼식을 둘러싼 사건을 통해 귀족들을 통렬히 비판하고 있는 것이
비엔나 합스부르크 왕가의 지배 아래에 있던 프라하 시민으로서는 통
쾌할 수밖에 없었을 테니까.

공연이 성공하자 프라하 시 당국은 즉시 모차르트에게 다른 곡을
의뢰했고, 그는 〈돈 조반니〉로 보답했다. 이 곡은 아예 프라하에 머물
며 썼다. 말하자면, 이 곡의 고향은 프라하인 것이다. 그래서인지, 구
시가 첼레트나 거리를 걷다 보면 〈돈 조반니〉 인형극 공연을 알리는 포

로마 바티칸 교황청.

스터를 자주 볼 수 있다. 말은 못 알아듣더라도 두 시간에 걸친 공연은 언제 시간이 다 지났는지 모르게 지루할 틈이 없다. 음악에 맞춰 춤추는 인형들의 동작 하나하나가 풍자적이어서 그 익살스러움이 극에서 압권을 이룬다.

모차르트는 이 곡을 자신의 후원자이자 친구인 두세크 부부가 빌려준 프라하 근교의 별장인 베르트람카에 머물며 썼다. 그리고 〈피가로의 결혼〉이 공연되었던 그해 10월 29일, 스타포프스케 극장에서 세상에 처음 선보였다.

이런 인연으로 스타포프스케 극장은 지금도 날마다 모차르트 인형극을 공연한다. 영화 〈아마데우스〉에도 등장했던 이 극장에서 모차르트의 인형극 공연을 감상하는 것도 프라하에서의 밤을 뜻깊게 보내는 방법이 될 것이다.

천재라 부를 수밖에 없는 이유

모차르트의 이름 앞에 반드시 붙는 수식어, 천재. 그가 천재임을 입증하는 예는 무수히 많겠지만 내가 기억하는 모차르트에 대한 천재성은 이런 것이다.

언젠가 텔레비전 프로그램에서 한 여가수가 휴대전화 번호를 누르는 소리만 듣고 누른 숫자 번호를 맞추는 장면이 나왔다. 음감이 없는 나로서는 마냥 신기할 뿐이었다. 모차르트가 한 번만 듣고 십여 분

오스트리아 비엔나(Wien) 왕궁정원(Bruggarten)에 있는 모차르트 조각상.
〈마술피리〉를 지휘하는 모습이 특히 인상적이다.

분량의 음악 악보를 암보로 옮겨 놓았다는 일화를 그의 천재성을 미화하기 위해 과장한 것으로 생각했는데, 그 프로그램을 보고 나서 그럴 수 있다는 걸 인정했다.

모차르트가 외웠다는 곡은 〈미제레레 Miserere〉라는 곡이다. 괴테가 《이탈리아 여행기》에서 밝혔듯 로마 교황청의 시스틴 성당에서 행해지는 성 금요일 날 저녁 예배에서 이 곡을 듣고 그 경험이 감동적이었다고 언급한 곡이다.

당시 폐쇄적이었던 교황청은 이 음악이 외부에 공개된다든가 시스틴 성당 바깥에서 연주되는 것을 엄격하게 금했다. 〈미제레레〉는 시스틴 성당에서만 들을 수 있었다. 이를 어기면 종교재판에 회부될 정도였다.

〈미제레레〉는 미사 끝에 불렸다. 교황과 추기경은 이 곡이 불리는 동안 제단 앞에 무릎을 꿇고 엎드린 채 촛불을 하나씩 껐다. 마지막 촛불을 꺼서 완전히 어두워지면, 곡이 끝나는 형식이다. 이 악보의 원작곡자는 그레고리오 알레그리 Gregorio Allegri 인데, 자신의 죄를 참회하며 만들었다고 한다. 알레그리는 이 곡 하나로 유명한 음악가가 되었다.

모차르트가 열네 살이던 1770년 4월, 그는 아버지와 함께 로마 시스틴 성당 부활절 미사에 참석했다. 오직 성 주간에, 바티칸에서만 그 곡을 들을 수 있어 그곳을 찾은 것이다. 그 곡을 들은 어린 모차르트는 크게 감명을 받아 그날 밤잠을 이루지 못하고, 저녁 미사에서 들은 음을 기억하여 종이 위에 그대로 옮겨 놓았다. 그 행위는 분명히 위법이었지만, 그렇게라도 해야 마음이 진정될 것 같았다. 이틀 뒤 모차르트는 아버지를 졸라 다시 시스틴 성당 저녁 미사에 참석했다. 자신이 기억한 악보를 확인하기 위해서였다.

그 후 모차르트는 볼로냐에 가서 파드레 마르티니 Padre Martini로부터 대위법을 사사 받는다. 그때 모차르트는 스승에게 여전히 귀에서 맴도는 시스틴 성당에서의 경험을 말해버렸다. 우연히 찰스 버니 Charles Burney라는 영국인 음악사 연구가가 그 집에 머물던 중이었다.

영국으로 돌아간 버니는 1771년 자신의 이탈리아 여행기를 출간하면서 부록으로 여러 악보를 끼워 넣었는데, 그 안에 〈미제레레〉 악보도 포함되어 있었다.

우연이라고 보기에는 뭔가 의문이 가시지 않는다. 버니가 천재 소년 음악가의 장래를 염려하여 가톨릭의 문책으로부터 보호하기 위해 그 사실을 밝히지 않은 것으로 사람들은 믿고 있다.

결과적으로 〈미제레레〉는 교황청이 독점할 수 없는 곡이 되어버렸다. 아쉬운 점은 〈미제레레〉의 암보가 나돌자 원작자인 그레고리오가 자신의 원보를 아예 없애버려 최초의 〈미제레레〉의 원보가 영영 사라진 것이다.

모차르트의 레퀴엠

모차르트에 대한 프라하의 각별한 사랑은 영화에서도 엿보인다. 그의 일대기를 그린 〈아마데우스〉를 보자. 이 영화를 본 독자들은 영화에서 흘러나오는 모차르트의 〈레퀴엠〉의 감동이 여전히 마음 한구석에 찡하게 남아 있을 것이다. 모차르트의 레퀴엠Requiem은 미완성 작품임에도 불구하고 레퀴엠 역사상 최고의 걸작으로 평가받고 있다.

레퀴엠은 장례를 위한 가톨릭 의식을 말한다. 이 미사는 '천주여, 그들에게 영원한 안식을 주옵소서Requiem aeternam donna eis, Domine'로 시작되는데 그 첫 글자를 따서 레퀴엠이라고 줄여 부른 데서 나온 말로 이제는 음악의 한 장르가 되었다.

모차르트가 레퀴엠을 쓰기 시작한 것은 1791년 7월이다. 영화 〈아마데우스〉를 보면, 모차르트는 어느 날 검은 옷을 입은 기이한 풍채를 한 정체불명의 한 남자로부터 진혼곡을 써 달라는 의뢰를 받는다. 이 남자는 마치 저승사자를 연상케 하는데, 마치 모차르트가 자신의 죽음을 예감하고 자신을 위한 진혼곡을 쓰는 것처럼 비치는 신비스러운 장면이다.

이런 줄거리는 1791년 9월 모차르트가 〈피가로의 결혼〉의 대본 작가인 다 폰테Lorenzo Da Ponte에게 썼다고 하는 편지 내용을 바탕으로 하고 있는데, 아쉽게도 이 편지는 후에 누군가의 위작으로 판명되었다. 모차르트 사후 그의 유품 값을 노린 것이거나 모차르트의 죽음을 극적으로 보이게 하려고 의도한 것으로 여겨진다. 실제 의뢰인과 계약한 문서도 발견되었다.

의뢰인은 발제크 쉬트파흐Walsegg zu Stuppach라는 귀족이었다. 그는 충분한 대가를 지급하겠으니 의뢰인이 누구인지 알려고 하지 말라는 단서를 붙이고 곡을 주문했다. 계약서에 의하면, 의뢰인은 계약금으로

25듀카트를 지급하고 곡을 완성한 후에 25듀카트를 내기로 되어 있었다. 당시 금액이 어느 정도의 가치가 있었는지 가늠하기 어렵지만, 상당한 금액인 것으로 보인다.

비싼 비용을 내는 데는 그럴만한 이유가 있었다. 아마추어 작곡가인 발제크 후작은 그해 2월에 세상을 떠난 자신의 젊은 아내의 1주기 때, 이 작품을 자기 이름으로 발표하려고 했었다. 그런데 1791년 12월 5일, 모차르트가 이 곡을 완성하지 못한 채 세상을 떠나버리고 만 것이다.

사정이 이렇게 되자 모차르트의 아내 콘스탄체에게 불똥이 튀었다. 콘스탄체는 슬픔에 잠길 새도 없이 이 문제를 해결해야 했다. 이미 선금으로 절반의 돈을 받았기 때문에 어떻게 해서든 완성된 악보를 넘겨주어야 했다. 콘스탄체는 모차르트의 애제자인 쥐스마이어에게 작품의 완성을 부탁했다.

모차르트 자신도 이미 자신의 운명이 다했음을 직감한 12월 4일, 제자 쥐스마이어를 불러 작곡하다가 중단된 곡을 어떻게 완결할 것인가를 지시했다고 한다. 그리고 다음날인 5일 오전 0시 55분에 서른여섯의 나이로 모차르트는 영원히 잠들었다.

이때 〈레퀴엠〉은 전체의 3분의 2 정도 완성된 상태였다. 쥐스마이어는 스승의 유언에 따라 모차르트의 악상을 더듬으며 그의 기법을 그대로 사용하여 모차르트가 죽은 후 2개월 후에 이 곡을 완성했다. 이것이 오늘날 '쥐스마이어 판'으로 알려진 모차르트의 레퀴엠이다.

그러나 스승과 같은 신적인 영감을 갖고 있지 못했던 쥐스마이어

모차르트의 고향 호엔잘츠부르크 성 전경

는 모차르트가 미처 구술하지 못한 부분들을 작곡하면서 그 미숙함을 드러냈다. 결국, 곡의 앞 부분의 여기저기서 몇 부분 발췌하여 이어 붙이는 것으로 곡을 끝맺고 말았다.

어렵사리 완성된 곡을 넘겨받은 발제크는 의도한 대로 악보를 정성스럽게 자신의 필체로 카피하여 자기 이름으로 발표했다. 하지만 이미 다른 곳에서 초연이 된 후였다. 같은 해 1월 2일, 모차르트의 후원자였던 반 즈비텐 남작의 주선으로 콘스탄체와 그녀의 아이들을 위한 자선 공개 연주회에서 이미 초연했던 것이다. 영화에서처럼 자신의 죽음을 예감하고 투혼을 발휘해 가며 자신의 진혼곡을 쓴 것처럼 비친 〈레퀴엠〉에 관한 일화는 이렇게 끝이 난다.

위대한 인물에게는 늘 극적인 이야기가 따라붙는다. 모차르트 유골의 진위에 대한 공방도 여전히 미스터리하다.

모차르트와 베토벤의 묘지는 비엔나의 중앙 묘지에 있다. 이곳엔 날마다 젊은 예술가들과 관광객들이 방문해 존경하는 음악가에게 꽃을 바친다. 베토벤이 영면을 취하고 있는 묘지와 달리, 모차르트의 묘지는 일종의 기념탑에 가깝다.

모차르트가 실제로 묻힌 곳이 어디인지 아는 사람은 아무도 없다. 베토벤은 모든 비엔나 시민의 슬픔 속에, 수천 명의 군중의 눈물과 함께 묘역에 든 반면 모차르트는 비참하고 쓸쓸한 최후를 맞았다. 베토벤처럼 성대한 장례식은 고사하고 두 명의 장의사 인부에 의해 공동묘지에 열다섯 구의 시신과 함께 버려지다시피 매장되었다. 그의 제자나 가족 외 누구를 통해서도 장례식이 치러졌다는 기록이 전해지지 않는다.

10년 후, 누군가 전해지는 말에 의하면 매장한 인부에 의해 그의 유골이 파헤쳐졌다. 파낸 유골은 암시장에서 거래되었다. 그 당시 유명인들의 유골은 비싼 값에 거래되었는데, 해부학자들이 주 고객이었다.

여러 사람의 손을 거쳐 모차르트의 것으로 짐작되는 유골이 해부학자 조제프에게 넘겨졌지만, 안타깝게도 이때 그의 두개골은 학문적 연구를 빌미로 외관상 심한 손상을 입었다. 그런 후, 조제프를 포함하여 여러 명의 의사와 인류학자들은 이 유골이 모차르트의 것이 틀림없다고 주장했다.

1902년, 모차르트 재단은 아주 비싼 값을 주고 유골을 사들였다.

상당한 시간이 흐른 2007년, 오스트리아 공영 텔레비전 방송사는 모차르트 탄생 250주년을 맞아 이슈가 될 만한 이벤트를 계획했다. 모차르트의 두개골의 사실 여부를 밝히는 최종 조사 결과를 밝히기로 한 것이다. 사전에 채취한 모차르트의 할머니와 조카의 유골에서 떼어낸 조각과 모차르트의 유골의 DNA 분석을 의뢰한 결과였다. 하지만 유감스럽게도 세 사람 사이의 어떠한 혈연적 유사성도 끝내 밝혀내지 못했다.

신이 가장 사랑하는 사람

영화 〈아마데우스〉의 제목은 볼프강 아마데우스 모차르트라는 이름 중, 미들 네임에서 따 온 것이다. '신이 가장 사랑하는'이라는 뜻이다. 이 이름은 모차르트가 태어날 때 붙여진 이름이 아니라 그가 열 살쯤 되었을 때 천재성이 드러나자 아버지가 별칭으로 지어준 이름이다.

〈아마데우스〉 영화의 대부분은 프라하에서 촬영했다. 구시가지가 아니라 프라하 성 주변이 주 무대다. 오스트리아 잘츠부르크 출생으로 비엔나에서 주로 활동했던 모차르트의 일생을 그린 영화가 왜 비엔나가 아닌 프라하에서 촬영되었을까?

우선 현실적인 문제가 그 이유일 수 있다. 비엔나의 옛 모습을 그대로 재현해 보이려면 도시를 둘러싸고 있는 환상도로 안쪽 주변에서 촬영해야 했다. 그런데 2차 세계대전으로 환상도로 안쪽의 많은 부분이 폭격으로 훼손되었고, 복원 작업을 하면서 현대식 건물이 들어선 것이 문제가 되었을 것이다.

두 번째 이유는 감독 자신의 회한이 비엔나 보다는 프라하 쪽으로 기울었을 수 있다.

이 영화를 제작한 감독은 체코 출신의 미국 감독 밀로스 포만이다. 영화를 좋아하는 사람은 밀로스 포만의 다른 영화, 〈뻐꾸기 둥지 위로 날아간 새〉, 〈래리 플린트〉 등도 떠오를 것이다. 포만은 밀란 쿤데라가 프라하 대학에서 교수로 재직할 때 그의 제자이기도 했다. 그래서인지 포만도 쿤데라와 비슷한 인생 행로를 밟는다. 쿤데라가 체코를 떠나 프랑스로 망명한 것 처럼, 그도 1968년 '프라하의 봄'이 실패로 돌아가자 서둘러 미국으로 망명길에 올랐다.

이런 이유에서 그는 어떤 방식으로든 고향 프라하에 진 마음의 빚을 〈아마데우스〉를 통해 갚고 싶었던 건 아니었을까. 그가 나중에 회

모차르트의 친구이자 후원자인 두세크 부부의 별장. 모차르트는 친구가 빌려준 이곳 별장에서 〈돈 조반니〉를 작곡했다. 지금은 잘츠부르크 모차르트 재단에 의해 기념관으로 운영되고 있다.

고하기를, 영화를 촬영할 곳으로 프라하를 우선적인 장소로 선정하고
도 고국에서 거절할지 몰라 고민했다고 털어놓은 데서도 짐작할 수 있
다. 다행히 당시 예술을 이해하는 희곡 작가 출신의 하벨 대통령이 적
극적으로 지원해 무사히 촬영을 끝마칠 수 있었다.

오히려 영화에서는 실제 모차르트가 생활했던 비엔나의 모습은
단 한 장면도 나오지 않는다. 프라하 성 정문을 바라보고 왼쪽에 서 있
는 흰색 건물 스테른베르크 궁전이 영화에서는 비엔나 합스부르크 가
문의 궁전인 호프부르크 궁전으로 나오고, 이 광장흐라트차니의 7번지 주
택이 모차르트의 집으로 등장한다. 이렇게 모차르트에 대한 프라하의
사랑은 각별하다.

이게 다가 아니다. 모차르트가 머물며 〈돈 조반니〉를 작곡한 베르
트람카 별장도 잘츠부르크 모차르트 재단에 기증되어 지금은 모차르
트 박물관으로 운영되고 있다. 이곳에서 매년 6월에서 7월 첫 주까지
모차르트를 기리는 음악회가 열린다. 그곳을 잇는 길은 모차르토바
Mozartova거리라고 불린다.

꿈속의 내 고향

프라하에서의 마지막 날은 어디에서 무엇을 하며 보낼까 좀더 뜻깊게
보낼 무언가가 없을까?

이 문제는 전날 밤 재즈클럽에서 만난 안나가 말끔히 해결해주었

드보르자크의 생가 정원에 세워진 드보르자크 동상.

드보르자크의 생가.

다. 안나는 아버지의 고향이 프라하에서 30킬로미터 정도 떨어진 넬라호제베스Nelahozeves 마을인데, 그곳이 바로 드보르자크의 고향이니 꼭 가보라고 일러주었다. 그의 생가는 현재 드보르자크 박물관으로 운영되고 있다고 했다.

그 마을에 아무리 체코를 대표하는 음악가 드보르자크의 생가가 있을지라도 다른 볼거리가 없다면 주저했을 것이다. 그런데 마침 그곳에 드보르자크의 생가 외에도 로프코비츠 후작의 성이 있었다. 이 성은 넬라호제베스의 상징이기도 한데, 성 박물관은 베토벤의 〈운명 교향곡〉 진본 악보도 소장하고 있다고 하지 않는가! 너무나도 유명한 〈운명 교향곡〉 악보를 체코에서 볼 수 있다는 사실이 놀라웠다. 당연히 비엔나에 있을 줄 알았기 때문이었다.

로프코비츠 후작은 보헤미아의 귀족으로, 프라하 성 아래 동문 근처에도 그의 궁전이 있다. 궁전의 주인인 로프코비츠 귀족이 가난한 베토벤을 후원했기에 〈운명 교향곡〉과 〈영웅 교향곡〉 악보가 후작에게 헌정된 것이다.

체코에 대해 알면 알수록 생각할 주제가 많아졌고 거슬러 올라가야 할 역사의 간격도 점점 넓어져갔다. 다음 여행 경로는 베토벤의 '불멸의 여인'의 행적을 좇아 체코의 지방 도시를 돌아볼 계획이었기에 뜻깊은 장소일 것 같았다.

엉킨 실타래는 한번 매듭이 풀리기 시작하면 술술 풀리기 마련. 우연하게 주어진 기회가 여행의 실마리를 조금 비틀어 놓았지만, 이런 데에서 여행의 묘미는 더해진다.

넬라호제베스의 상징인 로프코비츠 후작의 성.
이 성 내부의 전시관에 베토벤의 〈운명 교향곡〉 악보 원본이 있다.

현재 운행되는 증기기관차 중 가장 빠른 증기기관차.

넬라호제베스 마을은 안내 책자에도 소개되어 있지 않은 인구 500여 명의 작은 마을이다. 낯선 초행길이라 아침 일찍부터 서둘렀다. 프라하에서 출발한 기차가 약 30분 정도 보헤미아의 너른 평원을 달리고 나서 넬라호제베스 역에 도착하니 시계는 오전 10시를 막 넘어선 이른 시간이었다. 일찍 준비한 보람이 있었다. 좀 여유롭게 돌아봐도 될 것 같았다.

역에 내려서 주변을 걸었다. 들에는 노란 유채꽃이 녹색의 풀들과 어우러져 한바탕 잔치를 벌이고 있었다. 하늘에는 뭉게구름이 고요히 떠 있었다. 나는 그 아래 펼쳐진 보헤미아 들판을 바라보며 천연의 공기를 마음껏 호흡했다. 시냇물 소리, 이끼 낀 돌길, 바스락거리며 팔랑이는 진녹색 이파리, 어느 것 하나 감탄하지 않을 수 없었다.

나뭇가지 사이로 비치는 따스한 햇볕을 쬐며 좀더 여유를 부렸다. 병풍처럼 펼쳐진 산, 아기자기한 마을, 유채꽃밭을 둘러싼 녹색 길, 이 모든 것이 어우러져 멋진 장관을 만들어 냈다. 동화 속 마을이 따로 없었다.

드보르자크의 생가는 철길에서 몇십 미터도 떨어지지 않는 곳에 있었다. 그런데 저 멀리서 흰 연기를 뿜으며 증기기관차가 역을 향해 들어오고 있었다. 50년쯤 역사의 수레바퀴를 과거로 돌려놓은 듯 말이다. 이 증기기관차는 시속 160킬로미터의 속력을 내는 오늘날 세상에 남아 있는 증기기관차 중 가장 빠른 것이라 한다. 프라하 여행 중 반나절 정도만 할애하면 충분히 다녀올 수 있는, 잊지 못할 추억을 만들 장소라고 말하고 싶다.

드보르자크의 생가 건물은 생각보다 규모가 컸다. 드보르자크의 아버지가 한때 여관과 정육점을 운영했다더니, 그때 마련한 집인 것 같았다.

여유가 있어 마을 주변을 돌아보고 드보르자크의 생가 앞으로 다시 돌아오니 고등학생으로 보이는 학생들이 단체로 몰려 있었다. 조용하고 작은 마을이 일순간 소란스러워졌다.

생가 안으로 들어서자 때마침 드보르자크의 〈신세계 교향곡〉 제2악장이 흘러나오고 있었다. 알다시피 이 곡은 우리나라 음악 교과서에도 실린 〈꿈속의 내 고향〉이다.

꿈속에 그려라 그리운 고향
옛 터전 그대로 향기도 좋아
지금은 사라진 친구들 모여
옥 같은 시냇물 개천을 넘어
반딧불 쫓아서 즐기었건만
꿈속에 그려라 그리운 고향
(하략)

마치 고향에 온 듯한 착각을 일으키는 멜로디다. 요즘에야 언제 어디서나 클래식 음악을 쉽게 찾아 들을 수 있지만, 내가 어린 시절엔 텔레비전이나 전축이 흔치 않아 클래식을 듣기가 어려웠다. 그랬기에 이 곡을 들으면, 클래식이 뭔지도 모르던 어린 시절이 떠오른다.

1892년 9월, 프라하 음악원의 교수로 재직 중인 드보르자크에게 한 통의 편지가 도착했다. 미국 뉴욕의 국민음악원 설립자인 자네트

서버Jeanette Thurber 부인이 보낸 것으로 드보르자크가 국민음악원의 원장이 되길 바란다는 내용을 담고 있었다. 드보르자크는 프라하를 떠나는 것이 마음에 걸렸지만, 워낙 좋은 조건이어서 요청을 받아들이기로 했다.

그는 그해 가을 뉴욕행 비행기를 탔다. 유럽에만 머물던 그의 눈에 신대륙의 풍물들은 그저 신기하게만 보였다. 많은 발전을 이룬 신대륙은 체코와 많이 달라 보였다. 그는 서서히 신대륙에 눈뜨기 시작했다. 서부 대평야의 광활한 아름다움이나 흑인들의 영가는 물론 인디언들의 전통 민요들이 그의 눈과 귀를 새롭게 했다. 이듬해, 여기서 받은 영감을 토대로 그는 〈신세계 교향곡〉 초고의 틀을 잡는다.

미국에 온 다음 해 여름, 드보르자크는 여름휴가로 많은 체코인이 이주해 정착한 아이오아주의 스피르빌이라는 마을을 찾아갔다. 그 마을은 고향 체코의 풍경과 흡사했다. 그는 그곳에서 따뜻함과 편안함을 느꼈다. 이러한 심적 안정은 〈꿈속의 그리운 내 고향〉의 강한 모티브가 되었다.

드보르자크는 휴가에서 돌아오자마자 교향곡의 마지막을 완성했다. 완성된 곡은 그해 12월, 뉴욕 필 관현악단에 의해 카네기홀에서 초연되었다. 공연의 마지막 장이 끝났을 때 관중의 환호와 갈채가 홀 전체를 흥분과 열광의 도가니로 몰아넣었다. 드보르자크의 음악이 고향을 떠나 신대륙을 개척한 미국인들의 정서를 위무해주었던 것이다. 바로 이것이 드보르자크 교향곡의 특징이다.

그가 교향곡에 담은 것은 신대륙의 느낌만이 아니었다. 고향에 대한 보편적인 정서와 향수를 소박한 선율로 표현한 것이었다. 이는 다양한 민족이 모여 사는 미국인들의 가슴을 파고들었다. 나라와 민족을 떠나, 어디서든지 누구나 꿈속의 고향을 떠올릴 수 있는 곡, 그것이 바로 드보르자크의 〈신세계 교향곡〉이다.

드보르자크의 고향 마을에서 알게 된 것이 하나 있다. 드보르자크가 기차광狂이 될 수밖에 없었던 이유! 그는 기차광으로 각종 열차의 모형도와 모형을 수집했다. 어린 시절 기차역 근처에서 자라, 증기를 뿜으며 달리는 기차에 대한 로망이 있었나 보다. 그는 프라하 음악원에 재직할 때에도 기차 발착시간이 되면 어김없이 기차역에 나타나 떠나는 기차를 유심히 관찰했다고 한다.

〈신세계 교향곡〉의 1악장의 서주부序奏部에서 빠른 주부로 연결되는 과정을 잘 들어보자. 마치 증기기관차의 발차 모습을 연상케 한다. 강한 드럼 소리와 함께 서서히 빠른 속도로 전개되어가는 이 곡은 기차여행을 떠나는 듯하다.

앞서 내가 이 교향곡을 알게 된 건 음악 교과서에서였다고 했다. 당연히 우리나라 음악인 줄 알았으며 드보르자크의 신세계 교향곡임을 알게 된 것은 한참 후의 일이었다.

혹시 '빠~밤 빠~밤' 하는 긴장된 음향으로 시청자의 눈과 귀를 집중시킨 '죠스바'라는 아이스크림 광고를 기억할는지 모르겠다. 이 광고의 배경 음악은 존 윌리엄스가 스티븐 스필버그의 영화 〈죠스〉를 위해 작곡한 메인타이틀이다. 다름 아닌, 드보르자크의 교향곡 9번 〈신세계 교향곡〉 4악장을 기초로 만든 영화 음악이다. 〈죠스〉에서 "살인

상어가 나타났어요!"라고 소리치는 장면과 함께 긴박함을 느끼게 하는 음악이 〈신세계 교향곡〉 4악장이다.

대다수 사람이 자신을 스스로 클래식에 문외한이라고 생각한다. 우리의 일상을 둘러보자. 수많은 클래식 음악이 우리 곁에 가까이 있다. 휴대전화만 해도 그렇다. 통화 연결음으로 많은 사람들이 클래식 곡을 사용한다. 텔레비전 코미디 프로그램에도 클래식 음악이 곧잘 등장한다. 개그콘서트에서 최고의 인기를 누리는 '달인' 코너의 시그널 음악은 다름 아닌 바이올린 연주자 겸 작곡가인 크라이슬러의 〈사랑의 기쁨Liebesfreud〉이다.

지하철에는 비발디와 모차르트의 음악이 흘러나와 지친 출퇴근길을 함께 해준다. 하다못해 환경미화차가 후진할 때조차 베토벤의 〈엘리제를 위하여〉가 흘러나오는 나라가 대한민국이다. 우리의 클래식 수준이 결코 뒤떨어지는 것이 아니지 않은가? 다만, 이런 것들을 무심코 지나치는 것이 아쉽다.

밀란 쿤데라의 회한

1989년의 한국은 정치적으로는 안개 정국이었고 경제적으로는 도약의 시기였다. 군부독재에 항거하는 대학 캠퍼스는 하루가 멀다 하고 최루탄 가스로 뒤덮였다. 한편 86아시안게임과 88올림픽을 성공적으로 치른 나라로, 경제의 세계화를 향한 발돋움을 시작한 때이기도 했다. 그즈음 시내 한 극장에는 〈프라하의 봄〉이라는 제목의 영화 간판이 걸려 있었다.

차창 틈으로 본 간판의 광고는 당시로는 꽤 에로틱한 내용이었다. 필립 카우프만 감독이 밀란 쿤데라의 소설 《참을 수 없는 존재의 가벼움》을 영상으로 옮긴 영화였다. 그때만 해도 영상물 규제가 매우 엄격한 때라 대단히 이례적이라 생각했다. 국외에서도 이슈가 됐던 에로틱한 영화를 수입한 건 올림픽을 개최한 국가로서, 즉 '대한민국은 개방적인 국가'라는 것을 보이려는 홍보성 수입이 아니었나 싶었다.

어쨌거나 영화 〈프라하의 봄〉이 책에서 다룬 성sex을 어떻게 그렸을지 슬며시 호기심이 일었다. 냉큼 표를 끊고 영화를 보고 나왔지만, 아무래도 소설의 매력에 비해 아쉬운 영화였다. 기대에는 못 미쳤지만 오이디푸스 신화와 니체의 영원한 회귀 사상 등 철학적 담론을 담으려 했던 점은 평가해줄 만하다고 생각했다.

무엇보다 이 영화가 감동을 준 것은 영화 그 자체보다 드문드문 흐르는 야나체크의 음악이었다. 영상과 오디오의 멋진 조화가 예술성을 한 단계 더 끌어올렸다.

원작 소설에서는 야나체크의 음악이 아닌 베토벤의 현악 4중주곡이 나온다. 감독이 베토벤이 아닌 야나체크의 음악을 사용한 이유가 있을 것 같았다. 야나체크가 쿤데라 아버지의 음악 스승이었기 때문에 감독이 배려한 것일까? 항간에는 쿤데라가 감독에게 다소 무거운 베토벤의 음악보다 감미로운 야나체크의 음악으로 대신하면 어떻겠냐고 조언하며 특별히 부탁했다는 말도 있다.

<〈프라하의 봄〉으로 번역되어 우리에게 소개된 영화 포스터.

《참을 수 없는 존재의 가벼움》은 인간의 삶에 대해 말한다. 인간의 삶이란 너무 가벼워서 견딜 수 없을지도 모른다고. 세 명의 주인공 토마스, 테레사, 사비나를 통해 인간 존재의 무게를 담론하는 소설이다.

토마스는 한 사람에게 얽매이는 것을 견디지 못한다. 삶을 그 자체로 즐기고 성을 자유롭게 누리고 싶어 한다. 테레사는 소유하고 싶지만 소유할 수 없는 사랑을 가슴에 품고 자신의 존재에 대한 의문을 품는 인물이다. 사비나는 삶이든 성이든 어느 한 곳에 정체되는 것에 대한 두려움 때문에 끊임없이 떠돈다. 인간 존재의 가벼움 만큼이나 가볍게 떠다니는 인물로 그려진다.

이들 세 명의 삶은 이 책의 제목을 그대로 보여준다. 우리가 진지하게 생각하는 삶이라는 것은 어쩌면 무한히 가벼운 것일지도 모른다. 인생은 단 한 번 밖에 살 수 없기에, 모험이라는 것은 존재하지 않기에,

우리의 삶은 그만큼 가벼워질 수 있다고 소설은 말한다. 인생에 연습이라는 것은 없다. 살아가는 것, 그 자체가 곧 삶이다. 내가 어떠한 방식으로 살아갈 것을 결심하든 그것은 결심을 떠난 나의 삶이다.

삶이라는 것은 이미 모험을 삶으로 만들어버리는 힘을 가진다. 존재의 가벼움을 왜 참을 수 없는가? 가벼움과 무거움이란 우리 삶에 내포된 상반된 두 가지 성질이다. 자유롭고 싶은 마음과 안정적이길 바라는 마음, 성실해지려는 마음과 배신하고자 하는 마음, 물론 우리는 둘 다 가지고 있고 이 모순 속에서 많은 고민을 한다.

앞서 말한 음악에 대해 조금 더 말해보자. 이 소설에서 쿤데라가 베토벤의 음악을 등장시킨 이유가 단지 분위기를 누그러뜨리고 감미롭게 하기 위해서만은 아닐 것이다. 어떤 메시지를 전달하려는 의도가 있을 것이다.

그래야만 하는가? 그래야만 한다

나는 슈크보레츠키 Josef Škvorecký가 말한 카프카적인 이야기를 통해 쿤데라의 생각을 짐작해 보고자 한다. 어떤 섬뜩한 사건이 우연히 등장해 당혹스러운 모순상황으로 치닫는 경우를.

프라하의 한 엔지니어가 런던에서 열린 학술토론회에 참석하고 프라하로 돌아갔다. 얼마의 시간이 지난 후 그는 당 기관지인 〈루데 프라보 붉은 권리〉에서 런던 학술대회에 파견되었던 한 체코인 엔지니어가 서방 신문들을 상대로 당을 비방하는 성명을 발표하고는 서방 세계에 남기로 결정했다는 내용의 기사를 읽는다. 그 엔지니어는 이 기사가 자기 자신의 이야기라는 걸 깨닫는다. 그의 여비서는 "선생님은 돌아오지 말아야 했어요"라고 공포에 사로잡혀 말한다. 그는 가만히 있어서는 안 되겠다고 생각하고 서둘러 그 기사를 실은 신문사 편집국을 찾아가 사실이 아님을 이야기한다. 편집장은 진심으로 미안해하지만 자기로서는 할 수 있는 일이 없다고 대답한다. 그 기사 내용이 정부기관 윗선에서 직접 전달되었기 때문이라는 것이다. 그래서 엔지니어는 정부기관을 찾아간다. 그들은 착오로 인해 생긴 일이 분명하다고 인정하면서도 어떠한 조치도 취하지 못한다. 런던 주재 대사관의 비밀 정보원에게서 보고를 받았기 때문이라는 것이다. 그러면서 아무 일도 일어나지 않을 거라고, 조용히 살 수 있을 거라고 그를 안심시킨다. 그러나 그는 자신이 감시당하고 있다는 걸 곧 눈치챈다. 그는 불안 때문에 잠도 잘 수 없게 된다. 악몽에 시달리던 그는 불법적으로 조국을 떠나려는 시도를 하게 되고, 마침내 진짜 망명자가 된다.

이 이야기는 예언적인 말이 부정적 위력을 갖게 되는 것에 대해 경고한다. 우리 속담에 '말이 씨가 된다'는 말이 있듯이 명백히 사실이 아닌 기사가 예언적 능력을 발휘한 것이다. 경험 혹은 사건이 말과 이야기를 이끌어내는 것이 아니라 말과 이야기가 거꾸로 경험과 사건을 이끌어낸 사례다.

법정에서 억울한 형을 선고 받은 사람이 스스로를 죄인으로 몰아가는 경우와 같다. 위 이야기에서 엔지니어의 처지는 곧 쿤데라의 처지일 수도 있다. 그래서 쿤데라는 자신의 처지를 강요된 망명의 부조리한 상황으로 설명하고자 한 것은 아닐까? 그의 소설에 베토벤이 작곡한 16곡의 현악 4중주곡 중 마지막 곡인 Op.135를 등장시킨 이유가 말이다. 이 악보에는 베토벤이 자필로 쓴 모호한 문구가 있다. 기악곡에 웬 가사가 있단 말인가!

'그래야만 하는가? 그래야만 한다. 그래야만 한다.'

수수께끼 같은 이 반어법적인 문구는 위의 엔지니어가 그랬듯 자신이 조국을 등지고 망명할 수밖에 없었던 자신의 뜻을 묵시적으로 변명해 보이려고 한 것은 아닐런지.

쿤데라는 1975년, 마흔여섯의 나이에 프랑스로 망명한다. 3년 전부터 프랑스 브레타뉴 지방의 렌 대학에서 교환교수를 지낸 그는 체코로 귀국하지 않고 그대로 프랑스에 눌러앉았다.

베토벤의 사랑을 그린 영화 〈불멸의 연인〉에서는 어떤가? 영화의 마지막 부분을 보다 나는 어떤 전율을 느꼈다.

죽음을 얼마 남겨두지 않은 베토벤이 침대에 누워 작곡을 하고 있다. 이때 한 여인이 찾아온다. 베토벤의 제수이자 영화에서 불멸의 연인으로 그려지는 요한나다. 베토벤은 '조카 카를의 양육권을 생모인 요한나에게 돌려준다'라고 쓰인 서류에 사인한다. 그리고 요한나에게 무언가를 말하려고 하지만 기력이 없어 목소리가 나오지 않는다. 메모할 곳을 찾다가 들고 있던 악보 위에 무엇인가를 적기 시작한다.

'그래야만 하는가 Muss es sein?'

이 메모를 읽은 요한나는 베토벤이 들고 있던 펜을 받아서 다시 그 악보 밑에 이렇게 적는다. '그래야만 한다 Es muss sein.'

베토벤만이 알고 있을 이 말의 의미를 영화에서는 이런 식으로 해석해 놓았다. 나는 쿤데라가 자신의 회한을 이 대목을 빌어 변명해 놓은 것은 아니었을까 의심해 본다. 자신이 조국을 등지고 망명할 수밖에 없었던 입장을 말이다.

망명자 쿤데라는 대부분 글을 프랑스어로 발표했다. 그래서《참을 수 없는 존재의 가벼움》도 프랑스어 판만을 정본으로 인정해 각국의 언어로 번역했다. 프랑스인들은 쿤데라를 체코 출신의 프랑스 작가라고 생각한다.

쿤데라는 망명객이라는 신분 때문이지 체코나 프랑스 어디에도 그의 사생활에 대한 흔적을 남기지 않았다. 열아홉 살 이래로 27년간 살았던 프라하에도 그가 망명하기 전 살았던 아파트 이외에는 그의 자취를 찾아볼 곳이 없다. 그는 인터뷰조차 극도로 자제했다. 한다고 해도 서면 인터뷰만 응하는 정도. 그런 신비스러운 이미지를 가진 쿤데라를 나는 운 좋게 파리에서 직접 만날 수 있었다.

내가 파리에 가면 반드시 들르는 생제르맹 데 프레 거리에 있는 문학 카페 '레 되 마고Les Duex Magots'에서였다. 그곳을 자주 드나들다 보니 거기에서 일하는 갸르송Garçon들과도 친해졌다.

그들은 내게 종종 유명한 문인들을 소개해준다. 나의 저서《파리, 그 황홀한 유혹》을 집필하기 위해 파리에 들렀을 때다. 그때 그 카페에서 아주 잠깐이지만 쿤데라와 사적인 대화를 나눌 기회가 있었다. 그는 내가 한국인임을 전해 듣고는 한국동란을 생각하며 쓴 〈코리아 발라드〉란 시가 있음을 알려주었다. 체코 시절에 공산당원 신분일 때 쓴 시로 강제된 사회주의 리얼리즘이 배어 있다.

파리 생제르맹 데 프레 거리에서 가장 유명한 문학 카페 '레 되 마고'의 갸르송들.
이들은 내게 종종 유명예술인들을 소개해 주곤 한다.

밀란 쿤데라

한 소녀가
군대가 지나간
변방의 길을 헤매며 간다

내 사랑, 오 내 사랑!
그녀의 외마디 절규가
저만치 날아가다
정적 속에 잦아든다
저쪽 어디선기
흙탕물이 흐르며
아직도 시퍼런 젊음이 넘치는
육체의 툭 불거진 눈을 쓸어내린다

바위는 하늘을 향해 손을 뻗은 채
침묵의, 죽음의 너울 너머로
사랑을 찾아 헤매는 소녀의
어두운 외침을 껴안고
이내 망부석 되어 굳어 버렸다

소녀는 삼일 밤을 그렇게 서 있었다
슬픔에 굳어버린 바위가 되어

연인은 싸늘한 시신으로나마
소녀의 발길을 붙들고

소녀는
버려진 연인의 총을 움켜쥔 채
하늘을 향해 절규한다

나의 별이여!
날 데려가 주오
내 사랑, 님이여!
빨치산의 길로
날 데려가주오!

더러운 물은 여전히 흐른다
코리아를 지나 흐른다
남에게 죽음을 강요한 자
죽음을 피하지 못 하리외다

〈코리아 발라드〉,《시인이 된다는 것》(김규진 역, 세시)
(영문판을 참조해 필자가 약간 수정했다.)

8

맥주의 도시
프라하

세상에서 맥주를 가장 좋아하는 민족

세상에서 맥주를 가장 좋아하는 민족? 독일을 가장 먼저 떠올리겠지만 실제로는 체코다.

체코는 1인당 맥주 소비량이 세계 1위다. 2008년 기준으로 체코인의 1인당 연간 맥주 소비량은 159리터였다. 체코인 모두가 날마다 맥주 500밀리리터를 마시는 꼴이다. 그다음으로 오스트리아가 109리터, 독일은 108리터로 3위였다. 2005년도 기준으로도 체코가 155.9리터로 1위, 독일은 115.2리터로 아일랜드에 이어 3위였다. 2008년 오스트리아가 간발의 차이로 독일을 제친 이유는 아마 그해 유로컵 축구대회가 오스트리아에서 열린 탓이 아닌가 싶다. 우리나라의 맥주 소비

량은 37리터로 체코인의 4분의 1 수준이다. 체코인들은 물보다 맥주를 더 많이 마시는 민족이다.

체코는 맥주 양조법에 관한 세계 최초의 기록을 보유하고 있다. 세계 최초로 맥주 박물관을 개관했고, 세계 최초의 플젠식 맥주 생산 등 세계 최초의 맥주와 관련된 산업이 수도 없이 많다. 체코는 맥주 공장 종업원으로 세계 최초로 대통령에 오른 기록도 가지고 있다. 체코인들은 이를 자랑스러워하는데, 그 주인공은 벨벳 혁명을 승리로 이끈 하벨 대통령이다.

하벨은 '프라하의 봄'이었던 1968년, 소련의 지배에서 벗어나고자 체코인들이 저항 시위를 벌일 때 개혁파 지식인들의 대표로 저항운동을 이끈 사람이다. 이 시위는 며칠 만에 소련군의 전차 바퀴에 굴복되고 말았다. 이 일로 그는 지식인이었지만 시골의 맥주 공장으로 쫓겨나 1974년까지 그곳에서 암울한 시절을 보냈다. 하벨이 맥주 공장에서 일하던 때와 관련해 내가 아는 이야기 하나를 소개하고자 한다.

몇 해 전 '극단 노을'에서 제작하여 연우 소극장에서 공연한 〈청중 Audience〉이라는 연극을 봤다. 내용은 체제와 실제 삶의 간극으로 고통받는 관리인과 지식인에 대한 이야기다. 이 연극은 체코의 하벨 대통령이 양조장에서 일하던 때의 일화를 바탕으로 쓴 희곡을 연극무대에 올린 것이다.

주인공은 반체제 성향이 있는 인물로 줄기차게 문젯거리를 만든다. 그런 그를 경찰은 끊임없이 감시한다. 그는 공무집행 방해니 경찰 구타니 하는 갖가지 억울한 혐의를 받고 갖은 고초를 당하며 살아간

다. 그럼에도 자유를 열망하는 한 인간이 고립된 양조장에서 초월자
와 마주한 외로운 실존자로서의 삶의 의미를 되새기게 된다는 자서전
적인 이야기다.

이 연극을 보기 전까지만 해도 하벨이라는 인물은 내게 외신을 통
해 간간이 접하게 되는 정치인일 뿐이었다. 이전에 체코를 방문했을
때도 하벨에 대해서 별다른 관심을 두지 않았었다. 그런데 이 연극을
본 후 하벨에 관한 생각이 좀 바뀌었다. 그는 그저 그런 평범한 정치인
이 아니었다.

벨벳혁명을 이끈 맥주 공장 노동자

체코인들에게 대통령으로서의 하벨은 어떠했느냐고 물었더니, 대부
분 정치 지도자가 그렇듯, 하벨에 대한 평가도 반반으로 갈렸다. 일각
에서는 행정 경험이 별로 없던 그가 벨벳 혁명으로 대통령이 되고 나서
체코와 슬로바키아가 분리되는 국가적 사건을 겪으면서 행정상의 미
숙함을 드러냈다고 지적했다. 또 다른 이들은 하벨이 여성들과의 염문
이 있었다 하더라도 상당한 신뢰감을 주는 정치가였다고 생각했다. 체
코에서 만난 대부분 현지인의 생각이 그랬다.

하벨과 떼려야 뗄 수 없는, 체코 현대사의 중요 사건인 벨벳 혁명
이란 도대체 무엇일까? 우선 벨벳이란 말은 체코어로 '부드러운, 온화
한'이라는 뜻의 형용사다. 흔히 알고 있는 부드러운 천 우단^{비로드}을 의

바츨라프 하벨 전 체코 대통령.

미한다.

벨벳 혁명이란 용어는 체코가 무혈혁명으로 공산 정권을 붕괴시킨 것을 두고 부드럽고 고급스러운 느낌의 천에 빗대어 외신기자가 만들어 낸 말이다. 당시 체코 지식인들이 벨벳 천으로 만들어진 모자를 쓰는 것을 즐겼는데, 하벨도 이 모자를 쓰고 혁명을 성공적으로 이끌어 자연스럽게 붙여진 이름이다.

벨벳 혁명의 진행 과정은 다음과 같다. 1989년 8월 19일 헝가리에서 동독인 600여 명이 소풍을 가장하여 헝가리 국경 근처에 모였다가 국경이 잠시 개방된 사이 오스트리아로 탈출하는 사건이 벌어졌다. 오스트리아에 인접한 체코슬로바키아에도 서독으로의 월경을 바라는 동독인이 대량으로 유입되었다. 체코슬로바키아 당국은 동독과의 관계가 악화될 것임에도 불구하고 11월 3일에 서독의 요구에 따라 자국으로 넘어온 동독 시민을 서독으로 보내기 시작했다. 헝가리에 이어 체코슬로바키아에서도 철의 장막이 무너진 것이다.

이것이 계기가 되어 11월 9일에 동서 냉전의 상징이었던 베를린 장벽이 붕괴됐고, 연이어 체코슬로바키아 주변 대부분의 공산권 국가들이 공산당 일당 독재를 포기하기 시작했다. 이즈음 체코의 반체제파 시민은 민주화 데모를 준비하게 되는데, 프라하 대학생들은 2차 세계 대전 당시에 독일군에 저항하다 살해된 체코인 학생을 추도하는 국제 학생일 11월 17일에 맞춰 데모에 참가할 것을 시민들에게 호소했다. 데모

바츨라프 광장 남쪽의 국립박물관. 앞에는 체코의 수호성인인 바츨라프 기마상이 서 있다.

의 물결은 순식간에 늘어났고 결국 11월 24일, 후삭 대통령을 비롯한 체코슬로바키아 공산당 간부 전원이 사임하면서 사실상 공산당 정권은 붕괴됐다. 이 사건이 지식인 대표 하벨이 성공적으로 이끌어 성공시킨 벨벳 혁명이다.

이번 프라하 여행에서 하벨과 관련 있는 장소 몇 군데를 흔쾌히 안내해준 체코 현지인이 있었다.

맥주의 본고장에 왔으니 이곳 맥주 맛을 보고 싶었다. 누구와 마실까 생각하다 지난해 독일에서 만났던 체코 대학생 바츨라프가 떠올랐다. 메일을 보내고 전화를 했다. 그는 반가워하며 맥주 한잔하자는 제안을 흔쾌히 받아들였다. 만날 장소로는 공교롭게도 그의 성과 같은 바츨라프 광장 국립박물관 앞으로 정했다. 그는 바츨라프라는 성이 체코에서 가장 흔하다고 했다.

바츨라프 광장은 신시가지에 있는 광장이다. 말이 신시가지이지 카를 4세 때 조성된 곳이다. 우리나라 조선의 건국보다도 앞선 1348년경에 만들어진 거리로 파리의 샹젤리제를 닮았다. 그 시절에 이토록 큰 거리를 조성했던 혜안이 부러웠다. 신시가지라는 명칭에서 알 수 있듯 현대식 건물과 쇼핑센터 등이 제법 많이 들어서 있어 중세와 현대가 뒤섞인 오묘한 분위기를 뽐내고 있었다.

체코 국립박물관은 시가지 한쪽 끝 남쪽에 있었다. 박물관 앞 보도를 걷는데 바닥에 십자가 모습의 문양이 새겨져 있는 것이 보였다. 그 위에는 누군가가 정성껏 꽃을 가져다 놓았다. '프라하의 봄'이 일어난 다음 해인 1969년 1월 16일 소련침공에 저항하는 뜻으로 분신한

1969년 1월 16일 프라하 대학 학생 얀 팔라흐(Jan Palach)가
공산정권에 대항해 분신한 장소를 한 여성이 지나고 있다.

블타바 강의 랜드마크인 댄싱하우스. 이 건물과 이웃한 집이 하벨의 생가다.

프라하 대학 학생인 얀 팔라흐가 분신을 한 채 쓰러졌던 장소를 기리는 곳이었다.

약속 장소에 도착하니 바츨라프와 그의 여자 친구인 마예로바가 먼저 나와 있었다. 지난해 나와 한 약속을 지키기 위해서인 듯했다. 마예로바는 한국어를 전공하는 프라하 여대생이었는데, 서툴기는 했지만 한국어로 간단한 의사소통은 할 정도의 실력을 갖추고 있었다. 그들은 맥줏집과 몇 군데 명소를 안내하겠다며 앞장섰다.

맥주를 마시기 전에 다른 곳을 좀 둘러보기로 했다. 가장 먼저 하벨 전前 대통령의 저택을 둘러보고, 국립극장 건너편 레기교 바로 초입에 있는 슬라비아라는 이름의 카페를 찾아갔다. 이 카페는 하벨이 자주 들르던 곳으로 그의 지정석 '하벨의 자리'까지 표시되어 있었다. 하벨의 자리는 이미 다른 사람이 앉아 있어 우리는 옆 좌석에 자리를 잡아야 했다.

착한 병사 슈베이크의 모험

저녁이 되자 마예로바는 클린턴 대통령과 하벨이 함께 맥주를 마시던 우 칼리하U Kalicha 선술집으로 안내했다. 이 술집은 하세크의 소설 《착한 병사 슈베이크의 모험》의 배경이 된 곳이란다. 작가는 이 집의 단골이었다고 한다.

여행지의 많은 장소가 그렇듯 이 선술집도 그저 그런 가게일 뿐이라 생각했다. 그런데 이 술집은 소설 《착한 병사 슈베이크의 모험》에

하세크의 《착한 병사 슈베이크의 모험》의 무대가 되었던 우 칼리하 선술집.

대한 체코인들의 사랑 때문에 더욱 유명해진 맥줏집이었다. 하세크와 그의 작품에 대한 체코인의 애정은 상상을 뛰어넘었다. 스페인 사람들이 세르반테스와 《돈키호테》에 갖는 애정 못지않았다. 적어도 체코인들을 이해하기 위해서는 하세크라는 인물과 그의 작품을 어느 정도 숙지해야겠다는 생각이 들 정도였다.

하세크는 대표적인 체코의 국민작가다. 그의 대표작 《착한 병사 슈베이크의 모험》은 당시 모두 네 권으로 발표될 예정이었으나, 출간하겠다는 출판사가 없어 1권은 자비로 겨우 출판했다고 한다. 게다가

우 칼리하에서 착한 병사 슈베이크가 손님을 맞고 있다.

마지막 권을 집필할 때인 1923년에는 작가가 병고에 시달리다 사망해 작품이 미완성인 채로 남겨졌다. 이 미완의 작품을 유머작가 카렐 바넥 Karel Vanec이 완성해서 세상에 내놨다고 한다.

마예로바는 내게 이런 사연을 가진 《착한 병사 슈베이크의 모험》을 읽어 보았는지 물었다. 만약 읽어 보지 않았다면, 반드시 읽어보라고 권했다.

이 소설을 언급하는 이유는 이 소설이 나와 필연적으로 연결되어 있다고 생각되었기 때문이다.

사실, 바츨라프와 마예로바가 안내했던 슬라비아 카페는 그들을 만나기 며칠 전에 온 적이 있던 건물이었다. 그때는 이 카페를 무심코 지나쳤다. 며칠 전에 들른 곳은 슬라비아 카페 위층에 위치한 프라하 국립종합예술대학 내 영화대학인 파무FAMU였다. 이곳은 밀란 쿤데라가 교수로 재직했던 곳이기도 하다.

파무가 유명하다고 해서 들렀던 것인데, 시간이 마침 점심때이기도 해서 지하에 있는 대학 구내식당에 들어갔다 식당은 저렴하고 맛이 좋아 식사비를 아껴야 하는 여행자들이 매력을 느낄 법했다. 식사를 하면서 몇몇 학생들과 이야기를 나누었는데, 그때 어떤 학생이 내게 추천한 책이 바로 《착한 병사 슈베이크의 모험》이었다. 이렇게 여기저기서 언급되고 있는 것으로 보아 이 소설이 체코인들의 사랑을 한몸에 받는 책인 것이 분명하다는 확신이 들었다.

파무 대학은 유럽은 물론 세계적으로도 명성이 높다. 이곳 출신들이 상당한 수준의 예술성 높은 영화를 제작하기 때문이다. 한국에는 체코 영화가 낯선 편이긴 해도, 파무 출신의 감독들이 제작한 영화를 적어도 한 번은 본 적이 있거나 들어는 보았을 것이다. 〈아마데우스〉의 감독 밀로스 포만, 〈집시의 시간〉의 유고 출신 감독 에밀 쿠스트리차, 체코의 국민작가 보후밀 흐라발의 소설 《엄중히 감시받는 열차》를 영화화한 〈가까이서 본 기차〉의 감독 이리 멘젤Jiri Menzel 등이 파무 대학에서 공부했다.

〈아마데우스〉는 물론이고, 〈집시의 시간〉이나 〈가까이서 본 기차〉도 예술성이 높은 가치 있는 영화로 많이 알려져 있다.

〈집시의 시간〉은 실제 집시들을 배우로 등장시켜 그들의 삶을 조하벨 전 대통령의 단골 카페인 슬라비아 카페가 있는 건물.
위층은 프라하 영화대학이다.

명한 영화다. 1966년 오스카 최우수 외국어영화상을 수상한 〈가까이서 본 기차〉2007년 한국 개봉는 웃음과 풍자가 가득한 걸작으로 체코의 문화를 체험할 수 있는 영화다. 멘젤 감독은 한국과도 인연이 있다. 2007년 제8회 전주국제영화제의 심사위원 자격으로 한국을 방문한 적이 있고, 그의 다른 작품인 〈줄 위의 종달새〉흐라발 원작에서는 6·25전쟁이 언급되고 있다.

하셰크의 《착한 병사 슈베이크의 모험》이나 흐라발의 《엄중히 감시받는 열차》 모두 상당한 수준의 풍자를 보여주는 작품이다.

하셰크의 다음 세대인 흐라발도 유머와 풍자가 넘치는 작품을 많이 발표했다. 흐라발의 또 다른 작품으로 《영국 왕을 모셨지》도 최근 국내에 번역되었다. 이 소설은 2008년 국내에 개봉한 이리 멘젤 감독의 영화 〈나는 영국왕을 섬겼다〉의 원작이기도 하다.

언젠가 흐라발은 인터뷰에서 자신을 이렇게 소개했다. "나는 쓰는 작가가 아닙니다. 나는 술집에서 그저 들은 이야기를 조합해 콜라주 그림을 만들듯, 오리고 떼어 붙여 이야기를 만들 뿐입니다."

또 한번은 자신이 자주 가는 선술집 '황금호랑이U Zlateho Tygra이 술집도 유명한 맥줏집이다'에서 이런 말을 늘어놓았다. "난 이제 끝장났어요. 술집에서 이야기라도 들으려고 하면 사람들은 말을 뚝 끊어 버린 답니다. 내가 자기들의 이야기를 듣고 글을 써서 돈푼이나 끌어모았다는 소문을 들은 게지요. 내가 황금호랑이 집에 들를라치면, 야, 저기 도둑 작가님이 납신다 하며 맥주잔만 기울인 답니다. 그러니 나는 이제 볼 장 다 본 작가지요."

흐라발의 단골 선술집 '황금 호랑이'.

이들 작품을 읽으며 내가 느끼는 건 체코인들이 겉으로는 외세의 지배를 받으며 굴종의 자세를 취했지만 내면적으로는 해학과 풍자로 무장되어 있다는 것이다. 즉, 그것을 통해 저항하며 웃음을 잃지 않으려 했고, 이것은 낙천적이고 유연한 국민성으로 이어졌다는 것이다. 어쨌거나 이번 프라하 여행에서 나는 숙제를 받게 되었다. 《착한 병사 슈베이크의 모험》이라는 숙제. 이런 인연에, 이 책은 꼭 읽어야만 하는 필연이 되었다.

이 소설은 체코에서 단행본으로 100만 권 이상이 팔린, 체코에서는 카프카의 책보다도 인기 있는 소설이라고 한다. 한국으로 돌아와 이 책을 읽기 위해 인터넷 서점을 검색해 보았지만, 번역본이 없었다. 중고서점의 책들을 검색하다가 1983년도에 학원사라는 잡지사에서 발행한 전집물 속에 이 책이 들어 있는 것을 발견했지만, 이미 절판 상태였다. 국내 판으로는 독일 희곡작가 브레히트 앞에서 소개한 《억척어멈과 자식들》의 작가가 연극 대본으로 각색해 배경도 2차 세계대전으로 삼은 책이 있어 사서 읽었으나 제맛을 충분히 느낄 수 없었다. 내친김에 몇 군데 도서관 검색을 통해 겨우 1965년에 정음사에서 발행된 책을 손에 넣을 수 있었다.

이 책은 체코인들이 언젠가 다시 만나자고 말할 때 흔히 쓰는 상용구를 만들어 놓기도 했다. "저녁 6시에 '우 칼리하'에서 다시 만나자."

이 소설이 체코인의 사랑을 받을 수밖에 없었던 이유는 슈베이크의 표리부동한 태도의 저항 정신에서 찾을 수 있다. 1968년 '프라하의 봄' 시절, 소련군에 대항해 체코슬로바키아 지하방송을 통해, '국민들이여 병사 슈베이크처럼 행동하자!'라고 외친 것에서도 알 수 있다. 이것은 무저항 방식의 저항을 나타내는 말인 것이다.

하얗게 눈 쌓인 프라하의 어둡고 좁은 골목, 세찬 맞바람을 뚫고 허름한 외투를 걸친 한 남자가 붉은 불빛이 새어 나오는 주점의 문을 온몸이 쓰러질 듯 무겁게 밀고 들어간다. 구석진 곳에 작은 나무의자와 탁자가 비어 있고 그에게 다가오는 웨이터의 한 손엔 이미 커다란 맥주잔이 불빛에 반사되어 황금색으로 타오르고 있다. 옆 테이블에 앉아 있는 말끔한 차림의 한 신사와 눈이 마주쳤고 슈베이크는 그날의 이야기를 시작한다. 평소의 입담대로 모든 이야기를 마쳤을 때 신사는 몸속에서 머리가 두 개 달린 독수리가 박혀 있는 금배지비밀경찰의 표식를 보여준다. 슈베이크는 자리에서 일어나며 주인에게 외친다.

"이봐, 난 이미 맥주 다섯 잔과 소시지를 몇 개 먹었다네. 지금 나한테 슬리보비체Slivovice, 독한 과실주 좀 가져다주게나. 막 체포되어서 얼른 가야만 하거든."

슈베이크는 선술집 우 칼리하에서 비밀경찰에게 연행된다. 그들이 거리로 나왔을 때 슈베이크는 상냥한 미소를 띠며 형사에게 말했다.

"보도 아래로 걸어도 될까요?"

"왜?"

"제 생각인데, 제가 체포되었으니까 인도를 걸어갈 권리가 없는 것 아닙니까?"

　이런 낙천적인 슈베이크의 정신을 이해하기 위해서는 체코 민족의 가장 중요한 특성인 유머를 이해해야 한다. 불확실한 미래와 역사로 인해 체코인들의 의식 속에는 말을 절제해야 한다는 강박감이 있었다. 흔히 알려진 가벼운 빈정거림은 수세기에 걸친 외세의 점령을 받으며 자연스럽게 습득된 저항 방식이었다. 유머는 체코인들에게 희망이 없어 보이는 어려운 상황 속에서도 낙관적인 시각과 자신에 대한 믿음을 유지하도록 해주었다. 정치·경제 상황에 대한 실망감과 좌절을 체코인들은 유머를 통해 보상받으려 한 것이 아니었을까.

맥주가 있는 곳엔 인생이 즐겁다

우 칼리하의 벽에는 '맥주가 있는 곳엔 인생이 즐겁다'라는 체코 속담이 적혀 있다. 그 옆에 '맥주를 마시는 곳에서의 삶은 언제나 윤택하다'라는 문구도 있다. 이는 맥주 몇 잔으로 저녁을 대신하기도 하는 체코인들의 삶을 나타내는 말이기도 하다. 그래서 그들은 '저녁을 마신다'라고 표현하고, 맥주를 흐르는 빵이라 부르기도 한다.

　그들은 어떤 맥주를 마실까? 체코가 맥주의 천국임을 말해주듯 체코에는 지방마다 색다른 맛의 맥주가 생산된다. 체코어로 맥주를 '피보Pivo'라고 하는데, 가장 유명한 맥주는 플젠Plzeň에서 생산하는 필스너 우르켈Pilsner Urquell과 체스케 부데요비체Ceske Budějovice에서 생산되는 부드바이저 부드바Budweiser Budvar다.

필스너 우르켈은 영어로 '오리지널 필즈너'라는 뜻이고 부드바이저는 체코의 체스케 부데요비체 지방 이름을 독일식으로 발음한 지명으로 영어로는 버드와이저가 된다체스케는 체코의 뜻. 플젠은 프라하에서 남서쪽으로 90킬로미터 지점에 위치한 도시로 기차로 한 시간 반 정도 걸린다. 체스케 부데요비체는 프라하 남쪽 120킬로미터 지점, 블타바 강 연안에 위치한다.

필스너는 필스너 맥주 제조 방식으로 유명해진 맥주다. 1842년 10월 5일 바이에른 지역 출신의 맥주 양조자가 하면발효비교적 저온에서 발효시키는 맥주 효모를 사용하여 라거 맥주Lager Beer를 생산해 낸 것이다. 뮌헨 지방에서 제조해 오던 라거 맥주를 발전시킨 방식이다. 그전까지는 주로 상면발효아일랜드의 Stout Beer와 같이 비교적 고온에서 발효되는 방식 맥주로 흐린 고동색 맥주였다흑맥주가 아니다. 필스너 방식의 라거 맥주는 밝고 투명한 색깔, 잡미가 없는 깔끔한 맛으로 단번에 사람들의 입맛을 사로잡아 맥주의 대세를 이뤘다. 오늘날 생산되는 맥주의 대부분도 필스너 방식의 라거 맥주다. 〈이코노믹 리뷰 경제, 2007. 10. 13 참조〉

버드와이저 맥주는 어떤가? 해방 이후 미군이 우리나라에 주둔하면서 미군 PX에서 구할 수 있었던 맥주로 오늘날 우리에게 널리 알려진 맥주다. 이 맥주는 체코와는 전혀 관련 없는 순수한 미국산 맥주다. 맥주 애호가라면 세계에서 가장 많이 판매되고 있는 맥주가 버드와이저Budweiser라는 것과 세계에서 가장 많은 상표관련 소송에 휘말린 맥

체스케부데요비체.

주도 버드와이저임을 알 것이다. 왜 이런 일이 일어났을까? 버드와이저라는 명칭이 탄생한 배경에서부터 시작된다.

체스케 부데요비체 지방의 맥주 생산의 역사는 보헤미아 왕 오타카르 2세Otakar II가 1265년에 맥주를 생산할 수 있는 권한을 여러 양조 제조업자에게 부여하면서 시작됐다. 이 지방에서 생산되는 맥주를 Budweiser로 부르도록 한 것이다. 그런데 1852년 조지 슈나이더George Schneider라는 사람이 미국 세인트루이스에 소규모의 양조장을 세웠다. 이 양조장은 1860년 비누 제조업자였던 에버허드 안후이저Eberhard Anheuser에 의해 매입되었고, 이듬해 안후이저의 딸이 양조장 납품업자였던 애돌퍼스 부시Adolphus Busch와 결혼하자 이 양조장의 이름을 안후이저부시Anheuser-Busch로 바꾸었다. 부시는 독일계 이민자였다.

1929년에 미국에서 발간된 단행본《The King of Beer》을 따르면 1870년대에 안후이저부시의 공동 설립자인 부시Adolphus Busch의 친구이자 맥주 기술자인 콘래드가 당시 보헤미아 지방의 체스케 부데요비체를 방문했다. 이때 어떤 수도원에서 제조된 맥주를 맛보고 반해서 수도원의 수도사에게서 제조법을 배웠다. 그리고 미국으로 돌아와 그 방식으로 맥주를 생산하고, 그 이름을 안후이저부시의 버드와이저라고 한 것이다. 그때가 1876년경이었다.

안후이저부시는 이에 그치지 않고 2년 뒤인 1878년에 세계 최초로 미국에서 '버드와이저'를 상표로 등록해버렸다. 버드와이저는 우수한 맛으로 미국인들의 입을 사로잡았다. 버드와이저로 안후이저부시는 단숨에 미국의 대표적인 맥주 회사로 부상했다.

문제는 그동안 소규모 양조장이나 레스토랑에서 맥주를 생산해 오던 체코의 체스케 부데요비체산産 맥주가 본격적인 상업적인 맥주 생산을 위해 1895년에 부데요비츠키 부드바르Budejovicky Budvar, 약칭 부드바르를 설립하면서 생겼다. 이때부터 안후이저부시와 부드바르의 버드와이저 상표에 대한 기나긴 분쟁의 역사가 시작된 것이다.

운송 등의 제약으로 맥주의 다른 대륙 판매가 어려운 시절이었던 1911년, 두 회사는 안후이저부시는 북미 지역에서만 버드와이저란 상표를 사용하는 것으로 합의했었다. 안후이저부시는 북미, 부드바르는 유럽 판매에 치중하면서 버드와이저 상표 문제는 일단락된 것처럼 보였다.

한동안 잠잠했던 버드와이저 상표 문제가 다시 불거진 것은 1937년 부드바르가 미국에 자체 브랜드의 상표 등록을 추진하면서인데, 이때에도 두 회사는 안후이저부시가 부드바르에 일시금을 지급하고 대신 부드바르는 북미에 맥주를 판매하지 않기로 합의하면서 마무리되었다. 이때가 체코가 독일에 합병되기 직전인 1939년이었다. 이후 버드와이저 문제는 2차 세계대전으로 체코가 공산화되어 잠잠해졌다가, 체코가 자유화되면서 다시 불거졌다. 2차 세계대전 이후 유럽에 진출해 있던 안후이저부시는 유럽 시장을 포기할 수 없었다. 안후이저부시는 90년대 초반부터 부드바르와 인수합병 등을 포함한 논의를 시작했다. 그러나 두 회사 간의 논의는 어떠한 합의도 하지 못하고 1996년에 결렬되었다.

결국 이들은 세계 각국에서 상표권 소송을 하게 되었다. 한국에서

체스케 부데요비체에 있는 부드바이저 부드바 공장.

도 8년간의 상표권 소송 끝에 부드바르가 승소하여 '버드와이저 부드바르Budweise Budvar'를 사용할 수 있게 되었다. 정식 수출을 시작한 후, 버드와이저 부드바르는 우리나라에서도 맛볼 수 있는 체코 맥주가 되었다.

9

체코의 진주
체스키 크룸로프

뜻밖의 만남

프라하를 다녀온 여행자들에게 체코에서 프라하 외에 어느 도시를 방문했었는지 물으면 십중팔구 체스키 크룸로프를 다녀왔다고 대답한다.

체스키 크룸로프 Český Krumlov는 보헤미아의 진주라 불리는 아름답고 인상적인 도시다. 프라하에서 남서쪽으로 200킬로미터 정도 떨어져 있으며 블타바 강이 내려다보이는 언덕 위에 위치해 있다. 이 도시는 현대적 색채가 배제되어 있어 고풍스럽고 고즈넉하며, 무엇보다 중세의 자취를 그대로 간직하고 있다.

체스키 크룸로프란 '체코에 있는 말발굽처럼 휘어진 강에 둘러싸인 풀밭'이라는 뜻이다. 체스키 크룸로프의 역사는 1253년, 남부 보헤미아 귀족이었던 비테크 Vítek 가문이 이곳의 풍광에 반해 고딕 양식의 성을 지으면서 시작되었다.

중세 때부터 이곳에는 소금 광산이 있는 오스트리아의 잘츠부르크와 프라하를 잇는 소금 교역을 위한 길이 놓여 있었다. 많은 상인이 이 길을 통과해야 했고, 자연스레 산적들이 출몰했다. 산적들을 물리친 비테크가 영주가 된 후 성을 지었다. 후에 비테크 가문의 후손이 끊겨 친척인 로젬베르크 Rožmberk 가문이 이 성을 물려받았다.

성 주위를 거닐다 보면 건물에 새겨진 다섯 개의 장미 꽃잎 문양을 볼 수 있는데, 이 가문의 문장인 동시에 마을의 상징이다.

로젬베르크 가문은 성을 물려받은 후 은銀 광산으로 많은 돈을 벌어들이자 도시를 더욱 아름답게 꾸몄다. 로젬베르크가家는 17세기 초까지 영화를 누리다가 대가 끊겼다. 1602년 보헤미아 왕인 루돌프 2세는 이 가문으로부터 아름다운 성을 사들여 보헤미아 왕국의 소유로 만들었다.

도시의 이런 명성 때문에 나는 몇 년 전 동유럽 여행 때, 시간에 쫓기면서도 이곳을 다녀갔다. 독일 뉘른베르크에서 프라하로 가는 길에 맥주 버드와이저의 고향인 체스케 부데요비체 마을을 거쳐 이곳을 방문했다. 겨울이라 낮이 짧았고, 몇십 년 만에 들이닥친 혹독한 한파 때문에 꼭 가려고 했던 에곤 실레 박물관은 관람 시간을 놓쳤다. 몇 군데는 제대로 보지도 못했다. 독일에서 체코로 이동했던 그때는 기차를 타고 체스케 부데요비체까지 와서 다시 객실 두 량이 딸린 꼬마 기차를 갈아타고, 이곳에 도착했다. 앙증맞은 기차 안에서 보헤미아 평원을 감상하는 맛은 별미였다.

그때 본 이 성의 아름다움을 이번 기회에는 시간을 충분히 가지고 다시 둘러보기로 했다. 이번엔 프라하에서 버스를 탔기에 프라하에서 이동 시간이 세 시간 정도 되는 걸 고려해 일찍 서둘렀다. 아침 8시 버

스를 타기 위해 버스 정류장이 있는 지하철 안델Anděl 역으로 갔다. 이웃해 있는 버스 정류장에 갔더니 'Student Agency'란 글자가 붙은 체스키 크룸로프행 버스가 보였다. 학생과는 아무 관련 없는, 이름만 스튜던트 에이전시인 버스였다.

정류장은 이른 시간이었는데도 표를 사려는 사람으로 제법 북적였다. 그 무리에서 낯익은 얼굴을 발견했다. 뜻밖의 외국 여성을 만난 것이다. 구면이었지만 이름조차 모르는 사이라 그냥 지나칠 수도 있었지만, 반가운 마음에 인사를 건넸다. 그녀도 나를 기억하며 우연한 만남을 신기해했다.

그녀를 만난 것은 스페인의 바르셀로나 북쪽에 위치한 해변 도시 시체스Sitges에서였다. 그때 내가 이 여성에게 약간의 신세를 졌다. 꽤 당황스러웠던 경험이었다. 시체스는 게이 비치gay beach로 유명한 해변이다. 당시 나는 졸저《일생에 한번은 스페인을 만나라》를 위한 자료 준비 중이었는데, 그 지역의 유명한 '인간 탑 쌓기 축제'와 게이 비치에서 어떤 이야깃거리가 나오지 않을까 해서 해변을 찾은 디었디.

해변 한쪽에 게이들을 위한 비치가 있었다. 한국에서는 거의 접해볼 수 없는 문화이기도 해서 호기심이 일었지만, 막상 민망한 모습에 불쾌감도 없지 않았다. 게이들의 생생한 사랑 행위를 차마 카메라에 담을 수 없어 주변 풍광으로 대신하고 비치를 걸어 나올 때였다. 어디선가 비명이 들렸다. 분명히 한국 여성의 목소리였다.

소리가 나는 쪽으로 돌아다보니 30대 초반으로 보이는 우리나라 여성이 비키니 차림으로 거의 사색이 된 채 서 있었다. 누군가 그 여성을 성희롱한 것이라 짐작했다. 함께 온 동행인이 없는 것 같아 그녀에게 다가갔다. 파르르 떨고 있는 그녀를 진정시키며 자초지종을 물으니 가지고 있던 소지품을 몽땅 잃어버렸다는 것이다. 해변 모래밭에서 일광욕을 하며 잠시 졸고 있던 사이에 누군가가 옷, 지갑 등 소지품을 넣어둔 가방을 통째로 들고간 것이다. 당장 걸칠 옷조차 없는 것이 큰 문제였다. 우선 도난 신고를 하기 위해 그녀를 데리고 해변 경찰서로 갔다. 그런데, 그곳에서는 도난 신고를 받지 않는다면서 시내 경찰서로 가라고 했다. 나는 주변 상점에서 티셔츠와 반바지를 사서 그녀에게 주고, 시내 경찰서까지 동행했다. 그녀가 처한 상황도 상황이었지만, 스페인어는 물론이고 영어 소통도 힘든 처지라는 게 더 안타까웠다.

스페인 행정기관의 일 처리 과정은 거의 질식할 수준이었다. 모든 일이 마냐나mañana, 내일라는 문화적 습성을 고려하더라도 원래 느린 건지, 외국인에게 흔히 있는 일이라 관심이 없는 건지 헷갈렸다. 담당자를 향해 주먹이라도 한 방 날리고 싶은 심정이었다. 다른 급한 업무도 없는 듯 보이는데, 간단한 도난 신고 하나 처리하는 데 반나절이 더 걸렸다. 가까스로 신고서를 접수하고, 5분도 안 걸리는 진술을 하는 데 몇 시간을 들인 것이다.

그러고 보니, 내가 문제였다. 지중해 최고의 휴양지인 스페인의 마요르카 섬과 이웃한 이비사 섬에 가려고 항공편을 예약해두었기 때문이었다.

마요르카 섬은 쇼팽이 요양했던 곳이자, 〈빗방울 전주곡〉을 작곡한 발데모사가 있는 곳, 또 우리나라 애국가의 작곡가인 고故 안익태 선

체스키 크룸로프 거리

생의 가족이 사는 곳이다. 이비사 섬은 알려져 있다시피 세계 유명인들이 몰려드는 환상의 휴양지이다.

예상치 않은 일로 시간을 허비하여 더 지체할 여유가 없었다. 바르셀로나 숙소로 돌아와 짐을 챙겨 들고 공항으로 가기에도 시간이 빠듯했다.

P라는 성을 가진 한국 여성은 좀 진정되긴 했지만 계속 훌쩍이고 있었다. 하지만, 내 처지도 급했다. 나는 동전 하나 없는 무일푼의 그녀에게 100유로를 빌려 주고, 휴대전화 번호를 서로 교환했다. 이때 옆

자리에 앉아 있던 여성이 지금 만난 일본 여성이었다. 마침 이 일본인 여성도 바르셀로나로 간다기에 P 양의 상황을 간단히 설명해주고, 나는 여전히 침착성이 결여된 P 양을 그녀에게 부탁했다. 비록 P 양과 같은 기차를 탈지도 모르지만 내가 해야 할 일을 마치고 싶었다. 난감한 상황에 처한 P 양에게는 대단히 미안하지만 계속 훌쩍이는 그녀에게서 벗어나고 싶은 마음도 없지 않았다. 그렇게 잠깐 스치듯 만났던 그 일본 여성을 체코에서 다시 만날 줄이야!

우리는 버스 옆자리에 앉아 자연스레 동행자가 되었다. 그녀는 요코모리 리카라는 이름의 칼럼니스트였다. 40대 중반으로 영어를 유창하게 구사했다. 알고 보니 미국 뉴욕에서도 활동한 칼럼니스트이자 작가였다. 일본 경제지에 쓸 여행 칼럼을 위해 여행하고 있었다. 비슷한 목적의 그녀에게 친근감이 느껴졌다.

일본 작가에 관한 이야기도 주고받았다. 한국 여성에게 특히 인기 있는 일본 작가인 무라카미 하루키를 일본인들은 어떻게 생각하는지 물어봤다.

"일본에는 위대한 문학가가 모래알만큼이나 많아요. 하지만 그들 중에 하루키의 장점을 들라면 쉬운 문장을 쓴다는 거예요. 일본어의 특이성을 넘나들며 글을 쓸 수 있는 작가이지요. 그래서 어느 나라 말로 번역해도 원문의 맛이 사라지지 않는 거예요. 오히려 다른 나라 언어로 번역할 때 문장의 맛이 더 살아난다고 할까요. 어떤 점에서는 작가가 그것을 의식하고 그런 공간을 비워 놓는 것 같아요."

그녀가 말하는 태도로 짐작건대, 글을 쓰는 작가로서 조심스럽게 평하면서도 하루키의 문학적 가치에 그다지 후한 점수를 주지는 않는 것 같았다. 덧붙여, 《냉정과 열정 사이》의 작가 에쿠니 가오리와 친구 사이라면서 미국에서도 자주 만났었다고 했다. 그 외에도 노벨문학상 수상자인 가와바타 야스나리, 오에 겐자부로 등의 문학을 이야기하다 보니 버스는 어느덧 목적지에 다다르고 있었다. 비록 나와 그녀가 비슷한 여행 목적을 가졌다지만, 함께 다니기는 어딘지 불편해서 차 한 잔만 함께 하고 헤어졌다. 어쨌든 그녀와의 만남은 체스키 크룸로프의 아름다움과 함께 또 하나의 소중한 추억이 되었다.

정류장에 내려 성에 오르기 위해서는 시청사가 있는 구시가 스보르노스티 광장에서 라제브니키Lazebnicky교를 건너야 했다. 스보르노스티 광장은 16세기 이래로 쭉 시청사가 자리 잡고 있는 곳으로 이 도시의 중앙 광장이다. 그곳에는 페스트가 유행했을 때, 페스트를 퇴치한 기념으로 1715년의 추수감사절에 세워진 성 삼위일체 상이 세워져 있었다.

전염병에 대한 지식이 없던 그 당시에 병을 낫게 하려는 목적으로 가톨릭교회는 환자들을 교회로 불러들였다. 오늘날 사랑 없는 지식이 무지막지한 무기와 같은 인명 살상의 도구를 만들었듯, 지식 없는 사랑도 엄청난 희생을 치러야 한다는 것을 보여주는 사례였다.

광장을 지나 한쪽에는 예수상이 다른 쪽에는 얀 네포무크상이 세워져 있는 목조 다리를 건넜다. 라제브니키라는 이름이 붙은 이 다리는 슬픈 이야기를 가지고 있었다.

라제브니키는 이발사란 말로 예전에 이 다리가 있는 강둑의 라트란 1번지에 이발소가 있어서 붙여진 이름이라고 한다. 이 이발소 주인

슬픈 이야기를 간직하고 있는 라제브니키 다리의 주변 모습.
이 목제 다리 위에는 십자가를 멘 예수상과 얀 네포무크 성인상이 있다.

성벽의 일부인 망토 다리(Pláového Mostu).

집 딸을 루돌프 2세의 사생아가 짝사랑했다. 당시 사생아는 사람들로부터 천시받았다. 게다가 이 사생아는 정신병까지 앓고 있었다. 이루어질 수 없는 짝사랑은 사생아가 여인을 살해하는 것으로 끝이 나고 말았다는 이야기다.

합스부르크 왕가의 유전병

이름조차 알려지지 않은 루돌프 2세의 사생아의 비극의 원인은 뭘까? 오늘날까지 정신병 유전에 관한 연구는 수많은 발전과 변화를 겪어왔다. 그러나 여전히 이 문제는 명쾌한 해답을 내놓지 못하고 있다. 정신병의 발병에 유전적인 요소가 어느 정도 있다는 것은 사실로 여겨지고 있다. 나는 여기서 합스부르크 가문의 정신병에 대해 이야기하고 싶다.

역사적으로 보면, 합스부르크 가에는 정신병을 앓은 사람이 많았다. 외형적으로는 대대로 주걱턱이 유전되었다. 순수 혈통을 유지하고자 행했던 근친혼이 되려 이런 결과를 낳은 것이다. 정신병도 근친혼의 결과가 아닌가 싶다. 루돌프 2세와 비슷한 시기의 스페인 왕가와 함께 비교해보면 쉽게 수긍이 갈 것이다.

베르디의 오페라 〈돈 카를로스〉의 주인공이 된 돈 카를로스는 스페인 왕이자, 합스부르크 황제인 카를로스 5세의 손자다. 반면, 루돌프 2세도 카를로스 5세의 외손자다. 카를로스 5세의 후손으로 스페인은 친족이, 보헤미아는 외족이 통치한 것이다. 우리나라 사도세자에 곧잘 비유되는 스페인의 돈 카를로스. 그는 정신병 때문에 왕위에 오르지 못한 채 아버지 펠리페 2세에 의해 감금되어 굶어 죽는다. 루돌프 2세의 사생아도 정신병을 앓았지만 왕위에 오른 루돌프 2세도 심한 우울증이 있었다. 루돌프 2세가 비록 36년이라는 오랜 세월을 신성로마 제국의 황제 자리를 지켰지만, 말년에는 프라하로 물러나 은둔 생활을 했다. 통치권을 동생에게 빼앗기고 나서 그는 허전한 마음을 예전부터 관심을 보이던 예술과 과학으로 채우려 했다. 관심은 미술품 수집으로 나타났고, 수집에 굉장한 열의를 보이다 죽고 말았다. 이들의 증조할 머니로 스페인 왕권을 이어받았던 이사벨 1세의 딸 후아나 여왕카를로스 5세의 어머니도 정신병을 앓다 죽었다.

　루돌프 2세는 우울증 때문에 평생 독신으로 살았지만, 체스키 크룸로프에 와서 한 여인을 사랑해 사생아를 낳았다. 그런데, 그마저 정신병을 갖게 된 것이다. 바로 그 정신병자 아들의 슬픈 사랑의 소재가 된 다리가 라제브니키 다리다.

　유럽 역사책을 읽거나 여행을 하다가 부닥치는 가장 큰 문제는 왕조 명칭이다. 같은 이름, 예를 들어 카를로스 1세, 2세 사이에 다른 왕의 명칭이 끼어드는 등 도저히 종잡을 수가 없었다. 나는 그런 말만 나오면 귀를 막거나 책을 덮어버리기 일쑤였다.

　언젠가 함께 근무하던 독일인 교수와 대화를 나누다 그에게 유럽 왕조의 명칭에 대한 어려움을 토로한 적이 있다. 그러자 그는 한 술 더 떠서 내게 한국 왕조의 명칭은 아예 죽기 일보 직전이라고 엄살을 떨었다. 그러면서 조祖와 종宗의 차이가 대체 뭐냐고 물었다. 그러고 보니 외국인의 입장에서 볼 때 조선왕조 역시 엄살만도 아니겠다 싶어 간단히 다음과 같이 대답해주었다.

조祖와 종宗과 같은 명칭을 일컬어 '묘호'라고 하는데 역대 왕들의 종묘에 신위를 모실 때 쓰기 위한 것이다. 왕이 죽고 난 후에 후손들이 붙인 명칭이다. 일반적으로 조는 '공功'이 탁월한 왕에게 붙인다. 즉, 나라를 세웠거나 변란에서 백성을 구한 커다란 업적이 있는 왕에게 조를 붙인다. 우리나라 조선을 개국한 왕을 '태조'라 하는 것도 그런 이유다. 임진왜란의 대환란을 극복한 왕을 '선조'라 부르는 것도 같은 이유. 다음으로 종이란 앞선 왕의 치적을 이어 '덕德'으로 나라를 다스리고 문물을 융성케 한 왕에게 붙인 묘호다. 이러한 묘호는 신료들이 왕의 일생을 평가해 정한 것으로 왕의 살아생전에는 그의 묘호가 무엇이 될지 알 수 없다.

이렇게 보면, 우리나라 왕조는 일관성이 있는데 유럽사를 보면 특히, 중세 때 국가라고 보기엔 모호한 신성로마제국이 등장하며 황제를 겸한 왕이 나오는 등 머리에 쥐가 날 정도로 복잡하다. 이 책이 비록 역사책은 아니지만 효과적인 이해를 위해 이런 점들을 간단히 정리하고 넘어가는 것이 좋을 듯싶다.

먼저 신성로마제국이란 국가라기보다는 권위의 상징으로 붙여진 이름이라고 말하는 편이 낫겠다. 476년 서로마제국의 황위가 끊겨 서로마제국은 멸망하게 된다. 그리고 300년쯤 지나 800년에 가톨릭 교황은 프랑스 샤를마뉴 대제에게 황제를 대관함으로써 교황이 황제보

카를로스 5세의 가계도

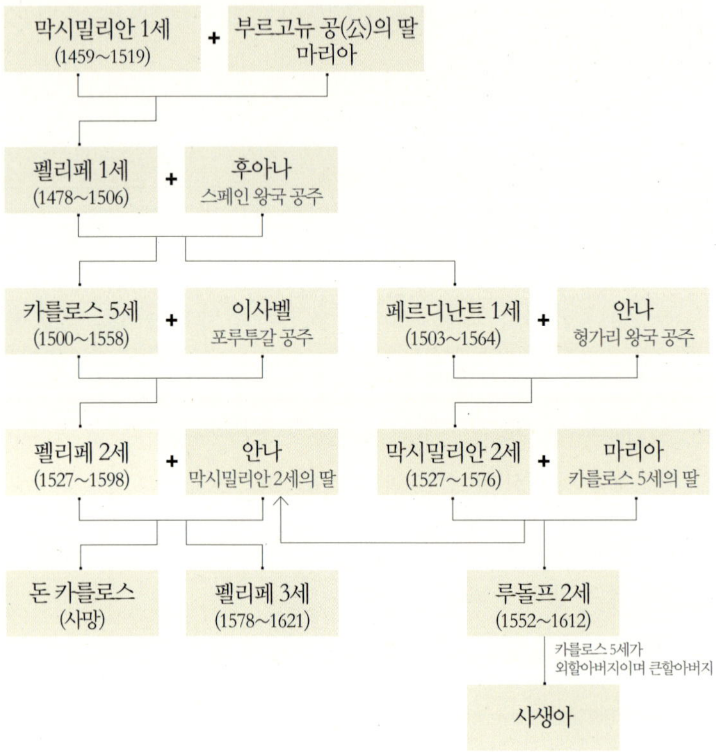

다 우위에 선다는 것을 보여주고자 했다. 서로마제국에서 분리된 터키
이스탄불 쪽의 동로마제국의 황제의 영향력에서 벗어나고자 하는 시도였
다. 그래서 명칭을 서로마제국을 이어받는다는 뜻으로 로마제국이라
한 것이다. 그러나 이 제국도 잠시 끊겼다가 962년에 동프랑크 왕국독
일의 왕이었던 오토 1세가 다시 교황 요한 12세로부터 로마제국 황제로

카를로스 5세

펠리페 2세

루돌프 2세

대관 받게 된다. 이때부터가 신성로마제국의 시작이라 보면 된다.

처음부터 신성로마제국이라고 부른 것이 아니고, 처음에는 로마제국이라고만 부르다가 세월이 지나면서 기독교와의 일체감을 강조하기 위해 신성神聖이라는 글자를 함께 쓰게 된 것이다.

그러나 대부분 독일의 왕이 신성로마제국의 황제를 겸했으나, 당시 통치 권력은 한 지역을 지배하는 제후들의 힘이 강했다. 즉, 황제의 영향력은 황제가 직접 통치하는 직할지 뿐이고 다른 지역에서는 제후들의 영향력이 더 강한 실정이었다 중세 한때 독일은 약 300개에 이르는 제후국이 있었다.

신성로마제국은 1250년까지 이어졌으나 그 후 60년이 넘는 기간은 대공위황제가 없는 시대를 맞는다. 이러다가 원래 스위스 지방의 작은 영주였던 합스부르크 가문이 오스트리아 지역을 포함해 세력을 넓히고, 그곳을 본거지로 삼아 1452년 이후 신성로마제국의 황제 지위를 거의 독점하게 된다.

이렇게 몇 대를 거쳐 내려오다 합스부르크 가문의 신성로마제국의 황제인 카를로스 5세의 아버지인 펠리페 1세합스부르크 가문와 어머니 후아나스페인 카스티야 가문의 혼인을 통해 합스부르크 가문은 스페인까지 아우르는 유럽 최대의 통치 권력으로 군림하게 된다. 그래서 카를로스 5세는 친가를 통해 신성로마제국의 황제 자리를 물려받게 되었고, 외가를 통해 스페인의 왕위를 물려받게 되어 거대한 제국의 통치자가 되었다.

그런데 이 가문에게도 불행은 있었으니, 근친결혼으로 말미암아 주걱턱과 정신병을 세습하게 되었다. 루돌프 2세의 사생아나 돈 카를로스의 정신 병력이 이를 입증해준다.

다시 여행 이야기로 넘어오자.

체스키 크룸로프는 1992년 UN에 의해 마을이 통째로 세계문화유산으로 지정된 유적지로 성곽 안은 여러 개의 정원을 배경으로 고색창연한 건물들이 인상적이다. 마치 체코의 아름다움만을 쏙 빼내어 모아 놓은 모습이다.

냉전시대에는 이념이 사회가치의 최고 우선이었다. 당연히 사회주의국가인 체코는 근대사에서 그리 주목받지 못했다. 그 덕분에 체스키 크룸로프는 개발이 제한되어 현대적 문명이 덜 침투되었다. 결과적으로 오히려 중세의 모습을 고스란히 간직할 수 있어 보헤미아의 진주로서의 위상을 한껏 뽐내고 있다.

구시가지에서 놓칠 수 없는 장소가 하나 있다면, 에곤 실레 미술관이다. 시청사 서쪽에서 성의 정원으로 통하는 시로카Široká 거리의 옛 양조장을 개조해서 문을 연 이 미술관은 실레의 모국인 오스트리아보다 더 많은 작품을 소장하고 있다. 그가 직접 디자인한 가구와 사진, 편지, 데스마스크, 그리고 그의 유일한 조각품을 상설 진시하고 있어, 실레의 예술 세계를 체험할 수 있는 좋은 장소다. 피카소 등 19세기 말에서 20세기에 활약한 예술가들의 작품도 전시하고 있다.

에곤 실레Egon Schiele, 1890~1918는 1890년 6월 12일 오스트리아 다뉴브 강가의 튤른Tulln에서 태어났다. 실레의 아버지는 이 소도시의 역장이었다. 실레는 어린 시절부터 드로잉 감각이 뛰어났고, 소년기 대

에곤 실레 미술관.

부분을 연필로 무언가를 그리는 일로 보냈다. 실레가 열네 살 되던 해, 매독으로 사망한 실레의 아버지는 실레의 이런 점이 못마땅했다. 이상한 그림만 그린다면서 실레의 소묘들을 태워버리곤 했다.

아버지가 사망하고 열여섯 살이 되던 해, 실레는 아버지의 대리인이던 삼촌과 그에게 무관심한 어머니가 내키지 않아 하는 가운데 비엔나 미술학교로 보내졌다. 그는 선생들과 불화를 일으켰다. 그의 스승은 실레에게 이렇게 말했다고 한다.

"악마가 너를 내 수업에 들여보냈구나. 어디 가서 내가 너의 선생이라 말하지 말거라."

그는 이런 고지식한 아카데미 방식의 교육을 달가워하지 않았다. 결국, 학교를 중도에 포기하고 만다. 그것이 오히려 그에게는 자유로운 화풍을 구상하는 데 도움이 되었다.

실레는 1907년 학부 그림의 전시 때문에 베를린을 방문했을 때 당시 명성이 자자한 구스타프 클림트Gustav Klimt를 만나게 된다. 실레의 그림을 처음 본 클림트는 "지나칠 정도로 재주가 있다"며 그의 그림을 높이 평가했다. 클림트의 제자가 된 실레는 클림트에게 그림을 배우며 아르누보 양식을 계승하기도 했다. 1910년 들어서는 스승의 우아하고 장식적인 형상을 떠나서, 실레 자신만의 독자적인 스타일의 표현하며 독창성을 발휘하기 시작했다. 이때 실레는 가족이 지원해주던 경제적 후원이 끊겨 고립감과 자기도취적 자기 연민에 빠져 있었다.

이 무렵, 그는 일련의 심리적, 성적 초상화를 그리기 시작했다. 그리고 1911년 조용히 작품 제작에 몰두할 은둔처로 어머니의 고향인 보헤미아 체스키 크룸로프로 이주했다. 어머니와 사이가 그리 좋은 편은 아니었지만, 어머니의 고향이 주는 아름다움에 매료되었다. 그 전해에 비엔나 아카데미에서 함께 공부한 친구이자 매제인 안톤 페슈카Anton Peschka, 1885~1940에게 쓴 편지를 보면 그런 정서가 잘 나타나 있다.

에곤 실레

오스트리아 비엔나에 있는 레오폴드 미술관(Leopold Museum) 내부 모습.
에곤 실레의 컬렉션을 가장 많이 소장하고 있는 미술관이다.

보헤미아의 숲으로 가고 싶다. 그곳에서 새로운 것을 발견하고, 찬찬히 바라보며, 어둑한 곳에서 입에 물을 머금고 하늘이 내려준 천연의 공기를 마시며 이끼 낀 나무를 바라본다. 왜냐하면 그것들은 모두 살아 있기 때문이다. 어린 자작나무 숲에서 바스락거리는 소리를 듣고, 나무 사이로 비치는 햇볕을 쬐며 푸른빛과 초록빛에 물든 계곡의 차분한 오후를 즐기고 싶다.

실레의 문학적 소양이 잘 나타나 있는 글이다. 하지만 체스키 크룸로프에서의 생활은 그리 오래가지 못했다. 이웃들에게 미성년자를 꾀어 이상한 그림을 그린다고 불순한 사람으로 낙인찍혀 다시 비엔나로 돌아갔다. 그러나 반세기가 훨씬 지난 1993년 체스키 크룸로프 사람들은 그의 진가를 인정해 그의 이름이 붙은 미술관을 설립했다.

실레는 젊은 나이에 요절했다. 에디트와 결혼하고 군 생활을 마친 후 명성과 부를 얻기 시작할 무렵이었는데, 그때 나이 스물여덟 살이었다. 1차 세계대전 말미에 불어닥친 스페인 유행성 독감으로 클림트가 죽은 지 8개월, 아내가 죽은 지 3일 만에 일어난 일이었다.

짧은 생애 동안 그린 그의 그림을 보면 미술적 소양을 제쳐놓고 볼 때 춘화 같은 그림들이 일색을 이루고 있다. 그런 그림들 때문에 노이렌바흐 감옥에 스무나흘 동안 수감되기도 했다. 어린 소녀를 유괴해 누드화를 그렸다는 죄목이었다. 그의 아틀리에 근처에 사는 어떤 퇴역 해군 장교가 자기의 어린 열네 살짜리 딸을 유혹했다는 이유로 그를 고발했기 때문이었다.

온천 휴양지 테플리체

베토벤은 어떤 인물일까

어느 교수가 수업 중에 학생들에게 질문을 던졌다.

"알코올 중독자에다 툭하면 아내를 심하게 구타하는 남편을 둔 여인이 있습니다. 설상가상으로 아내는 폐결핵에 걸려 자신의 몸 하나 가누기 어려울 정도이지요. 이 여인이 원하지 않는 임신을 했지 뭡니까. 이 태아를 어떻게 해야 할까요."

학생 하나가 손을 번쩍 들더니 단호하게 대답했다.

"당장 낙태시켜야 합니다."

루트비히 판 베토벤

그러자 교수는 빙그레 웃으며 말했다.

"자넨 방금 베토벤을 죽였네!"

베토벤에 관한 일화다. 베토벤의 어머니는 결국 아기를 낳았고, 그가 음악 공부를 위해 비엔나로 유학을 떠났을 즈음, 지병인 폐결핵으로 사망했다.

베토벤의 생애는 이렇게 태어나기 전부터 순탄치 않았다. 어린 시절부터 병든 어머니와 술주정뱅이 아버지 그리고 어린 두 동생을 부양해야 했던 베토벤은 열한 살 때부터 극장을 돌며 음악을 팔러 다녔다. 일찍부터 아버지가 시키는 대로 예술이 아닌 생계를 위한 돈벌이로 음악을 해야 했던 것이다. 이십 대 중반부터는 청각에도 문제가 생겼다. 음악에 무엇보다 치명적이었다. 이런 숱한 역경을 이겨낸 인물이 베토벤이다.

그는 자신의 나이마저 모른 채 자랐다. 무슨 영문인지 베토벤의 세례 증명서에 그의 출생 일자가 1770년 12월 17일로 적혀 있음에도, 그는 성인이 될 때까지 자신이 태어난 해를 1772년으로 알고 있었다. 1802년 10월에 작성한 하일리겐슈타트에서 쓴 유서를 보면 자신의 나이가 실제보다 몇 살 더 어리다고 말한다. 1810년에 그의 친구 베겔러Franz Wegeler에게 보낸 편지에서도 자신의 올바른 세례 증서를 구해달라고 부탁하며, 1770년의 출생 기록이 자신의 죽은 형의 것일 수 있다고 말했다.

"친구 이 세례 증서는 정확한 기록이 아닌 것 같군. 나 이전에 태어난 루트비히마리아, 그의 죽은 형가 있으니 말이야."

일부 전기 작가들은 이런 사실을 베토벤의 아버지 탓으로 돌렸다. 그가 베토벤을 모차르트와 같은 신동의 반열에 올려놓기 위해 베토벤의 나이를 두 살 줄였으리라고 주장한다. 물론, 오늘날 베토벤의 천재성을 말하는 데 나이를 언급할 사람은 아무도 없다.

신은 스스로 부여한 베토벤의 천재성을 시험하려고 했던 걸까. 베토벤은 줄곧 시련에 빠졌다. 그는 평생을 원하지 않는 독신으로 살다 갔다. 그도 어느 예술가 못지않게 수많은 여성과 염문을 뿌렸지만 단한 차례도 결혼에는 이르지 못했다. 테레제 브룬스비크와 1806년에 약혼을 발표하지만 1810년, 뚜렷한 이유 없이 파혼한다. 아마 그때 도진 귓병 때문일 것으로 추정할 뿐이다. 그 이후에도 그녀와 사랑의 편지를 계속 주고받았고, 줄곧 우호적인 관계를 유지했으니 말이다. 애정 관계가 순탄치 못한 것은 그의 외모와 성격적 결함 탓이기도 했다. 그러나 가장 큰 이유는 사랑과 음악 사이의 갈등에서 언제나 음악을 우선시했기 때문이다. 그에게 사랑은 뒷전일 수밖에 없었다.

로빈슨 크루소를 닮은 베토벤

베토벤의 제자인 페르디난트 리스Ferdinand Ries, 1784~1838가 쓴 베토벤 외모에 대한 기록을 보면 베토벤은 키가 작고 머리가 컸다고 한다.

> 머리는 칠흑색에다 숱은 많고 뻣뻣했으며 얼굴은 천연두 자국으로 거칠고 붉었다. 전체적인 용모는 혐오감을 주지만 표정의 활기와 풍부한 표현력은 깊은 내면세계를 지배하고 있었다.

루트비히 판 베토벤에서 '베토벤'은 '덩굴 밭'이란 뜻인데, 우연이겠지만 어쩐지 그의 외모를 나타내는 말인 것 같아 흥미롭다. 베토벤의 또 다른 제자인 카를 체르니Carl Czerny, 1791~1857도 자신이 처음 베토벤을 만났을 때1801년의 모습을 글로 남겼다. 그는 '갈기 같은 더벅머리에 수염은 며칠째 깎지 않아 시커먼 채로 양털로 만든 겉저고리와 바지를 입고 있는 모습이 마치 로빈슨 크루소를 보는 것 같았다'고 회고했다.

XXXIX.

테플리체에 있는 베토벤 사나토리움에서는 매년 베토벤 음악 페스티벌이 열린다.

테플리체 전경.

이런 외모 때문에 베토벤은 당시 여성들에게 이성으로서는 별 호감을 얻지 못했다. 하지만 여성들과 음악을 매개로 끊임없이 교류했다. 그 관계가 오래가지 못했지만 말이다. 게다가 그의 괴팍스러운 성격도 한몫했다. 6개월에 한번 꼴로 이사를 한다거나 수시로 하녀를 갈아치우는 행동에서도 그의 성격을 엿볼 수 있다.

베토벤은 스물두 살 때, 태어난 본을 떠나 비엔나로 이사했다. 그리고 쉰일곱의 나이로 죽는 날까지 35년 동안 비엔나에 살았다. 그동안 이사를 얼마나 다녔을까. 기록에 따르면 비엔나에 살 때의 주소가 확인된 것만도 서른두 곳, 주변 도시나 인근 나라로의 장기 여행으로 인한 이사 33회 등 이사 기록이 육십여 회에 이른다. 그런데 이런 괴벽은 음악적 열정에서 비롯한 것이기도 했다. 이사에 관한 일화가 있다.

이사의 빈도가 잦았던 큰 이유는 그의 괴팍하고 자존심 센 성격 때문이기도 하지만, 한밤중에도 피아노를 치는 바람에 이웃과 항상 사이가 좋지 않아서이기도 했다.

이사하는 어느 날이었다. 짐마차 뒤에 이삿짐을 가득 실은 후 베토벤이 그 짐 위에 앉아 있었는데, 마차가 이사할 집에 당도해서 보니 짐만 있고 주인은 온데간데없었다. 마부는 깜짝 놀라 주인을 찾아서 돌아다녔지만 허사였다. 나중에 알고 보니 마차가 어느 경치 좋은 곳을 지날 때 짐 위에 앉아있던 베토벤이 별안간 무슨 악상이 떠올랐는지 마차 위에서 뛰어내려 숲으로 들어간 것이다. 스케치북에 악상을 적는 일에 몰두하다가 그만 밤늦게 새로 이사 간 집이 아닌 옛집으로 돌아왔다. 그 집주인이 놀라서 "아니, 짐은 어떻게 하시고?" 하고 물으니 "아뿔싸, 짐을 잊었네!"라며 정신을 차리기 시작했다고 한다. 이사 그 자체를 잊어버렸던 것이다. 이렇게 그의 모든 기행의 최종 종착지는 음악이었나. 그 후 전원 교향곡6번이 탄생했나.

불멸의 연인에게 보낸 편지

베토벤도 남들처럼 사랑하는 여인과 화목한 가정을 꾸려 오순도순 살기를 바랐을 것이다. 그러나 음악에 대한 열정은 그를 평범하게 두지 않았다. 베토벤의 제자, 친구, 그리고 그를 연구한 사람들의 입을 빌려 그의 애정 관계에 대해 들어 보면 그런 사실을 확인할 수 있다.

리스는 스승의 사랑에 대해 "아주 빈번하게 사랑에 빠졌지만 대부분 그 사랑은 아주 잠깐밖에 지속되지 않았다"고 말했다. 음악학 연구가 엘리엇 포브스Elliot Forbes도 "심술궂게도 작곡가는 걸핏하면 한 여성에게 애정이 생길 것 같으면 방향을 돌려 일로 뛰어들곤 했다"고 회고했다.

끊임없이 여성들에게 둘러싸여 수많은 로맨스를 만들어냈지만, 항상 주변에서 얼쩡거리기만 하고 제대로 된 연애는 한 번도 하지 못했음이 틀림없다.

하지만 그는 작심하고 절절한 구애의 내용을 담은 편지를 쓰기도 했다. 이 편지는 그가 죽은 후 그의 서랍에서 발견되었는데, 편지를 쓴 연도와 수취인이 적혀 있지 않은 채 봉인되어 있었다. 이 편지에서 그는 사랑한 여인을 '불멸의 연인'으로 부르고 있다. 그녀는 도대체 누구였을까? 여기에 세 통의 편지를 옮겨보겠다.

7월 6일

나의 천사, 나의 모든 것, 나의 진정한 자신이여,
오늘은 몇 마디만 하겠소. 그것도 당신의 연필로 말이오.
내일쯤에야 숙소가 결정될 것 같소. 이 무슨 시간 낭비인지.
(중략)
이번 여행은 끔찍했다오. 어제 새벽 네 시가 되어서야 간신히 여기에 도착했으니 말이오. 말이 부족해 합승 우편마차를 탔는데 그 마차가 다른 길로 돌아오는 것 아니겠소. 게다가 길은 아주 형편없었소. 결국 마차는 부서지고 말았다오.

(중략)

이제 곧 만날 수 있겠지만 그래도 요 며칠 동안 내 생활을 이야기하지 못한 것이 슬플 따름이오. 내 마음속에는 그대에게 하고 싶은 말들이 가득하다오. 때로는 말로 다 표현할 수 없을 때가 있지요. 자, 기운을 내요. 내 진정한 하나뿐인 보물, 그대는 나의 전부이고 나는 그대의 선부 아니겠소. 우리가 할 바를 다한다면 그 후는 신께서 보살펴 주시겠지요.

당신의 충실한 루트비히

7월 6일 월요일 저녁

고통에 찬 그대, 내 사랑이여.

편지를 아침 일찍 부쳐야 한다는 걸 이제야 알았소. 우편마차가 K(카를로비 바리를 뜻하는 것으로 보임)로 가는 것은 월요일과 목요일 아침 두 번뿐이라는군요. 괴로워하지 말아요. 내가 있는 곳에 항상 그대가 있으니. 우리 함께 지낼 방법을 궁리해 봅시다.

(중략)

그대가 토요일이 되어야 내 편지를 받게 된다니 슬픔이 앞서는군요. 당신이 나를 사랑하는 것보다 내 사랑이 더 크다오. 그러니 당신 생각을 감추지 말아요. 잘 자요. 온천 치료를 위해 이곳에 왔으니 나도 잠자리에 들겠소. 아! 신이여, 이렇게 가깝고도 멀다니……. 우리의 사랑이 천상에 있는 것 아니고 무어겠소. 게다가 천국의 요새처럼 견고하기까지 하니 말이오.

7월 7일 좋은 아침에

아직 자리에 누워 있지만 내 생각은 당신에게로 달려간다오. 나의 불멸의 연인이여! 이런저런 생각을 하면 기쁘기도 하고 한편으로는 슬프기도 하군요. 우리의 사랑을 운명이 들어줄지 말지를 진실한 마음으로 기다리며 당신과 함께하든 아니든 둘 중 하나를 선택하지 않으면 살아갈 수 없을 것 같구려.

(중략)

오, 신이여, 이렇게 사랑하면서도 왜 서로 떨어져 살아야 한단 말이오. W비엔나로 보임에서의 나의 생활은 비참하다오. 그대의 사랑이 나를 행복하게 하기도 불행하게 하기도 하는구려.

(중략)

나의 천사여, 방금 우편 마차가 매일 떠난다는 것을 알았소. 그대가 이 편지를 일찍 받을 수 있도록 이만 그치겠소. 마음을 가라앉히시오. 우리 상황에 대해 침착해져야만 함께 살고자 하는 우리 목적을 달성할 수 있으니까요. 그대, 나의 생명, 나의 모든 것, 안녕. 오, 제발 나를 계속 사랑해 주오. 내 진심을 잊지 말아요.

영원히 그대의

영원히 나의

영원히 서로의 L루트비히의 약자.

* 편지 전문 중에서 중요 부분을 발췌하였고, 문맥의 흐름을 위해 의역 처리했다.

내가 베토벤의 불멸의 연인에 관심을 둔 것은 7~8년 전에 본 영화 〈불멸의 연인〉 때문이었다. 영화에서는 베토벤의 바로 아래 동생 카스파르 칼 베토벤Kaspar Karl van Beethoven, 1774~1815의 아내인 제수 요한나를 불멸의 연인으로 그리고 있다. 게다가 조카 카를을 베토벤의 아들임을 넌지시 비치고 있다. 영화라는 가상 세계의 흥미를 위한 것일까 아니면 사실일까. 베토벤과 관련된 책을 보면 카를에 대한 양육권을 가지고 요한나와 죽기 살기 식의 재판을 벌였던데, 사랑하는 여인이었다면 대체 왜 그랬을까. 의문에 의문이 거듭됐다. 만일 영화 내용이 진실이라면 동생 카스파르가 살아 있을 때 그랬다는 것이 아닌가? 은근히 위대한 천재 음악가에 대해 부아도 치밀었다. 아무리 영화가 사실에 근접해 있다손 쳐도 이 편지의 주인공만큼은 내용상 요한나일 수는 없을 것 같다.

베토벤은 왜 자신이 쓴 편지를 스스로 보관하고 있던 걸까? 쓰고 난 후 마음이 바뀌어 부치지 않은 것일까? 아니면 수취불능으로 다시 베토벤에게 되돌아온 것일까? 도저히 풀 수 없는 미스터리뿐이었다.

이런 의문들이 베토벤의 음악보다 차츰 베토벤의 사생활로 나를 끌어들였다. 결국 의문의 조갈증은 나의 여행 본능을 자극했다. 이번 체코를 비롯한 동유럽 여행에서 베토벤의 '불멸의 연인'의 자취를 뒤쫓아보기로 했다.

여행에 앞서 영화 〈불멸의 연인〉을 수차례 반복해서 보고, 그에 관련된 논문과 책도 여러 권 찾아 심도 있게 읽었다. 그리고 그것을 토대로 여행 일정을 짰다. 문제는 워낙 많은 연구가들이 제 나름의 자료를 제시하며 제각각 여러 여인을 후보로 등장시켜 놓아 조정하는데 애를 먹었다. 어쨌든 자료 중에서 가장 타당성이 높으며 많이 언급되는 내용을 추렸다. 그리고는 여행 대상지로 체코에서는 프라하를 비롯하여 카를로비바리, 테플리체, 푸란티슈코비 라즈네를, 슬로바키아에서는 돌나 크루파를, 헝가리에서는 마르톤바사르를 선정했다. 베토벤이 이동한 경로를 따라가 보기로 한 것이다.

테플리체 영주의 딸인 조세피네 알드링겐이 살던 별궁으로 지금은 카지노로 사용된다.
베토벤이 이곳에 오면 머물던 건물로 알려져 있다.

베토벤과 괴테의 만남

베토벤의 불멸의 연인을 찾기 위한 첫 여행지는 테플리체Teplice였다. 나는 베토벤이 불멸의 연인에게 보낼 편지를 썼다고 추정되는 1812년의 여름과 같은 계절에 그곳을 방문했다.

분명히 베토벤은 그 해 6월 28, 29일 이틀 동안 오스트리아 비엔나의 자신의 집에 머물렀던 게 틀림없다. 1812년 6월 28일 비엔나에서 이그나츠 바우마이스터Ignaz Baumeister에게 편지를 보낸 기록이 있기 때문이다.

비엔나를 떠나 프라하로 온 날은 7월 1일이다. 당시 프라하 신문 동정란에 실린 그의 이름이 이 사실을 증명한다.

세이어Alexander Thayer, 1817~1897는 그의 책에서 베토벤이 프라하를 떠나 테플리체에 도착한 날을 7월 7일이라고 적고 있다. 테플리체 여관 숙박 손님 명단을 증거로 제시하고 있는데, 여기에는 시간상 오차가 있다. 그가 제시한 숙박명부에는 '루트비히 판 베토벤, 작곡가, 비엔나, 오크 여관 62호에 숙박'이라고 기재되어 있는데 베토벤이 테플리체에 도착한 후 브라이트코프 운트 헤르텔 출판사에 보낸 편지 내용을 보면 '내가 7월 5일 이후로 여기에 머무르고 있다는 이야기만 하겠소'라는 내용을 볼 수 있다. 아마도 불멸의 편지 7월 6일 자에 '내일쯤에야 숙소가 결정될 것 같소'에서 보듯 숙소가 확정되지 않아서 7월 7일 숙소가 확정된 다음 숙박부를 작성했기 때문에 그런 시차가 생겼을 가능성이 있다.

(左)괴테의 방문을 기리는 표석.
(右)1811년 베토벤이 머물렀다는 즐라타 하르파(Zlata Harfa) 호텔 앞에 붙은
기념 동판.

베토벤은 연인을 만나기 위한 중간 기착지이자 자신의 귓병 치료를 위해 테플리체에 온 것으로 보인다. 곧 소개할 어떤 소녀 아멜리에에게 보낸 편지와 그의 7월 6일 저녁에 쓴 편지 내용으로 미루어 볼 때 그렇다.

테플리체는 프라하에서 북서쪽으로 80킬로미터 떨어진 곳에 있다. 베토벤이 살던 시절엔 마차로 꼬박 열두 시간이 넘게 걸렸지만 지금은 기차로 두 시간도 채 안 걸린다. 그 시절에는 테플리체가 카를로비바리, 마리안스케 라즈네 등과 더불어 보헤미아의 3대 유명한 온천 지대였지만 한때 광산 개발로 물이 오염되어 폐쇄된 적도 있었다. 그 후 노력 끝에 많이 회복시킨 상태로, 옛 명성에는 미치지 못하지만 지금도 여전히 많은 관광객이 테플리체 온천지대를 찾고 있다.

(左)1812년 베토벤이 머물렀을 것으로 추정되는 오크 여관. 현재는 '즐라테 슬룬체'라는 이름의 호텔이다.
(右)베토벤 레스토랑은 즐라타 하르파 호텔 1층에 있다.

나는 테플리체에 도착한 후 가장 먼저 베토벤이 머물렀던 오크 여관의 흔적이 남아 있을까 싶어 찾아 나섰다. 중심가로 나가 보니 한쪽에는 1811년, 그 옆에는 1812년, 그가 머물렀다는 동판이 새겨진 호텔이 나란히 붙어 있었다. 옛날의 오크 여관으로 여겨지는 호텔은 연푸른 파스텔 색조의 페인트가 칠해져 있었고 즐라테 슬룬체Zlaté Slunce, 황금태양라는 이름으로 바뀌어 있었다.

베토벤이 테플리체를 방문했을 무렵에 나폴레옹은 러시아 침공을 앞두고 있었다. 이런 까닭에 프라하는 각 나라 간의 외교적인 교섭이 활발하던 때였다. 유럽 각국의 외교사절을 비롯해 귀족, 군 장교들은 물론 예술가들도 덩달아 프라하에서 부산히 움직였다. 사교를 위한 장소로는 그 당시에는 고급 온천장인 테플리체가 인기 있는 장소였다.

합스부르크 대공을 비롯하여 7월 7일에는 바이마르 후작이, 7월 15일에는 후작의 추밀고문관인 괴테가 이곳을 찾았다. 당시 괴테는 카를로비바리에 머물고 있었는데 후작의 호출을 받았던 것이다.

이때 베토벤은 존경해 오던 괴테를 테플리체에서 만날 기회를 얻게 되었다. 이 만남을 주선한 사람은 베티나 폰 아르님 결혼 전 이름 베티나 브렌타노이라는 여성으로 괴테의 젊은 시절 연인이기도 했던 막스밀리아네 브렌타노Maximiliane Brentano의 딸이다. 막스밀리아네는 괴테의 자서전적 소설 《젊은 베르테르의 슬픔》에서 짝사랑한 샤를로테의 부분적인 모델이기도 한 여성이다.

베티나 폰 아르님은 어머니 때문에 어려서부터 자주 만난 괴테로부터 문학적 영향을 받았다. 그런 기회는 그녀를 독일 낭만파 문학의 선두주자로 만들었다. 그녀는 성장해 옛 독일 화폐 5마르크에 초상화가 실리기도 한 유명한 시인이 되었다. 그런 그녀가 어머니에 이어 괴테의 연인이며 동시에 베토벤의 연인이기도 해 두 사람과 삼각관계를 맺고 있다는 설이 퍼져 있었다. 그래서 강력한 불멸의 연인 후보에 오르기도 하지만 뚜렷한 증거를 찾을 수 없어 제외해야 할 것 같다.

어느 날, 베티나는 괴테가 테플리체에 간다는 것을 알고 베토벤에게 편지로 그 사실을 알려 주었다. 당대의 음악과 문학의 두 거장은 이렇게 해서 7월 19일 테플리체에서 조우했다. 두 사람이 이전에 만난 적이 있었는지는 분명치 않으나 주고받은 편지는 여럿 남아있다. 1811년 4월 12일, 베토벤이 괴테에게 보낸 편지와 그해 6월 25일 괴테가 베토벤에게 답장을 보낸 것 등이다. 편지에서는 서로를 존경해 그 마음을 전하던 두 사람이 테플리체에서의 만남 이후 사이가 급격히 나빠졌다.

친애하는 베티나

왕이나 세후들이 교수나 추밀관을 만들어 그들에게 칭호나 훈장을 수북이 술 수는 있지요. 그러나 위대한 인간, 위대한 정신을 만들어내지는 못한다오. 따라서 왕보다 우월한 그런 사람들은 존경받아 마땅하오. 그러니 나와 괴테 같은 사람이 함께 있으면 군주들도 우리의 위대함을 느낄 것이 틀림없소.

어제 괴테와 함께 산책하다가 집에 돌아오는 길에 황실의 행렬이 지나가는 것을 보았소. 우리는 멀리서 그 행렬이 다가오는 것을 보았는데 괴테가 내 곁에서 떠나 길가 한쪽으로 비켜서지 뭐요. 내가 말려도 소용없었을 것이오. 그래서 나는 모자를 푹 눌러 쓰고 외투 단추를 채우고는 팔짱을 끼고 군중 속으로 들어

괴테와 베토벤의 역사적 만남을 그림으로 묘사해 놓은 어느 집 벽면.

갔소. 중신들이 늘어선 가운데 황후께서 먼저 내게 인사를 건넵디다. 그다음에야 나도 모자를 벗고 답례의 예를 갖췄소. 옆을 보니 괴테는 모자를 벗어들고 머리가 땅에 닿도록 허리를 굽히고 있더이다. 나는 이 일로 그를 심하게 비난했소. 사랑스러운 베티나, 그는 당신에게도 죄를 지은 거요.

(중략)

안녕히, 안녕히, 사랑하는 당신. 지난번 당신의 편지는 밤새 내 가슴 위에서 나를 위로해 주었소. 음악가에겐 모든 것이 허용된다오. 세상에, 얼마나 그대를 사랑하는지!

그대의 충실한 친구이며 귀가 먼 형세,
1812년 8월 15일 테플리체에서 베티나 폰 아르님에게

이 만남의 일화가 알려진 것은 베티나 폰 아르님에게 베토벤이 보냈다고 하는 위의 편지를 통해서다. 그런데 이 편지가 위작이라는 논란이 있다. 쉰들러, 헤르만 다이터스Hermann Deiters, 1833~1907, 아돌프 마르크스Adolph Marx, 1795~1866 등은 편지의 진실성을 의심했다. 베티나가 베토벤에게서 받았다고 주장한 여러 편지 중에 오직 하나만이 베토벤이 쓴 진품으로 입증되었고, 나머지 중에 한 통은 별다른 특성 없는 낭만적 어투로 음악에 대한 철학론을 펼치는 내용으로 베토벤이 쓰지 않은 것으로 결정났다. 당시 유명인의 유품이 비싼 값에 팔렸던 관계로 어떤 위작자가 두 사람의 이름을 빌려 위작했을 가능성이 있다. 모리츠 카이에르, 놀Ludwig Nohl과 크리스티안 칼리셰A. C. Kalischer는 위의 편지 내용을 변호하고 있다.

나 또한 자료를 정리하다 보니 그 사건이 있었던 다음 달인 8월 9일 자로 베토벤이 음악 출판업자인 브라이코프와 헤르텔에게 보낸 편

지가 있음을 발견했다. 거기에는 '괴테는 시인답지 않게 궁정의 분위기에 너무 젖어 있습니다. 시인들이 궁정 안의 화려함에 현혹되어 다른 모든 것을 다 잊어버린다면 국민의 교사라 할 수 없지요. 예술가들의 행동에 대해 비평할 자격도 없는 것입니다' 라고 적혀 있었다.

또, 그 직후 괴테가 카를 젤터 Carl Zelter 에게 쓴 편지에는 이런 내용도 있다. '베토벤은 불행히도 성질이 모질고 사납기 짝이 없는 사람이더군요. 그의 처지나 지병 등을 아무리 감안하더라도 세상을 삐딱하게 보는 시각은 지나쳐요. 그것은 다른 사람뿐만 아니라 자신에게도 좋은 방법이 되지 못하지요.'

이런 사실로 미루어 보아 편지의 사연은 다소간 미화되었을지 모르지만, 내용만큼은 사실이라는 것이 내 생각이다. 그렇게 보면, 이 사건이 일어난 1812년 7월 19일 이후에 둘 사이는 나빠졌다. 괴테는 이 일로 심한 상처를 받은 것 같다. 그때 베토벤의 나이는 마흔둘, 괴테는 예순셋이었다. 위의 내용이 사실이라면 나이로 보더라도 베토벤의 행동은 지나치다. 이 일 후에 베토벤은 괴테에게 편지를 보냈지만, 그는 일절 답장을 하지 않았다고 한다.

베토벤의 유난한 자존심을 보여주는 일화가 또 있다. 베토벤을 후원하고 그를 친아들처럼 여긴 리히노프스키 공작과의 일화다. 리히노프스키 공작이 자기 하인들에게 만약 자기와 베토벤이 동시에 하인을 찾는다면 베토벤에게 먼저 달려가라고 지시했다고 한다. 이런 걸 보면, 베토벤이 자신의 능력에 대해 확고한 확신이 있었음이 분명하다. 그런 확신은 스승에게마저 예외가 아니었다.

베토벤은 하이든에게 1792년 11월부터 1794년 1월까지 대위법 등을 배웠다. 그러나 하이든을 스승으로 깊이 존경하지는 않은 듯하다. 아니 오히려 경쟁 상대로 여긴 것 같다. 리스가 전하는 말에 의하면, 하이든이 베토벤의 첫 작품 표지에 '하이든의 제자'라는 말을 집어넣으라고 했지만 거절했다고 한다. 몇 년 뒤 1800년경 두 사람 간의 긴장감을 짐작하게 해주는 일화도 있다. 어떤 자리에서 두 사람이 우연히 만나게 되었는데, 하이든이 베토벤의 발레 음악인 〈프로메테우스의 창조〉에 대해 호평을 했다. 그러자 베토벤은 "오, 선생님 고맙습니다. 그렇지만 그건 〈천지창조〉하이든의 대표작에는 훨씬 못 미치는데요."라고 비아냥거렸다고 한다. 그럴 필요가 없는 분위기였음에도 굳이 그렇게 말해 하이든이 매우 당황했다는 것이다. 나중 제자인 리스가 베토벤에게 왜 그랬는지 묻자, 하이든과 경쟁한다는 사실을 거리낌 없이 말했다고 한다. 이런저런 점에서 베토벤의 행동은 에티켓적인 측면에서는 비난받을 여지가 있겠다. 하지만 자신의 음악적 자부심과 그가 귀족들에 대해 품고 있는 인본주의 사상은 간단치 않음을 알 수 있다.

나폴레옹도 그런 인간에 불과하단 말인가

평민 출신인 베토벤은 왕과 귀족을 뛰어넘을 무기는 능력뿐이라는 사실을 일찍이 깨달았다. 이렇게 능력을 중요시하는 그가 어떤 인물에게 감동하고, 또 그를 흠모하며 진심으로 고개 숙인 적이 있다. 바로 프랑

스 대혁명 때 보잘것없는 집안에서 태어나 제1통령에 오른 나폴레옹이
다. 베토벤은 나폴레옹에게 반하여 한때 프랑스로 이주할 생각마저 했
었다. 그런데 바로 몇 달 뒤 모든 계획을 스스로 취소해버렸다.

베토벤이 나폴레옹을 존경한 것은 코르시카 섬 출신의 일개 포병
장교가 혁명을 평정하고 프랑스 최고사령관이 된 것을 높이 평가했기
때문이다. 민중의 권리를 옹호하며 자유·평등 정신을 중요시하던 베토
벤은 프랑스 혁명을 예의주시하고 있던 터였다. 베토벤은 1798년 당시
에 비엔나 주재 프랑스 대사의 비서로 있던 바이올리니스트인 로돌페
크로이처 Rodolphe Kreutzer를 알고 지냈다. 크로이처를 통해 대사인 베르
나도트 Jean-Baptiste Bernadotte장군을 소개받기도 했다. 그때 크로이처로
부터 나폴레옹의 업적에 대해 자세히 들은 것이다.

나폴레옹에게 감동한 그는 서른셋이 되던 1803년 여름, 나폴레옹
을 생각하며 세 번째 교향곡을 쓰기 시작했다. 교향곡은 1804년 봄에
드디어 완성되었다. 그는 악보 표지 맨 위쪽에 보나파르트라고 써넣고
아랫부분에는 자신의 이름을 적었다. 자신의 이상이기도 한 사유와 평
등사상을 펼칠 것이라 믿은 나폴레옹에 대한 존경심에서였다. 베토벤
은 그 곡을 나폴레옹에게 헌성할 작정이었다.

그러나 그해 5월 18일, 프랑스 의회는 보나파르트 나폴레옹을 황제
로 선언해 버렸다. 그 소식을 리스에게서 전해 들은 베토벤은 크게 흥분
하며, "그도 한낱 그저 그런 인간에 불과하단 말인가! 오로지 자신의 야
망에 빠져 권력만을 탐닉하겠군"이라고 소리쳤다. 악보 표지도 찢어버
렸다고 한다. 이 사건으로 그는 파리로 가려던 계획을 포기했다. 오직

그가 쓴 초고에만 쓸쓸히 보나파르트라는 이름이 남아 있을 뿐이다.

이런 곡절을 갖고 태어난 곡이 〈영웅 교향곡〉이라고 알려진 교향곡 제3번이다. 영웅이라는 이름을 갖게 된 것은 그 후의 일로 부제 '어느 영웅의 추억을 찬양하기 위한 영웅적 교향곡'에서 따온 것이다. 그런데 여기에는 베토벤만이 아는 비밀이 있다.

쉰들러에 따르면, 그 후 베토벤은 나폴레옹에 대한 경멸감을 어느 정도 누그러뜨렸다고 한다. 그는 나폴레옹을 한낱 동정할 만한 불행한 사람, 하늘에서 떨어진 이카루스라고 평했다. 1821년 나폴레옹의 몰락인 센트 헬레나의 파국이 알려졌을 때, "나는 이미 비참한 사건에 들어맞는 음악을 썼다"고 말했다. 영웅 교향곡 제2악장 '장송곡' 속에 정복자의 비극적 최후를 고하는 부분을 의미하는 것이다. 나폴레옹에 실망한 나머지 원래 의도한 부분을 슬쩍 고쳐 쓴 것인지는 그만이 알겠지만, 그 추측을 인정하기를 즐겼다고 한다. 이 곡은 보나파르트에게 보내는 대신 앞서 말한 〈운명 교향곡_{교향곡 5번}〉을 헌정한 보헤미아 귀족 로프코비츠에게 헌정되었다.

위의 사실로 알 수 있듯이 베토벤은 강한 자들에게는 괴벽스러울 정도로 강하게 대항했지만, 어린이와 같이 약한 자에게는 한없이 자상했다. 그의 자상한 성격의 일면을 엿볼 수 있는 일화가 전해진다. 함부르크에 사는 여덟 살의 소녀로 추측되는 에밀리에라는 한 소녀에게 보낸 편지에서다.

소녀는 자신이 만든 손지갑과 함께 베토벤에게 편지를 보냈다. 이 편지를 받고 베토벤은 꼬마 숙녀에게 정성스런 답장을 보냈다. 그 답장에는 테플리츠 1812년 7월 17일이라고 적혀 있다.

　　나의 착한 에밀리에, 나의 친구여!
　　답장이 늦었구나. 일이 좀 많았고 병 때문에 그렇게 되었단다. 나는 건강을 회복하기 위해 이곳에 와 있단다. 너의 지갑은 많은 다른 사람들이 보낸 선물들과 함께 잘 간직하겠다. 헨델, 하이든, 모차르트의 월계관을 빼앗아 내게 줄려고 하지는 말아라. 나는 아직 그걸 쓸 자격이 없단다. 그 월계관의 주인은 여전히 그들이라 생각해. 네 손지갑은 그들에게 더 잘 어울렸을 텐데. 나는 그렇게 존경받을 사람이 아니란다. 피아노는 계속 연습하렴. 기교만 익히려 하지 말고 예술을 마음으로 느끼도록 해야 해. 오직 예술과 과학만이 인간을 신의 경지로 끌어올릴 수 있단다. 귀여운 에밀리에, 언제라도 나에게 원하는 것이 있으면 편지를 쓰렴. 진정한 예술가는 자만하지 않는단다.
　　(하략)

　　이 편지는 베토벤이 하이든 앞에서 무례하게 행동한 것과 달리 자신의 스승을 예우하고 있고, '진정한 예술가는 자만하지 않는다'라고 말하는 것으로 보아 자기가 한 행동의 일부가 의도적이었음을 보여주고 있다.

마시는 온천
카를로비바리

불멸의 연인을 찾아서

카를로비바리 경찰 등록 인명부를 보면 베토벤이 1812년 7월 31일에 아우크고테스신의 눈 여관 311호실에 머문 것으로 되어 있다. 하지만, 그는 적어도 7월 27일 이전에 카를로비바리카를스바트에 도착한 것으로 짐작된다. 다음과 같은 이유에서다.

우선 아우크고테스 여관 311호실은 브렌타노 가족프란츠, 안토니, 막내아들과 그들 여행의 호위를 돕는 군인 줄신 동행인이 7월 5일 이미 묵고 있던 방이다. 20일 후 즈음에 베토벤은 이곳에서 브렌타노 가족을 만났고, 그들의 동행인과 룸메이트가 된다. 베토벤의 도착 일자와 경찰 등록 일자에는 얼마간의 차이가 나지만, 베토벤이 7월 25일경 이곳에 도착한 것은 분명하다. 괴테의 7월 27일 자 일기가 그 사실을 말해 준다.

'베토벤은 여러 날 전에 이곳테플리체을 떠나 카를스바트카를로비바리

로 갔다.'

베토벤과 브렌타노 가족은 8월 7일과 8일 이틀 동안 카를로비바리에 머물다가 프란첸스바트^{프란체스브룬}로 갔고, 베토벤은 9월 7일쯤 테플리체를 떠나 카를로비바리를 갔다가 9월 16일 테플리체로 다시 돌아왔다. 이러한 사실로 미루어 베토벤은 불멸의 연인에게 보낼 편지를 1812년에 썼고, 편지에 쓴 영문자 K가 카를로비바리의 약자라면 안토니 브렌타노가 불멸의 연인이 되는 것이다. 이외에도 안토니 브렌타노가 불멸의 연인일 가능성을 뒷받침하는 사례가 더 있지만 이 정도로 마치겠다.

위 내용은 메이너드 솔로몬이 저술한 《루트비히 판 베토벤》^{한길사,}²⁰⁰⁶을 토대로 당시의 상황을 입증해 줄 기록인 편지들을 추려 재구성했다. 불멸의 연인임을 주장하는 다른 연구가들의 주장도 있지만, 오늘날 가장 타당성을 인정받고 있는 것은 솔로몬의 주장이다. 나도 그의 주장에 수긍하는 바다.

다른 주장으로는 베토벤과 가장 가까이 지냈던 그의 비서 쉰들러가 쓴 베토벤 전기가 있다. 동시대의 가까운 사람의 주장이지만, 타당성은 많이 떨어진다. 그는 베토벤이 죽고 십수 년이 지난 때인 1840년에 여러 자료를 모아 베토벤 전기 《Life of Beethoven》을 출간했다. 20년 후에는 개정판을 내기도 했다.

초판에서 쉰들러는 불멸의 연인을 줄리에타 귀차르디라고 단정했다. 그리고 베토벤이 불멸의 연인에게 보낸 편지는 1806년 여름, 점점 심해지는 귓병을 치료하기 위해 간 헝가리 마라톤바사리 온천장에서 쓰

안토니 브렌타노(1780~1869)는 18세 때에 프랑크푸르트의 은행가 프란츠 브렌타노와 결혼하여 4자녀를 두었다. 프란츠는 아주 사려 깊은 남편이었으나 안토니는 고향 비엔나에 대한 그리움으로 깊은 우울증에 빠졌으며 아버지의 사망으로 슬픔은 더 깊어졌다. 그즈음 안토니는 자신의 시누이였던 베티나 브렌타노의 소개로 베토벤과 알게 되었다. 베토벤은 기혼녀인 안토니와 그녀의 남편 프란츠와도 깊은 교분을 맺고 있었기 때문에 편지로만 사랑을 불태웠는지도 모르겠다.

줄리에타 귀차르디

테레제 브룬스비크

인 것이라고 주장했다. 그러나 쉰들러가 베토벤을 처음 만난 해는 1814 년이었다. 베토벤 나이 마흔네 살, 쉰들러는 열아홉 살 청년일 때였다. 편지가 이미 쓰인 후에 만났기 때문에 베토벤과 동시대를 살아간 사람이라 할지라도 그의 주장을 곧이곧대로 받아들일 수 없다. 게다가 명확한 증거를 제시하지 못할뿐더러 구성 자체도 허술하기 짝이 없다.

프랑스인 베토벤 연구가 로맹 롤랑은 테레제 브룬스비크를, 라 마라La Mara는 테레제의 동생인 요제피네 브룬스비크를 불멸의 연인이라고 주장한다. 이외에도 아말리 제발트, 마리 에르되디, 테레제 말파티 등 수많은 여인이 후보로 등장하지만 앞서 말한대로 메이너드 솔로몬미국 줄리아드 대학원 교수의 주장이 가장 구체적이고 사실적인 것으로 받아들여지고 있다.

우리는 그의 논리를 빌어 베토벤이 그 당시 지났던 행로를 따라 이곳까지 왔다. 이쯤에서 영화 〈불멸의 연인〉의 내용은 허구라고 말해도 되겠다. 영화는 베토벤의 제수인 요한나를 불멸의 여인으로 강하게 암시하며 그의 조카도 실제로는 베토벤의 아들임을 넌지시 비친다. 그렇다고 영화가 터무니없는 인물을 내세운 것은 아니다. 한때 요한나 자신이 그런 소문을 퍼뜨린 적이 있기 때문이다. 아들의 양육권 문제로 1820년경 베토벤과 재판을 할 때 스스로 그런 소문을 냈다. 베토벤이 요한나를 부정한 여인으로 재판에서 몰아세우자 그 반격으로 요한나 가 그런 소문을 퍼뜨린 것이다. 이제부터는 더 확실한 근거에 따라 사실에 접근해보기로 하자.

세 통의 편지에는 연도는 없지만 날짜와 요일은 표시되어 있다. 편

요제피네 브룬스비크

베티나 폰 아르님

지를 썼을 가능성이 있는 기간을 1790년부터 1820년까지로 잡아보자. 그 기간에 7월 6일이 월요일인 해는 1795년, 1801년, 1807년, 1812년, 1818년 이렇게 다섯 해로 좁혀진다. 첫 번째 해인 1795년은 베토벤이 스물다섯 살 때로 수십 년 동안 편지를 보관했을 가능성과 편지 내용으로 볼 때 제외된다.

쉰들러는 1840년 출간한 책에서 편지의 수신자는 귀차르디이며, 편지를 쓴 장소는 1806년 여름에 귓병 치료차 머물던 헝가리 마르톤바사리 온천장이라고 자신 있게 말했다. 이 주장이 타당하기 위해서는 귀차르디가 적어도 마르톤바사리에서 하루 거리의 장소에 있어야 편지의 내용7월 7일 자 '우편 마차가 매일 다닌다는 말을 들었소'과 일치한다. 그러나 그녀는 1803년에 결혼해서 그 해에는 이탈리아의 나폴리에 있었고, 베토벤은 비엔나에 있었다. 이런 사실이 밝혀지자 쉰들러는 1860년 개정판을 내면서 '정확한 날짜를 말할 수 없다'며 한발 물러섰다. 여러 정황으로 보아 귀차르디도 불멸의 연인 후보에서 제외된다. 테레제 브룬스비크란 주장도 그녀가 1806년에는 트란실바니아에 있었으며 1812년에는 카를로비바리에 간 적이 없다고 한다. 더구나 그녀 스스로 그 연애편지가 자신의 동생인 요제피네라면 모를까 자신은 아니라고 밝혔다.

결국, 안토니 브렌타노일 가능성이 매우 커진다. 하지만 솔로몬의 주장 중 의구심을 떨쳐버릴 수 없는 부분이 없는 것은 아니다. 솔로몬의 주장을 따르면, 파니 잔나타시오라는 사람의 일기에 '한 여성을 여전히 사랑하고 있다'는 베토벤의 이야기를 적은 1816년의 일기와 베토벤이 리스에게 보낸 편지에서 1816년까지 불멸의 연인과의 관계가 지속되고 있다는 것을 제시한다. 그렇다면, 왜 베토벤은 그 편지를 그토록 소중하게 간직하고 있었을까? 사랑이 지속되는 관계라면 그 편지를 그녀에게 보냈거나 없애버렸을 텐데 말이다. 어쨌거나 '불멸의 음악가'의 '불멸의 연인'은 나의 불멸의 관심 대상이 되었다.

온천과 영화제의 도시

보헤미아 서쪽 산악 지대에 있는 카를로비바리는 체코에서 가장 유명한 온천 휴양지다. 이 온천은 14세기 중엽 어느 가을 카를 4세가 사냥을 하다가, 상처를 입고 도망치다가 강물에 빠진 사슴의 상처가 저절로 치유되는 것을 보고 발견되었다고 한다. 테프라Tepla 강과 오흐르제Ohře 강의 침식에 의해 형성된 테프라 계곡에 위치한다.

카를로비바리 전경.

세 개의 콜로나다 중 가장 외관이 아름다운 트리지니 콜로나다.

(上)복도를 따라가며 맛과 온도가 다른 온천수를 마실 수 있는 식수대.
(下)13번째 원천이라 불리는 술 베헤로프카 박물관 전시실.

카를로비바리는 1870년 독일 국경 헤프Cheb와 프라하 간 열차가 개통되어 대중적인 도시가 되었다. 베토벤이 불멸의 연인을 찾아 이곳을 방문했을 당시까지만 해도 말이 끄는 마차가 유일한 교통수단이었다. 당시의 온천 나들이는 사회 신분의 상징이었다. 유명 인사나 귀족들이 치료차 들르는 고급 휴양지였다.

카를로비바리는 온천 외에도 지역 술인 베헤로프카Becherovka와 영화제로도 유명하다. 온천 하면 뜨거운 탕 속에 몸을 담그거나 사우나 도크에서 땀을 흠뻑 흘리는 목욕 장면을 상상하겠지만, 이곳은 다르다.

울창한 숲으로 둘러싸인 공원을 산책하며 풍부한 미네랄이 함유된 온천수를 마시는 온천이다. 열두 군데에 나뉘어 설치된 수도꼭지에서 나오는 각기 다른 물맛과 다른 온도의 광천수를 찾아다니며 속을 씻

어 내는 색다른 온천이다. 드보르자크 공원 옆 사도바 콜로나다Sadová Kolonáda를 시작으로 아치형 터널을 통과해 로마 신전 형태의 믈린스카 콜로나다Mlýnská Kolonáda 레이스 장식이 있는 트리지니 콜로나다Tržní Kolonáda, 그리고 12미터 정도의 높이까지 온천수가 솟아오르는 브리델니 콜로나다Vřídelni Kolonáda까지 수백 미터의 복도를 따라 걸어 다니며 온천을 즐기도록 설계되어 있다.

마시는 온천은 18세기 유명한 의사 데이비드 베헤르David Becher, 1725~1792가 처방한 음용법이다. 바로 이 베헤르가 수십 가지의 약초와 알코올을 섞어 약초 술 베헤로프카Becherovka를 제조했다. 그래서 이 술을 열세 번째 원천이라 부르기도 한다.

온천 못지않게 유명한 것은 매년 7월에 열리는 영화제다. 위상에 걸맞게 영화 〈프라하의 봄〉을 비롯하여 많은 영화를 이곳에서 찍었다. 최근작으로는 〈라스트 홀리데이Last Holiday〉가 있다.

성실하지만 소심하고, 사랑스럽지만 수줍은 조지아. 그녀는 쇼핑몰에서 식기를 파는 점원으로 같은 직장 동료를 짝사랑하지만 부끄러워 말 한번 못 붙이는 소심한 여인이다. 그렇게 사랑하는 남자에게 고백 한 번 못해본 조지아의 심심한 인생은 어느 날 별안간 의사로부터 시한부 판정을 받는 것으로 크게 변한다. 그리고 마지막 휴일을 보내기 위해 카를로비바리로 온다는 이야기다.

베토벤이 1812년 여름에 머물렀던 여관은 지금은 영화제가 열리는 그랜드 호텔 푸프Grand Hotel Pupp가 되어 있다. 호텔 안에는 베토벤 라운지 등 그곳을 다녀간 유명 음악가의 이름이 붙은 라운지가 있다.

Republic of Poland

폴란드는 지리상 유럽 중앙에 위치해 옛날부터 이웃나라와 이어주는 교두보 역할을 하며 무역업이 번성하였다. 하지만 그로 인해 수없이 많은 외세의 침략을 받아 나라를 여러 번 빼앗기는 비운을 맞기도 했다. 기원 전 9~10세기경 슬라브족이 정착하면서 역사가 시작되고 966년 피아스트 왕조의 미에슈코 1세가 가톨릭을 받아들인 해를 건국의 해로 삼았다. 국민 다수가 가톨릭을 신봉해 심성이 착하고 보수적이며 고지식한 면이 있다. 외세의 침입에 대항해 나라가 어려움에 처했을 때 똘똘 뭉치는 국민성을 가졌다. 국민들은 술을 매우 좋아하며 겨울에는 오후 3시가 되면 어두워지고 추워지므로 독한 감자 보드카를 안주도 없이 마신다. 또 춤추는 것을 좋아해 술을 마신 후에는 의례적으로 춤을 추는 습성이 있다.

폴란드

1

폴란드 북부

그단스크에 떠오르는 세 개의 태양

소중한 건 사라진다. 그리고 다시 찾아온다. 어린 시절 잃어버린 작은 고무공이 우연히 덤불 속에서 발견되는 것처럼. 폴란드의 시인 쉼보르스카의 〈첫눈에 반한 사랑〉의 마지막 구절은 다음과 같이 끝난다.

> 그러나 모든 시작은
> 하나의 연속일 뿐.
> 운명의 책은 언제나 한가운데가 펼쳐져 있다.

바르샤바에서 일정을 마친 후 다소 고민을 했다. 바르샤바에서 폴란드 남부에 있는 옛 수도 크라쿠프 Kraków로 바로 갈 것인지, 발트 해의 요정이라 불리는 북부 도시 그단스크 Gdańsk를 들렀다가 갈 것인지를 놓고 말이다. 호텔 간이 탁자 위에 놓인 잡지가 이 문제를 단번에 해결해 주었다. 호텔 객실에 비치된 폴란드 각 지역의 도시를 소개해 놓은 잡지를 집어 들었는데, 환상적인 발트 해의 일출 광경이 찍힌 사진이 실려 있었다. 세 개의 태양이 동시에 떠오르는 기이한 모습이었다. 문득 쉼보르스카의 위의 시 구절이 떠올랐다. '운명은 이렇게 중간에서 시작되는구나' 하는 생각에 그단스크행 기차를 타고 말았다.

쉼보르스카 Wislawa Szymborska, 1923~는 폴란드가 낳은 여류시인이다. 1996년 노벨문학상 수상자로 내가 좋아하는 시인이다. 그녀의 시가 내 여행 경로에 강력한 메시지를 던져준 것이다.

그단스크는 독일어로는 단치히 Danzig라고 부른다. 여행에 앞서 이 도시를 생각하지 않은 것은 아니었다. 오히려 2차 세계대전이 일어난 원인이기도 한 이 도시를 우선순위에 넣고 싶었다. 그런데 그단스크 위치가 폴란드 한쪽 끝인 발트삼국 Baltic states 쪽에 붙어 있는데다, 여행 일정도 빠듯해서 다음 기회로 미룰 생각이었던 것이다. 하지만 막상 그단스크에 도착하니 참 잘 왔구나 싶었다. 폴란드 사람들이 여름휴가는 그단스크로, 겨울 여행은 자코파네로 간다는 말이 실감 났기 때문이다.

이튿날 아침 일어나니 심한 일교차 때문에 생긴 바다 안개가 온 시야를 가렸다. 철학자 쇼펜하우어의 고향이어서인지 그의 초상화와 그가 역설했던 문구가 적힌 포스터가 거리 곳곳에 붙어 있었다. 오전 내내, 몽롱한 분위기를 연출하는 그단스크가 꼭 쇼펜하우어의 염세 사상을 닮은 도시 같아 보였다.

쇼펜하우어는 괴팍하기로 유명한 염세주의 철학자다. 그는 식당에 갈 때면 늘 두 자리를 예약했다는 일화가 있다. 자기 앞자리에 누구도 못 앉게 하기 위해서라나. 자신의 존재가 남에 의해 가려지는 것을 못마땅해했기 때문이다.

그는 저서에 세상에 대해 신랄한 독설을 퍼붓는다. 가령 이런 것이다. '파리가 태어나는 것은 거미에게 잡아먹히기 위해서이며, 인간이 태어나는 것은 괴로움의 노예가 되기 위해서이다.' 하지만 그의 글은 역설적으로 고통에서 벗어나 참된 행복을 찾는 방법을 일깨워준다. '행복과 쾌락은 멀리서만 보일 뿐 다가서면 사라져 버리는 아지랑이와 같다', '현재만이 유일한 진실이며 현실이다. 과거에 대한 후회나 미래에 대한 걱정으로 현재를 우울하게 만드는 것은 어리석은 짓이다' 등의 잠언에서 알 수 있듯이, 쇼펜하우어의 염세주의는 단순히 삶을 비관하며 모든 희망을 버리는 데 있는 것이 아니라 삶을 냉정하고 염세적으로 통찰하되 현실 속에서 행복을 찾아내는 방법을 일러준다.

쇼펜하우어의 괴팍한 사상은 그의 언행에서도 나타났다. 그는 선배 학자인 헤겔에게 지고 싶지 않아 일부러 대학에서 같은 강의 시간을 배정받았다. 그러나 학생들은 헤겔의 강의실로만 몰렸고, 쇼펜하우어의 강의실은 텅텅 비었다. 10년이 지나도 헤겔을 따라갈 수 없자 그는 헤겔을 향해 독설을 쏟아내고는 학교를 그만두었다.

"헤겔은 천박하고 우둔하며 메스껍고 무식한 사기꾼이다. 그런데도 그의 추종자들은 마치 불멸의 진리나 되는 것처럼 신주 모시듯 하며 나발을 불어대고 있다."

오죽하면 헤겔이 세상을 떠나자 쇼펜하우어는 자신이 기르는 개에게 헤겔이란 이름을 붙이기까지 했을까. 이렇게 괴팍한 철학자 쇼펜하우어는 어린 시절 그단스크의 모호한 바다 안개와 호흡하며 그의 사상을 키워 나갔으리라.

쇼펜하우어가 호흡했을 안개를 헤치고 강과 바다가 만나는 부둣가로 나갔다. 그런데 잡지에서 본 아름다운 해변은 나타나지 않았다. 큰 크레인이 설치된 조선소와 들고나는 배들의 움직임만 있을 뿐이었다.

항구도시 그단스크가 선박노조로 유명하다는 것을 알고 있을 것이다. 1989년 6월, 이 노조는 지도자 바웬사를 대통령으로 당선시키는 영광을 안기도 했다. 길가 상점에는 유달리 보석 호박amber을 파는

(上)구시가 롱 스트리트. (下)그단스크의 명물 우드 크레인.

상점들이 많았다. 러시아, 남미 도미니크 공화국과 더불어 그단스크 또한 질 좋은 호박의 원산지다. 고대 로마 문명도 미치지 못했던 시절부터 이곳의 호박은 유명하여 로마와 그리스 등의 지중해 도시까지 공급되었다고 한다.

그단스크의 여행은 옛 왕실 거리의 일부였던 롱 스트리트Long Street 거리를 걷는 것으로 시작된다. 시청사를 중심으로 한쪽은 골든게이트 Golden Gate, 맞은편은 그린게이트Green Gate가 있다. 그린게이트를 빠져 나가면 강과 바다로 이어진다. 골든게이트 문 위를 올려다보면 여덟 개의 신상들이 각기 다른 뭔가를 들고 있다. 평화, 자유, 신앙, 진리 등 당시 가장 중요시되던 여덟 가지 덕목들이다.

골든게이트 주변 광장을 둘러보니 철로 된 나무 조형물이 세워져 있었다. 전쟁에서 파괴된 그단스크의 건물들을 50년에 걸쳐 복원 작업을 마친 기념으로, 1997년에 세워진 것이라 한다. 그단스크의 천 년의 세월을 기려 밀레니엄 트리Millennium Tree라 이름을 지었다.

거기서부터 그린게이트를 향해 1킬로미터쯤 걸었다. 그린게이트를 벗어나자 네 개의 커다란 아치로 된 게이트하우스가 나타났다. 건물 안에는 레흐 바웬사가 노조 활동을 하던 때의 집무실이 있었다.

또, 이곳에서 빼놓을 수 없는 구경거리 중 하나는 우드 크레인이다. 15세기 때 나무로 만들어진 크레인으로 지금은 작동하지 않지만, 그 안에는 폴란드 항구도시의 생생한 역사물들이 모형으로 전시되어 있다. 물론, 옛 귀족의 집무실의 모습도 볼 수 있다. 그린게이트는 그린교와 이어지는데, 예전에는 이 문이 하층민들의 구시가 출입을 통제

밀레니엄 트리.

그단스크의 수호신 넵튠(Neptune) 분수대.

발트 해의 요정이라 불리는 그단스크의 여름 휴양지 조포트 해변 입구에 서 있는 춤추는 모습의 일그러진 건물.

하는 역할을 했다고 한다.

시청사가 있는 롱 마켓Long Market 중앙 광장은 이 도시의 중심이다. 광장 중앙에는 넵튠 동상과 분수가 있는데, 동상은 1549년에 분수는 1633년에 만들어졌다. 사진에서 본 해변이 보고 싶어 광장의 한 상점에 들러 해수욕장이 있는 해변이 어디인지를 묻자 중앙역에서 기차로 10분 정도 떨어진 곳에 있는 조포트Sopot로 가라고 일러주었다. 중앙역에서 그곳까지는 사유 철도가 놓여 있다.

조포트 해변은 기대 이상이었다. 유럽의 어느 해변 못지않게 아름다웠다. 해변에 이르자 가장 먼저 춤추는 모습의 일그러진 건물이 시야에 들어왔다. 카페가 있는 건물이었다. 그곳을 지나 모래사장으로

내려갔다. 사랑이 충만한 사람들 틈바구니에서 북쪽에서 불어오는 발트 해의 바닷바람을 맞으며 쉼보르스카의 시를 읽고, 쇼펜하우어의 사상을 곱씹으면서 시간을 보냈다. 그녀의 시 〈두 번은 없다 Nic dwa razy〉를 소개한다.

두 번은 없다. 지금도 그렇고
앞으로도 그럴 것이다. 그러므로 우리는
아무런 연습 없이 태어나서
아무런 훈련 없이 죽는다.

우리가, 세상이란 이름의 학교에서
가장 바보 같은 학생일지라도

여름에도 겨울에도
낙제란 없는 법.

반복되는 하루는 단 한 번도 없다.
두 번의 똑같은 밤도 없고,
두 번의 한결같은 입맞춤도 없고,
두 번의 동일한 눈빛도 없다.

어제, 누군가 내 곁에서
네 이름을 큰 소리로 불렀을 때,
내겐 마치 열린 창문으로
한 송이 장미꽃이 떨어져 내리는 것 같았다.

오늘, 우리가 이렇게 함께 있을 때,
난 벽을 향해 얼굴을 돌려버렸다.
장미? 장미가 어떤 모양이었지?
꽃이었던가, 돌이었던가?

힘겨운 나날들, 무엇 때문에 너는
쓸데없는 불안으로 두려워하는가.
너는 존재한다 —그러므로 사라질 것이다
너는 사라진다 —그러므로 아름답다

미소 짓고, 어깨동무하며
우리 함께 일치점을 찾아보자.
비록 우리가 두 개의 투명한 물방울처럼
서로 다를지라도…….

〈두 번은 없다〉, 《끝과 시작》(최성은 역, 문학과지성사)

그단스크의 비극

이쯤에서 그단스크의 비극에 대해 말하지 않을 수 없다. 북쪽 발트 해로부터 남쪽 발칸반도에 이르기까지 동유럽 국가들은 20세기 들어 지역적 특성상 많은 문제점을 안고 있었다. 이들 국가는 동쪽으로는 소련이 서쪽으로는 독일, 오스트리아와 프랑스, 멀리는 영국까지 열강 국가들 틈바구니에서 하품조차 마음대로 할 수 없는 처지에 있었다. 결국은 영토 싸움인 두 번에 걸친 세계대전이 그들 안에서 싹트고 있었던 것이다. 즉, 세계대전이 일어날 수밖에 없는 공동 운명체적인 특성을 지니고 있었기에 두 전쟁의 속성을 이해할 필요가 있다. 먼저 1차 세계대전부터 이야기하자.

1914년 6월 28일 일요일, 보스니아의 수도 사라예보는 아침부터 맑게 개어 있었다. 아침 이슬을 머금은 가로수가 죽 늘어선 거리는 오스트리아 프란츠 페르디난트 황태자 부부를 맞으려고 나온 군중으로 넘쳐났다. 그에 앞서 1908년, 보스니아가 강제로 오스트리아에 합병되었기에, 그날 보스니아 민중들은 복잡한 마음으로 황태자 부부를 맞았다.

오전 10시경, 황태자 일행을 태운 기차가 사라예보 역에 도착했다. 보스니아-헤르체고비나 총독은 이들을 환영식이 열리는 시청 광장으로 안내하려 했다. 황태자 일행은 보스니아에서 있을 육군 부대의 열병식에 참석하기 위해 이곳을 방문한 것이었다. 황태자를 태운 무개차無蓋車가 막 역을 빠져나가려고 할 때였다. 그들을 향해 폭탄이 날아들었다. 경호원 몇 명과 군중 수십 명이 부상을 당했지만 황태자 부부

는 다행히 무사했다.

폭탄을 던진 범인은, 가브릴로비치라는 열아홉 살의 세르비아 식자공이었다. 이런 소란 속에 시청 환영식은 예정대로 진행되긴 했지만, 어떤 감흥도 느낄 수 없었다. 남은 행사를 중단하고 황제는 부상당한 경호원이 입원한 병원을 찾아가 그들을 위로했다.

이렇게 방문 일정이 끝나가는 것만 같았다. 하지만 잠시 후 더 큰일이 일어났다. 그들을 태운 차는 병원을 나와 사라예보 밀러커 강을 따라 난 아펠케 거리를 전속력으로 달렸다. 혹시나 있을 다른 위해 행위를 피하고자 원래 가기로 한 차량 경로를 바꾸었다. 그런데 경로가 바뀌었다는 정보가 운전사에게 제대로 전달되지 않았다. 한참 후에야 바뀐 경로를 전달받은 운전자는 차를 멈추고 방향을 바꾸기 위해 차량을 후진하려 했다. 바로 그때, 차의 오른쪽 앞 길가에 있던 청년이 황태자 부부를 향해 두 발의 총탄을 발사했다. 그 자리에서 황태자 부부는 즉사했다. 총을 쏜 범인은 바로 현장에서 체포되었는데, 프린치프라는 열아홉 살의 세르비아인 학생이었다. 세르비아 민족 조직인 '츠루나 츠카검은손'의 행동대원들이 벌인 사건이었던 것이다.

츠루나 츠카라는 비밀결사 조직은 일곱 명으로 구성된 행동요원을 곳곳에 미리 배치해 놓고 황태자 부부를 기다렸다. 그런데, 당시 유고슬라비아의 사라예보에서 일어난 단순한 황태자 암살 사건이 왜 유럽 전역의 전쟁으로 번졌을까?

결론부터 말하면, 발칸 문제가 얽혀 있었기 때문이다. 황태자 암살 사건이 일어난 지 꼭 한 달만인 7월 28일에 오스트리아 합스부르크

제국은 세르비아에 선전포고를 했다. 명분은 보스니아 곁에서 세르비아가 민족독립운동을 돕고 있다는 이유에서다. 이어서 이번에는 독일이 8월 1일 러시아에 선전포고를 했다. 러시아가 세르비아를 뒤에서 조종하고 있다는 이유에서다. 이렇게 되자, 광대한 발칸의 영토를 식민지로 갖고자 하는 영국, 프랑스 등도 합세하여 서로 이익을 보고자 전쟁을 벌이게 된 것이다.

어떻게 보면, 보스니아나 세르비아 정부와는 무관한 민족주의에 근거한 몇몇 시민결사 조직원에 의한 단순한 황태자 암살 사건이 전쟁의 속성에 불을 질렀다고 볼 수 있다. 전쟁이란 게 그렇듯 땅 빼앗기 싸움으로 번진 것이다. 이는 1914년부터 1918년까지 4년 동안 진행되었고, 약 스무 곳의 나라를 전쟁에 끌어들이는 결과를 낳았다.

2차 세계대전은 운명이었나

2차 세계대전은 어떠한가? 1차 세계대전에서 연합군이 승리했고 독일은 패했다. 이런 결과는 새로운 전쟁의 불씨를 만들었다. 말하자면 전쟁이 끝난 직후부터 다음 전쟁이 이미 예약되어 있던 것이다.

1차 대전이 끝나고 얼마 후, 독일에 전에 없던 인물이 혜성처럼 나타났다. 그는 대중을 휘어잡는 연설 능력과 현란한 언변으로 단번에 수상 직위에까지 올랐다. 바로 루돌프 히틀러다.

그는 야심가였고 선동가였다. 선동가는 사회에 여러 문제점이 나타나면 그것을 근본부터 고치려 하기보다는 전쟁을 일으켜 관심을 외부로 돌리거나 내부나 외부의 적을 지정해 문제를 감추려 한다. 히틀러가 승승장구하며 수상에 오르기는 했지만, 여러 정치·경제 상황이 그에게 유리하게만 작용하지는 않았다.

당시 세계경제는 대공황을 맞고 있었다. 전쟁에서 진 독일은 설상가상으로 전쟁배상금까지 물어내느라 진퇴양난에 처해 있었다. 1차 세계대전이 끝나자 연합군 측은 1919년에 파리 근교 베르사유에 모여 강화회의를 열고 조약을 체결했다. 그때 조인된 내용 중에 독일에 배상금을 물리는 내용이 포함되어 있었다. 패전국 독일은 국외 식민지를 잃음은 물론, 알자스로렌을 프랑스에 반환해야 했다. 벨기에, 폴란드, 체코슬로바키아에 각각 일정 부분의 영토를 할양함으로써 유럽의 영토의 7분의 1을 잃었다. 그뿐만이 아니었다. 엄격한 군비제한이 부과되었을 뿐만 아니라 같은 민족인 오스트리아와의 합병도 금지되었다. 가장 가혹한 것은 전쟁배상금으로 1320억 마르크가 부과된 것이나. 그렇지 않아도 전쟁에 패하여 기근에 허덕이던 독일 국민의 생활은 말이 아니었다.

이러한 국내 상황과 대공황이라는 세계적 난국을 타개한다는 명분으로 히틀러는 외부로의 팽창을 택했다. 이때 민족주의를 고취하기 위한 희생양으로 누군가가 필요했고, 아리안족의 혈통 보존을 위해 열등 종족의 인종 청소의 당위성은 그에게 적절해 보였다.

히틀러는 독일뿐만 아니라 유럽 전체의 공공의 적이었던 유대인을 희생양으로 삼았다. 유럽에서 유대인이 가장 많이 사는 폴란드를 첫 번째 대상으로 골랐다. 그리고 폴란드를 향해 자신들의 예전 땅인 그단스크까지 연결되는 고속도로 건설과 이 도로에서의 독일의 치외 법권을 인정하라고 요구했다. 폴란드 회랑이라 부르는 지역 일부를 독일에 내달라는 요구였다.

폴란드 회랑Polish Corridor이란 1차 세계대전 후에 베르사유 조약으로 독일이 폴란드에 할양한 복도처럼 기다랗게 생긴 땅을 말한다. 이 통로로 폴란드는 발트 해에 이를 수 있었다. 그때 그단스크는 국제연합의 감독하에 자유 도시로 독립해있었다. 그단스크는 폴란드 땅에 둘러싸여 있어 독일로서는 발트 해를 통한 뱃길로만 접근할 수 있었다.

폴란드 회랑(지도에서 단치히가 그단스크이다).

폴란드가 이 요구를 거절하자 히틀러는 이를 빌미로 1939년 9월 1일 폴란드를 침공했다. 이를 시작으로 소련, 프랑스, 영국 등이 가세하여 2차 세계대전이 일어났다. 이 전쟁 또한 서로의 이익을 위한 영토 전쟁이었음은 두말할 필요가 없다.

2
폴란드 중부

인어의 도시, 바르샤바

폴란드의 첫 방문지는 수도 바르샤바였다. 독일 중북부의 몇몇 도시를 방문하고 나서 베를린 중앙역에서 폴란드로 향했다. 베를린에서 동쪽을 향해 직선으로 달리는 바르샤바행 기차에 몸을 실었다. 시간을 절약하기 위해 침대차를 타고 야간 이동을 할까도 생각해보았지만 폴란드 평원의 아름다운 경치를 즐기고 싶어 낮에 이동하기로 했다.

새벽 6시 반에 출발해 12시 반에 도착하는 첫 기차가 있었다. 화창하고 따가운 여름 태양이 내리쬐는 중부 유럽의 대지 위로 여섯 시간을 달려 바르샤바 중앙역에 도착하는 기차였다. 그런데 날씨와 달리 바르샤바로 향하는 마음이 무거웠다. 처절한 바르샤바의 고난의 역사가 내 머릿속을 지배했기 때문이다. 그때까지 바르샤바는 나에게 두 번의 봉기로 크게 각인되어 있는 도시였다.

1943년 4월 19일에 일어나 5월 16일에 끝난 유대인 게토봉기와 그 다음 해인 1944년 8월 1일 시작된 시민봉기가 그것이다. 이 두 사건을 처음 알게 된 것은 책을 통해서가 아니었다. 오래전에 노벨문학상1978년 수상 작가인 아이작 싱어 Isaac Singer, 1904~1991의 초청강연을 미국 시카고에 있는 로욜라 대학에서 들었을 때였다. 당시만 해도 나는 싱어를 미국 작가로 알고 있었다.

사실 그가 미국 시민권자로 미국인 신분으로 노벨상을 받았으니 그리 틀린 말이 아니다. 그러나 그는 바르샤바 출생의 유대인이었다. 그런 까닭에 그의 대부분 글은 이디시어語, Yiddish language 중부 및 동부 유럽 유대인이 사용하는 언어로 발표되었다. 강연에서 그는 자신의 소설《적들, 어느 사랑이야기 Enemies, A Love Story》를 예로 들며 바르샤바 유대인 게토 봉기를 설명했다.

싱어는 머리가 벗겨진 작은 체구의 노인이었으나 목소리는 또랑또랑했다. 바르샤바 유대인 봉기를 이끈 모데카이 아니레비츠 Mordechai Anielewicz의 영웅담으로 강연을 시작했다. 아니레비츠는 1943년 5월 독일군이 그가 머물던 게토를 포위해 오자 "힘내라, 동지여. 내 인생 최대의 꿈은 달성되었다. 나는 바르샤바 게토에서 유대인이 정말 완벽하게 그리고 위대하게 스스로를 지키는 것을 볼 수 있었다"라는 마지막 말을 남기고 몇 명의 동료와 함께 자살로 최후를 맞은 열혈 청년이었다. 이 유대인 게토에는 50만 명의 유대인이 수용돼 있었다고 한다.

이들에게 배급된 식사는 하루 평균 184칼로리로 독일인의 10분의 1에도 미치지 못했다. 그런 환경에서 그들이 할 수 있는 일이란 강제 노동에 동원되어 일하다 죽는 것 말고는 없었다. 이런 참담한 현실을 견디다 못한 유대인들은 아니레비츠의 지휘 아래 봉기를 일으켰으나 탱크를 앞세운 나치의 무자비한 진압에 결국 실패하고 말았다. 그러나 이들의 정신은 폴란드 민중에게 독일에 대한 저항 정신을 불러일으켜 다음해 민중봉기로 이어지는 역할을 했다.

그런데 애석하게도 이 두 번에 걸친 봉기가 나치에게 바르샤바를 폐허로 만들게 하는 기회를 제공했다. 폴란드 남쪽에 있는 예전 수도 크라쿠프는 거의 온전히 살아남아 중세의 모습을 고이 간직하고 있는데 반해 바르샤바는 도시 건물의 80퍼센트 이상이 잿더미로 변해버렸

러시아가 폴란드인의 마음을 달래기 위해 지어 선물로 준 문화과학
궁전. 바르샤바에서 가장 행복한 사람은 이 건물 안에서 일하는 사람
이라는 자조적인 말을 낳았다.

으니 말이다.

베를린을 출발한 기차가 이런 잔혹한 역사 현장의 출입구인 바르샤바 중앙역에 도착했다. 중앙역 출구를 나서자 주변에 현대식 마천루들이 눈앞에 쫙 펼쳐져 있었다. 마치 뉴욕에 온 것이 아닌가 착각할 정도였다. 반세기 전에 이곳에서 일어났던 격동의 순간들을 상상조차 할 수 없을 정도로 거리는 번화로웠다. 가장 먼저 시야에 들어온 건물은 30층 높이의 문화과학궁전이었다.

이 건물은 1955년 소련이 폴란드에 '우정의 선물(?)'로 지어 기증한 공산권 잔재가 농후한 건물이다. 그런 탓에 폴란드인들은 자조적으로 이 건물에 대해 이렇게 말한다.

"바르샤바 시내를 가장 아름답게 조망할 수 있는 장소가 문화과학궁전 전망대다."

지을 당시 유럽에서 두 번째로 높은 건물이었던 것으로 시원스레 시내 경치를 내려다볼 수 있기 때문에 하는 말이 아니다. 이 장소에 서면 치욕스런 이 건물을 보지 않을 수 있기 때문이다. 그래서 이 건물 안에서 일하는 사람이 바르샤바에서 가장 행복한 사람이라는 말도 생겼다. 아마 이런 수치를 무릅쓰고 이 건물을 관리하는 것은 두 번 다시 그 치욕의 역사를 되풀이하지 않기 위해서일 테다. 도시는 전반적으로 깨끗했다.

또 하나, 이 말은 고풍스런 맛이 없다는 뜻이기도 하다. 2차 세계대전이 끝난 후 전체 건물의 84퍼센트가 파괴되고 1939년 130만 명이었던 인구 중 절반인 65만 명이 사망한, 그야말로 폐허에서 다시 시작된

나치가 폴란드를 점령하고 있던 1943년 5월, 유대인 게토 지하조직을 이끌다 사망한 유대인 청년 모데카이 아니레비츠 기념상.

도시이기 때문이다. 역을 나서자 그간의 여독이 밀려왔다.

뜨거운 태양에 몸은 엿가락처럼 늘어져 무거운 짐을 끌고 뙤약볕 길을 걷는 것을 허용하지 않았다. 문화과학궁전을 코앞에 둔 별 다섯 개짜리 초현대식 인터콘티넨탈Inter Continental 특급 호텔이 눈에 들어와 덜컥 체크인을 했다. 무리라는 생각이 없지 않았지만 여행 중에 남의 눈치 안 보고 손빨래 할 수 있는 장소이기도 했기 때문이다. 아이러니 하게도 가끔은 손빨래가 여독을 풀어 주기도 한다.

미지근한 물에 옷을 담그고 비누칠을 해 문지른 다음, 차가운 물을 받아서 첨벙첨벙 밟는다. 이렇게 몇 차례 반복하고 나서 물이 뚝뚝 떨어지는 옷들을 따가운 햇볕에 말린다. 그러면 옷의 주름과 형태가 그대로인 채로 바싹 마른다.

바짝 마른 옷감이 살갗에 닿을 때의 느낌은 참으로 상쾌하다. 기계가 아닌 내 손길이 피부에 직접 전해져서 정직한 노동의 보람도 맛보게 한다. 이럴 땐 모든 피로가 한순간에 사라진다. 궁상맞거나 슬프기는커녕 마냥 뿌듯할 뿐이다.

빨래를 한 뒤 잠시 휴식을 취했다. 몸이 많이 가벼워졌다. 거리로 나와 길을 걷는데 서점 하나가 눈에 들어왔다. 어차피 폴란드어를 모르니 그저 구경삼아 한번 둘러보려고 서점으로 들어갔다.

그런데 한쪽에 'Varsaviana'라는 팻말이 붙은 별도의 코너가 있었다. 이 낱말이 Warśzawa와 어쩐지 비슷하다는 생각을 했다. 그곳엔 바르샤바의 거리 사진이 실려 있는 책들이 주를 이루고 있어 무슨 뜻일까 옆에 있는 사전을 펼쳐보았다.

아니나 다를까 바르샤바의 건물, 예술, 역사 등 그와 관련 있는 바르샤바학學을 나타내는 라틴어에서 온 말이었다. 책은 바르샤바가 잿더미에서 재건된 과정과 전쟁 전후의 바르샤바 건물 사진들을 비교해 놓고 있었다.

이런 수만 장의 사진 자료를 토대로 바르샤바는 복원되어 다시 태어난 것이다. 이 도시를 복원할 때 시민들의 기억과 그들은 물론 해외 동포들이 가지고 있는 사진들을 모아 자료로 삼았다고 한다. 심지어 초등학생들이 미술 시간에 그린 도시 전경 그림들도 모았다고 한다.

이렇게 해서 만들어진 수십만 장의 자료를 토대로 도시가 재생되었다. 이 코너는 바로 이런 역사의 과정을 학문적으로 정리한 도서관이요 박물관인 것이다.

바르샤바의 역사물들을 보기 위해 방향을 잡았다. 바르샤바 역사 지구의 탐방은 코페르니쿠스 동상이 서 있는 남쪽에서 왕의 길을 따라 북쪽의 지그문트 3세Zigmunt Ⅲ, 1566~1632의 동상이 있는 대로를 따라가면서 하면 된다. 코페르니쿠스 동상이 있는 광장 건너 편 쇼팽의 심장이 묻혀 있는 성 십자 교회Holy Cross Church로 향했다.

이 교회에는 쇼팽의 여동생이 파리를 방문해 쇼팽의 심장을 가져다 입구 돌기둥 아래 묻어 놓은 쇼팽의 묘가 있다. 쇼팽의 나머지 시신은 아버지의 고향인 파리에서 가장 큰 공동묘지인 페르 라 세즈Pœre la chaise 묘지에 있다. 관광안내소에서 얻은 지도를 펼치니 이곳에서 멀지 않은 곳에 쇼팽 박물관Frederick Chopin Museum도 있었다. 바로코 양식의 단아한 모습을 한 박물관에 들어서니 쇼팽의 감미로운 음악이 흘러 나

1850년 쇼팽의 여동생이 파리에서 가져온 쇼팽의 심장이 안치된 성 십자가 교회.

쇼팽의 심장은 1878년 이래 이 기둥 속에 영구 봉안되었다.

왔다. 도보로 10분 정도 거리라기에 내친김에 박물관도 가 보기로 했다. 표를 사들고 2층으로 올라가자 바르샤바, 파리, 노앙조르주 상드의 고향에서 머무르던 시절에 쇼팽이 남긴 자료들을 각각 시대별로 구분해 놓은 방이 있었다. 3층은 음악당이었다.

쇼팽이 남긴 소품을 둘러본 후 구시가지로 가기 위해 나왔다. 그러기 위해서는 박물관을 나와 다시 성 십자 교회가 있는 대로로 가야 했다. 코페르니쿠스의 동상을 등지고 왕의 길을 따라 걸었다. 바르샤바 대학과 사스키 공원Saski Park을 지나 걸었다. 걸으면서 든 생각. 머릿속에 폴란드의 특징을 그려보니 폴란드는 과학, 음악, 종교가 3대 축을 이루고 있다는 생각이 들었다.

코페르니쿠스, 쇼팽, 바오로 2세 등이 가장 먼저 떠올랐다. 신神적 한계를 극복하고자 하는 열망이 표출되어 발달한 과학, 인생을 아름답고 풍요롭게 해주는 음악, 신의 보호 아래 삶을 평안히 살아갈 수 있게 해주는 종교, 이 세 가지가 조화를 이루고 있는 나라가 폴란드라는 생각이 들었다. 그러고 보니 바르샤바 출생의 퀴리 부인의 박물관을 가지 않을 수 없었다. 퀴리 박물관은 이곳에서 구시가를 지나 신시가 쪽에 자리 잡고 있어 구시가를 돌아본 뒤 마지막으로 가보기로 했다.

왕의 길을 말이 끄는 마차가 아닌 두 발로 걸어 구시가 광장에 이르니 칼과 방패를 든 인어상이 사람들의 시선을 끌고 있었다. 인어는 바르샤바의 상징으로 전설의 동물이다.

18세기 귀족들의 투표로 왕으로 선출된 아우구스투스 2세의 궁전인 사스키 궁전의 정원.

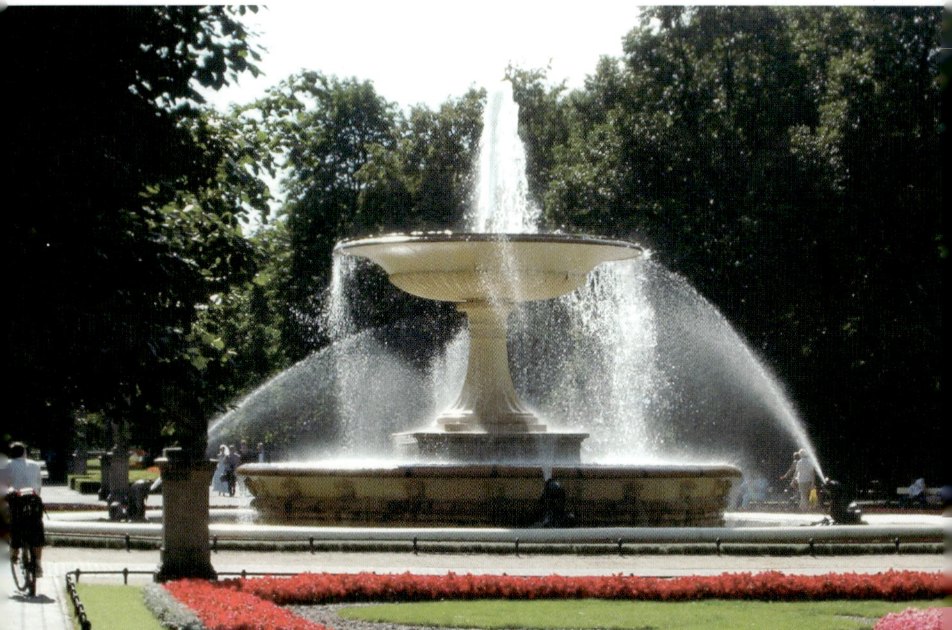

기독교가 전파되지 않았던 슬라브 시대에 마조브쉐Mazowsze, 폴란드 중부 지역 숲을 다스리는 왕은 지에모비트Ziemowit였다. 숲에는 많은 야생 동물이 살고 있었고 물이 맑기로 소문난 비스와 강에는 형형색색의 물고기 떼가 헤엄쳐 다녔다.

그곳에 어부 바르스Warsz와 아내 샤바Sawa는 쌍둥이 두 아들을 키우며 오순도순 살았다. 그러던 어느 날 바르스가 고기를 잡으러 배를 타고 강 하류로 간 사이에 아내 샤바는 남편이 잡아온 물고기를 손질하고 있었다. 그때 마조브쉐 왕국의 왕이 사냥을 하다 숲에서 길을 잃었다. 왕이 길을 잃고 헤맬 때 강에서 반은 물고기, 반은 인간의 모습을 한 요정이 나타나 저쪽 샛강을 따라가면 인가가 나올 것이라고 길을 안내했다.

이 요정은 어부의 어망에 잡혔다가 풀려난 인어였다. 인어의 안내에 따라 허기진 배를 움켜쥔 채 왕의 일행이 어부의 집에 다다랐다. 고기를 잡으러 간 남편도 때마침 고기를 한 바구니 가득 잡아 도착했다. 어부 부부는 그 고기로 왕의 일행이 누구인지도 모른 채 극진히 대접했다. 허기를 채운 왕은 부부의 근면한 삶을 보고 그가 지배하고 있던 마조브쉐 땅의 일부를 떼어 그들에게 하사했다.

이렇게 해서 어부 부부의 이름을 딴 바르쇼바Warszowa라는 마을이 생겨났고 이것이 훗날 바르샤바가 되었다. 인어는 바로 이런 전설을 갖고 태어나 바르샤바의 수호신이 되었다. 바르샤바에는 구시가 중앙 광장과 비스와 강변 두 곳에 인어상이 있으며 비스와 강변 인어상이 더 화려하고 유명하다. 그런데 이 인어상이 제작될 때 얽힌 이야기가 매우 흥미롭다.

　1937년 5월, 여성조각가 루트비카 크라스코프스카Ludwika Kraskowska-Nitsch는 폴란드인의 삶에 서린 전쟁의 공포와 실의를 벗어나 용기를 불러일으켜 줄 조각상을 만들고 싶어 했다. 그녀는 여러 날 고민을 거듭하다 바르샤바의 수호신 인어를 떠올렸다. 개략적인 인어의 이미지는 완성되었는데 얼굴이 문제였다. 그때 그녀는 시내를 걷다가 한 여대생을 발견했다. 스물한 살의 여대생은 아름다운 외모와 건강한 체격 그리고 고상한 인품을 지니고 있었다. 그녀와 대화해보니 시와 문학에 심취해 있었으며 애국심도 남다른 여성이었다. 루트비카는 이름이 크리스티나 크라헬스카Krystyna Krahelska, 1916~1944인 그녀에게 자신의 의도를 말하고 모델이 되어 달라고 부탁했다. 크리스티나가 흔쾌히 응하자 그녀의 얼굴을 본떠 조각상을 완성했다.

　그 후 2년이 지난 1939년 9월 1일 나치가 폴란드를 침공했을 때 크리스티나는 대학을 졸업하고 시인이 되었다. 문학과 예술의 길을 걷던 크리스티나는 전쟁이 일어나자 바르샤바의 수호신으로 자신의 얼굴을 가진 인어의 역할을 다하기로 결심했다. 전쟁의 한복판에서 절체절명의 순간 자신의 몸을 조국에 던지기로 한 것이다. 두려움을 잊은 이 젊은 여인은 군중들 앞에서 나치에 대항해 이들을 이끌었다. 그러나 안타깝게도 전쟁이 막바지에 다다른 1944년 8월 1일 세 발의 총탄을 가슴에 맞고 그녀는 유명을 달리했다. 그날은 시민봉기가 일어난 첫날이었다. 그녀는 나치에 맞서 거리에서 '병사들이여! 총검을 빼들어라Hej, chlopcy, bagnet na broń!'라는 자신의 시구를 외치며 시민군을 이끌

구시가 광장에 세워진 인어상.

비스와 강가에 세워진 인어상.

다 죽음을 맞았다. 이러한 이야기를 지닌 이 인어상은 바르샤바의 진정한 수호신이 되어 폴란드인들은 날마다 그녀를 기리며 인어상 앞에 꽃을 바치고 있다.

나치의 탱크 발자국이 선명히 드러나 있는 바르샤바에서 가장 오래된 성당인 성 요한 성당을 들러 구시가를 벗어났다. 퀴리 박물관은 신시가지 초입에 있었다. 그녀의 생가를 개조해 만든 박물관이었다. 크리스티나가 폴란드의 자존심을 지킨 여성이라면 퀴리 부인은 명예를 드높인 여성이라 할 수 있겠다.

퀴리 부인의 업적에는 최초란 수식어가 여럿 따라 붙는다. 세계 최초의 여성 노벨상 수상자, 노벨상 역사상 최초로 두 번의 노벨상을 받은 여성, 세계 최초로 2대에 걸쳐 노벨상을 받은 가족 등이 그렇다.

퀴리 부인은 러시아의 지배를 받던 폴란드에서 태어났다. 그녀는 1891년 프랑스로 유학을 떠나 대학을 졸업하고 젊은 물리학자 피에르 퀴리를 만나 결혼하여 함께 연구 활동을 한다. 그러던 중 피에르와 마리는 피치블렌드라는 돌을 녹여서 빛을 내는 물질을 발견하게 되었다. 마리는 이 물질을 자신의 조국 폴란드의 이름을 따 폴로늄이라고 이름 붙였다. 그리고 이보다 더 강력한 빛을 내는 라듐이란 물질도 발견해 마리는 남편과 함께 노벨 물리학상을 받았다.

그런데 어느 날 불행한 일이 일어났다. 남편 피에르가 빗길에 미끄러지던 마차에 치여 세상을 떠난 것이다. 퀴리 부인은 엄청난 충격을 받았으나 이내 슬픔을 딛고 다시 연구에 몰두했다.

그러던 1911년 초 어느날 프랑스의 한 일간지가 마리가 남편의 제

퀴리 부인 박물관.

자이기도 했던 젊은 과학자 폴 랑주뱅과 간통했다고 폭로하며 비난을 퍼부었다. 이 때문에 퀴리 부인은 자살을 시도한다. 랑주뱅은 퀴리 부부의 실험실에서 함께 연구하던 과학자로 퀴리 부부와는 정치적 견해와 사회적 신념을 공유한 젊은이였다. 사건의 진위 여부를 떠나 퀴리 부인이 지식인으로서의 좌파적 성향과 폴란드 태생의 여성이라는 사실 때문에 스캔들은 더 악화되었다. 이런 그녀에 대해 보수파의 전형적인 비난과 적대감은 날로 퍼져 나갔다. 그 결과 노벨상 수상자이면서도 프랑스 과학 아카데미 회원 후보에서 탈락하고 만다. 그러나 그런 사실을 비웃기라도 하듯 퀴리 부인은 그해 순수한 라듐을 분리해내는 데 성공하여 노벨 화학상을 받게 된다. 세계 최초로 노벨상을 두 번이나 받게 되는 영광을 차지한 것이다.

퀴리 가문의 영광은 이것으로 그치지 않았다. 1935년에는 퀴리 부인의 딸 이렌과 사위 졸리오 부부가 노벨화학상을 타는 영광을 차지하여 2대에 걸친 노벨상 수상 가족이 되었다. 그런데 바르샤바 퀴리 박물관은 퀴리 부인이 프랑스인과 결혼해 프랑스에서 주로 생활한 탓인지 명성에 비해 박물관의 규모가 아주 작고 전시물도 초라했다. 아마 파리에 있는 퀴리 박물관에 많은 자료들을 선점당했기 때문인 것 같다.

쇼팽의 생가, 젤라조바 볼라

처음 바르샤바를 방문하려고 했을 때 가장 고려되었던 점은 피아노의 시인이 태어나고 자란 곳에 대한 기대감이었다. 바르샤바는 시내 관광만을 목적으로 한다면 그다지 매력적인 도시가 아니다. 그래서 첫날만 바르샤바 관광에 시간을 할애하고 그다음 날은 바르샤바에서 서쪽으로 46킬로미터 쯤 떨어진 젤라조바 볼라Żelazowa Wola라는 마을을 찾아갔다.

쇼팽Fryderyk Chopin은 1810년 3월 1일 이곳에서 태어났다. 그는 프랑스 출신의 아버지와 폴란드 출신의 어머니 사이에서 1남 3녀 중 둘째로 태어났으니 우리나라 관습대로 본다면 그는 프랑스인이다. 그러나 폴란드 사람들은 쇼팽을 폴란드인으로 여기고, 쇼팽 자신도 그렇게 생각했다.

젤라조바 볼라를 먼저 찾아간 이유는 그곳의 주변 환경이 어린 쇼팽의 음악적 감성에 영향을 주지 않았을까 하는 기대감 때문이었다. 사실, 다수 자료가 쇼팽이 일곱 살까지 젤라조바 볼라에서 자란 것으로 기록하고 있다. 그러나 가서 직접 조사한 바로는 쇼팽은 태어난 해 10월에 아버지의 직장 문제로 바르샤바로 이사했던 것으로 드러났다. 즉, 바르샤바가 그의 음악적 고향인 것이다. 다만, 그는 가끔 자신이 태어난 이곳을 방문했던 것 같다.

쇼팽의 생가는 스카르베크 백작의 소유로, 그가 사망하고 나서 농장의 마구간으로 사용되는 등 점차 퇴락했으나, 19세기 말 쇼팽을 추앙했던 한 러시아 음악가가 사들이고 복원, 수리하여 쇼팽 박물관으로 변모시켰다. 또 1953년부터는 쇼팽 협회가 관리하게 되면서 국민의 성금으로 넓은 부지를 추가로 사들여 공원으로 조성했다. 이때 세계 각국의 쇼팽 음악 애호가들이 공원을 조성할 식물을 기증했다고 한다. 현재 이 공원에는 약 1만 5천 종의 세계 각국의 식물이 자라고 있어 훌륭한 식물원이기도 하다.

비록 쇼팽이 어릴 적 미래의 음악가로서의 감성을 키운 생가가 젤라조바 볼라는 아니었지만, 충분히 방문할 만한 마을이었다.

호텔 직원이 알려준 약도를 들고 젤라조바 볼라까지 가는 버스를 타기 위해 바르샤바 서역으로 갔다. 서역 건너편 바르샤바 센트룸 Centrum에서 508번 버스를 타고 1시간 15분 정도 걸렸는데 젤라조바 볼라에 가는 버스는 이곳에서만 탈 수 있다.

그의 생가는 작은 마을 안의 공원에 있었다. 공원 입구에는 1969년에 고슬라우스키 Józef Gosławski, 1908~1963가 만든 쇼팽 동상이 세워져 있다.

쇼팽의 생가는 포플러 가로수가 줄지어 있는 한가운데에 위치해 있었다. 생가의 안팎은 그의 고귀하고 때 묻지 않은 순수함을 상징하듯, 하얀색으로 칠해져 있었다. 내부에는 쇼팽의 자화상과 평소에 사용하던 악보, 악기, 가구, 가족사진 등 여러 종류의 물품이 전시되어 있었다. 쇼팽을 좋아하는 사람이라면 한 번쯤은 방문해보는 것이 좋을 것이다.

특히, 집 뒤쪽으로 돌아가면 콘서트를 위한 작은 야외 홀이 있는데, 쇼팽을 기념하는 피아노 콘서트가 5월에서 9월까지 매주 일요일 오전에 열린다. 한적한 시골 전원에서 쇼팽의 아름다운 선율에 흠뻑 젖어보자. 폴란드 여행에서 누리는 굉장한 호사가 아닐까.

쇼팽의 음악 중에서 나는 유난히 병약하고 신경질적으로 느껴지는 곡들을 좋아한다. 이러한 곡들은 섬세하고 아름답다. 쇼팽의 여성적인 선율에 몰입하다 보면 퇴폐적인 상상까지 들 정도다. 쇼팽의 곡에도 경쾌하고 목가적이거나 정열적이고 과격한 곡이 있지만, 나는 어쩐지 이런 음악이 더 감미롭게 느껴진다. 혹자는 나의 이런 취향을 질타할 수도 있겠다. 피아노의 시인인 쇼팽의 음악에서 퇴폐성을 느끼다니……. 하지만 어쩌란 말인가? 쇼팽의 음악을 들으면 저절로 가을 달빛에 빠져 허우적거리는 느낌을 받게 되는걸! 창백한 은빛이 교교하게 만물을 비추는 달빛과 같은 그 선율이 나를 꿈꾸는 듯한 기분에 빠뜨리고 마는걸!

이런 곡 중의 하나가 쇼팽의 녹턴 2번 Op.9-2이다. 이 곡이 처음 발표되었을 때 평론가들은 "여자들이나 꼬일 때 쓸법한 곡일 뿐"이라며 혹평했다. 그런 평가를 받던 곡이 지금은 쇼팽의 스물한 곡의 녹턴

쇼팽의 생가.

중 가장 대표적인 곡으로 꼽히고 있다. 이 곡의 장르인 야상곡답게 깊은밤, 향 좋은 차 한 잔을 손에 들고 이 곡에 귀 기울여 보자. 유유자적 달빛을 즐기는 이태백이 부럽지 않으리라.

오늘날 음악의 한 장르로 자리 잡은 녹턴은 원래 옛날 교회에서 밤의 기도서를 낭송하기 전에 행하는 기도의 노래였다. 창시자는 아일랜드 출신의 음악가 존 필드John Field, 1782~1837. 녹턴 하면 쇼팽을 떠올리지만 실상 쇼팽의 녹턴은 존 필드의 영향을 많이 받은 것이다.

빗방울 소리가 만든 음악

작품을 쓰게 된 동기 때문에 자주 듣는 곡도 있다. 특히 장대비라도 내릴 것 같은 날, 〈빗방울 전주곡〉을 즐겨 듣는다. 똑똑똑 가냘프게 시작해 어느새 온몸을 흠뻑 적시는 소낙비가 되어 양철 지붕을 때리는 비의 선율이 느껴진다.

쇼팽은 어떤 영감을 받고 이 곡을 만들었을까? 1836년 12월, 파리에서 스물여섯 살의 쇼팽은 리스트의 연인인 마리 다구Marie d'Agoult의 집에서 한 여인을 만났다. 조르주 상드라는 이 여인은 당시 유명한 소설가로 남장을 즐기는 이혼녀였다. 고향을 떠나 외로웠던 쇼팽은 여섯 살 연상의 그녀와 급속히 가까워져 동거를 시작했다. 그 후 그들은 서로의 예술적 소양을 주고받으며 작품 활동을 활발히 해나갔다. 그러던 어느 날 쇼팽의 폐병이 더 깊어졌다. 의사는 쇼팽에게 파리를 떠나 조용한

쇼팽과 상드가 겨울 한철을 보냈던 스페인 마요르카 섬 발데모사(Valdemossa)의 카르투하 수도원. 이곳에서 〈빗방울 전주곡〉이 탄생되었다.

시골의 맑은 공기 속에서 요양하라고 권했다. 마침 상드의 아들 모리스도 급성 류머티즘으로 고통받고 있었던 터라 그들은 한겨울 동안 따뜻한 지중해의 스페인에 딸린 마요르카 섬으로 옮기기로 했다.

쇼팽은 출판사에 작곡해 주기로 약속하고 받은 착수금 2000프랑과 은행에서 빌린 돈을 가지고 상드와 함께 마요르카 섬의 팔마에 도착했다. 그곳에 도착해 간신히 얻어낸 거처는 고메츠라는 사람의 자그마한 농가였다. 변두리의 골짜기에 있는 이 집 창문으로 팔마 거리의 즐비한 지붕과 옛 사원의 탑이 내다보였다. 그러나 이 집은 바람이 계곡을 돌아 들이치는 언덕 쪽에 있어 결핵을 앓고 있는 쇼팽에게는 좋은 은신처가 되지 못했다. 피아노도 없을뿐더러 도시와의 우편 왕래도 어려웠다. 도시 생활에 익숙했던 이들에게는 고생이 여간 아니었다.

남국의 밝은 태양과 맑은 공기를 기대하고 왔지만 모든 것이 생각

쇼팽의 동상.

과 달랐다. 더구나 유럽은 겨울철이 우기라서 이들이 온 지 불과 2~3주가 되었을 때 장마철이 시작되었다. 매일 거센 빗발이 창문을 두들겼다. 쇼팽은 감기에 걸리고 악성 기관지염이 생긴데다 각혈까지 했다. 상드는 의사를 불러 치료하고, 극진히 간호했다. 그러나 섬사람들은 쇼팽이 각혈했다는 소문을 듣고 폐병이 전염될까 두려워 당장 섬을 떠나라고 비난했다. 크리스마스 아침, 농가에서 쫓겨난 이들은 여러 집을 방황한 끝에 간신히 발데모사 카르투하 수도원의 조그만 방 하나를 얻었다. 얼마 뒤에는 파리에서 그의 피아노가 도착해 아픈 몸을 순간이나마 잊을 수 있는 생활을 시작했다.

그러던 어느 날, 마차로 30~40분 거리에 있는 시내 약국으로 쇼팽의 약을 지으러 나갔던 상드는 거세게 몰아치는 비바람을 만나게 된다. 비바람을 헤치고 간신히 집으로 돌아와 보니 쇼팽이 피아노 앞에 앉아 작곡을 하고 있었다. 쇼팽은 눈물을 글썽거리며 "당신이 부디 무사히 돌아오기를 기다리며 이 음악을 작곡했소"라고 말하며 연주하기 시작했다. 이 곡이 바로 쇼팽의 전주곡 스물네 곡 중 열다섯 번째 곡이다. 후대 사람들은 이 곡에 〈빗방울 전주곡〉이라는 이름을 붙였다.

쇼팽이 먼저 세상을 떠난 6년 후에 회상록 《나의 생애》를 출판한 상드는 당시 상황을 섬세한 필치로 묘사했다.

나는 쇼핑을 하기 위해 아들 모리스와 함께 외출했다. 그런데 비가 내리더니 점점 심해졌다. 게다가 갑자기 불어난 급류로 길도 막혔다. 그래서 우리는 길을 돌아서 평소보다 몇 시간이나 걸려 늦게 집에 도착했다. 집 지붕에서는 장대 같은 비가 지붕을 때리는 소리가 요란하게 들려왔다. 그는 슬픈 표정으로 피아노에 앉아서 빗방울 소리를 피아노로 치고 있었다. 그는 눈물진 얼굴로 말했다.

"나는 이 비에 당신들이 모두 물속에 빠졌다고 생각했소."

이 곡에 상드를 향한 쇼팽의 진실한 사랑이 담겨 있어 오늘날까지 많은 사람들이 이 곡을 사랑하는 것이 아닐까 싶다.

그러나 이 일 이후로 쇼팽의 병은 더 나빠졌고, 신경이 예민해져 상드의 전남편 사이에서 낳은 상드의 아이들 문제에도 까다롭게 굴었다. 상드 역시 자식에 대한 모성애를 몰라주는 쇼팽이 섭섭하긴 마찬가지였다. 결국, 둘은 헤어졌다.

조르주 상드가 쇼팽의 마지막 사랑이라면, 마리아 보진스키는 쇼팽의 첫사랑이다. 상드를 만나기 전해인 1835년 여름, 쇼팽의 부모는 체코의 카를로비바리로 온천 휴가를 갔다. 파리에 있던 쇼팽은 부모님을 찾아뵙고 돌아오는 길에 쇼팽의 소꿉친구인 마리아 보진스키가 사는, 체코와 독일국경 부근의 드레스덴을 방문했다. 그녀는 백작의 딸로 열아홉 살이었다. 그녀의 집에서 약 한 달간 머무르는 동안 마리아에게 피아노를 가르치며 둘은 사랑을 키웠다.

쇼팽이 사랑의 마음을 담은 아름다운 왈츠를 작곡한 것이 바로 이즈음이다. 파리로 돌아온 쇼팽은 그 곡을 완성해 마리아에게 보냈다. 그렇게 편지를 주고받으며 사랑을 키우던 어느 날 쇼팽은 마리아에게 청혼했다. 그러나 마리아 아버지의 완강한 반대로 둘은 헤어지고 만다.

사랑을 이루지는 못했지만, 쇼팽을 깊이 사랑한 마리아는 자기를 위해 작곡된 이 곡에 '이별의 왈츠'란 제목을 붙여 죽을 때까지 소중히 간직했다고 한다. 이 곡의 존재가 드러난 것은 쇼팽 사후에 유품을 정리하던 중 '나의 슬픔'이라는 글씨가 적힌 봉투가 발견되어서다. 그 봉투 속에는 마리아가 쇼팽에게 쓴 편지도 함께 있었다.

쇼팽이 이 곡을 생전에 발표하지 않은 것은 마리아에 대한 추억을 고이 간직하고 싶은 마음에 그런 것이 아닐까. 이런 사연들이 쇼팽의 감성적인 곡들을 더욱 빛나게 한다.

토룬에서 추일서정을 읽다

한국인에게 폴란드는 지리적으로는 다른 유럽 국가들보다 가깝지만 멀게 느껴지는 나라다. 국가 간의 별다른 교류가 없었기 때문이다. 그러나 나라를 잃었던 경험을 공유하고 있다는 면에서는 정서적으로 우리와 가까운 나라이기도 하다.

폴란드는 수차례에 설쳐 유럽 지노에서 사라지길 반복했다.

1795년은 그들에게 국치의 해로 국토가 러시아, 프로이센독일, 오스트리아에 의해 갈기갈기 찢겨 나가며 123년 동안 지도에서 사라졌다. 1918년 1차 세계대전이 끝나자 잠깐 독립되는가 싶더니, 1939년 히틀러의 침공으로 다시 나라를 잃었다. 그런 와중에 그들이 독립국으로 있을 때인 짧은 전간기戰間期, 1918년~1939년 시절 전후로 폴란드 땅을 밟았던 한국 사람들의 기록이 있다.

최초로 폴란드를 방문한 한국인은 러시아 황제 대관식에 참석하

토룬 시 전경.

기 위해 폴란드 땅을 거쳐 간 사절단 일행이다. 민영환을 대표로 하는 이 사절단은 1896년 5월 18일에 잠시 바르샤바에 머물렀다. 사절단의 일원이었던 역관 김득련은 폴란드에서 느낀 감회를 그의 기행 시집인 《환구음초 지구를 돌며 읊은 시집》에 적어 놓았다. 화가이자 시인인 신여성 나혜석도 우리나라가 일제 치하에 있던 1927년 6월, 시베리아 횡단 열차를 타고 모스크바를 거쳐 파리에 가면서 바르샤바에서 하룻밤을 지냈다. 그때의 감상을 잡지 《삼천리》1933년 2월호에 기고했는데, 맛깔스러운 문장으로 폴란드를 묘사해놓았다.

그러나 내가 처음 접한 폴란드의 이미지는 텅 빈 거리를 구르는 빗물에 젖은 낙엽처럼 쓸쓸했다. 김광균의 〈추일서정〉이 주는 이미지가 그랬고, 테네시 윌리엄스의 《욕망이라는 이름의 전차》에서 주인공 블랑쉬가 그녀의 여동생의 남편인 폴란드 출신의 스탠리를 폴락Polak, 폴란드인을 비하하여 지칭하는 말이라고 부르며 경멸하는 대목에서 느낀 잔상이 그랬다.

학창 시절, 국어 교과서에 실린 〈추일서정〉을 통해 나는 폴란드라는 나라가 어떤 곳인가를 처음 알았다. 지동설의 주창자 코페르니쿠스Nicolaus Copernicus, 1473~1543의 고향이 그 이름도 생소한 폴란드의 토룬이라는 도시라는 것을 알게 된 것도 그때였다. 다음은 김광균의 〈추일서정秋日抒情〉이다.

낙엽은 폴—란드 망명정부의 지폐
포화砲火에 이지러진

도룬 시의 가을 하늘을 생각케 한다.
길은 한 줄기 구겨진 넥타이처럼 풀어져
일광日光의 폭포 속으로 사라지고
조그만 담배 연기를 내뿜으며
새로 두 시의 급행열차가 들을 달린다.

포플러 나무의 근골筋骨 사이로
공장의 지붕은 흰 이빨을 드러내인 채
한 가닥 구부러진 철책鐵柵이 바람에 나부끼고
그 위에 셀로판지로 만든 구름이 하나.
자욱—한 풀벌레 소리 발길로 차며
호올로 황량荒凉한 생각 버릴 곳 없어
허공에 띄우는 돌팔매 하나.
기울어진 풍경의 장막帳幕 저쪽에
고독한 반원半圓을 긋고 잠기어 간다.

이 시에 나오는 '도룬 시'가 토룬이다. 이번 폴란드 여행에서 이 시를 처음 읽었을 때의 감상이 생생히 살아나 토룬 시市를 방문하지 않을 수 없었다. 그런데 정작 김광균은 폴란드를 방문한 적이 없다. 그래서인지 그가 상상으로 그린 토룬 시의 현재의 모습은 시의 분위기와는 달리 고풍스럽고 우아했다. 그러나 그의 예술적 상상력으로는 당시 폴란드의 모습이 그렇게 보였을 것이다. 토룬의 하늘을 올려다보니 그의 힘이 느껴진다. 예술의 힘이 그런 건가 보다. 어쩌면 나혜석의 글이 이 시의 모티브가 된 것은 아닌가 싶다.

토룬은 바르샤바에서 서북쪽으로 약 200킬로미터 정도 떨어져 있다. 바르샤바와 그단스크의 중간 지점쯤 된다. 이 도시는 13세기 가톨

지구본을 들고 있는 코페르니쿠스 동상과 시청사 시계탑.

개구리의 습격으로부터 토룬을 구한 전설의 바이올린을 켜는 소년.

릭 독일 기사단인 튜튼 기사단에 의해 도시 형태가 만들어졌다. 과거, 호박 등을 그단스크에서 바르샤바와 크라쿠프로 운반할 때 경유해 지나가는 상업 도시의 역할을 했다. 이곳의 특산물로는 독일 뉘른베르크 수도원에서 만들어 먹기 시작했다는 생강 빵ginger bread이 있다. 생강을 주원료로 한 이 빵은 유럽을 비롯해 캐나다, 미국, 일본 등 전 세계로 수출되는데, 톡 쏘는 맛과 뛰어난 품질로 특히 선물용으로 인기가 많다고 한다. 토룬 시는 그리 크지는 않지만 구시가지가 잘 보존되어 중세의 모습을 고스란히 담고 있었다. 구시가지 앞쪽으로 흐르는 비수아 강이 아름다운 도시를 감싸며 흘러 도시를 더욱 돋보이게 했다.

토룬에서의 관광은 코페르니쿠스 동상이 있는 구 시청사 앞 광장에서 시작된다. 광장에는 코페르니쿠스 동상 말고도 바이올린을 켜는 소년 동상이 있다. 전설에 의하면 한 마녀가 이곳을 방문했을 때 이곳 사람들이 박대하자 마녀가 이 도시에 저주를 내려 개구리 떼의 습격을 받게 했다. 이런 지경에 이르자 시장은 개구리를 없애는 사람에게 황금 덩어리를 주겠다고 약속했다. 그러던 어느 날, 한 소년이 나타나 시장 앞으로 나서 멋지게 바이올린을 켰는데, 그 음악에 맞추어 개구리들이 모두 산속으로 돌아갔다고 한다. 이러한 전설을 담은 조각상이다.

구 시청사 옆은 대법원 건물이다. 대법원 주변에는 고딕 양식에서 르네상스, 바로크 양식의 아름답고 고풍스러운 건물들이 줄지어 있다. 그 중 가장 눈에 띄는 건물은 머리에 별을 이고 있는 한 아파트 건물로 중세 때 지어져 17세기 후반 바로크 양식으로 재건된 건물이다. 오늘날은 아시아 예술품을 전시한 박물관으로 사용하고 있었다. 이 건물 말고

(上)토론에서 가장 아름답고 화려한 건물로 꼭대기에 별 모양의 장식을 달고 있다. 오늘날은 아시아 예술품을 전시해 놓은 박물관으로 사용된다.
(下)한쪽으로 기울어진 사탑 건물.

도 구시가에는 흥미로운 전설을 가진 사탑 건물이 있다.

이 건물은 중세 때의 것으로 우애가 없는 두 형제가 탑을 세웠다고 한다. 사이가 나쁜 형제는 탑이 완성될 때까지 상대방과 상대방이 짓는 탑을 한 번도 쳐다보지 않았고, 그래서 탑이 기울어졌다고 한다. 그런 사연이 있는 사탑이 요즈음은 관광객의 눈을 즐겁게 해주는 인기 건축물이 되었다.

단연 많은 사람을 불러 모으고 있는 장소는 코페르니쿠스 생가다. 코페르니쿠스가 태어난 집은 붉은 벽돌에 내부는 나무로 지어진, 밖에서 보면 3층으로 보이는 건물이다. 그런데 안으로 들어서면 양쪽으로 반 층쯤 되는 여러 단의 지그재그식 계단 층이 있어, 실제는 6층의 건물 형식을 하고 있다. 500년이 넘은 건물인데도 아직까지 안전하다. 관리도 관리이지만 흙벽돌과 나무, 돌이라는 자연 재료를 사용했기 때문이 아닌가 싶다.

구석구석에 놓인 전시물 중에는 우리네 조상이 쓰던 맷돌과 비슷하게 생겼거나 곡식 빻는 도구, 절구통과 닮은 것들이 보여 반가웠다. 얼굴색도 다르고 멀리 떨어져 있어도 살아가는 생활 방식이 비슷하다니, 마치 같은 민족처럼 여겨질 정도였다.

코페르니쿠스는 1473년에 이곳에서 태어나 1543년에 죽었다. 그는 폴란드의 사제이며, 천문학자로 지구의 움직임을 관찰을 통해 입증했다. 하지만 당시에는 아리스토텔레스 등이 주장한 천동설이 종교적인 교리로 확정되어 있어서 감히 지구의 운동을 주장하거나 의심할 수 없었다.

코페르니쿠스 생가.

기독교는 신이 지구를 창조하였으며 지구가 우주의 중심이라는 사상을 굳게 믿고 있었다. 사과가 떨어지는 것도 지구가 우주의 근본이요 중심이어서 생명이 다하면 근본으로 돌아가는 현상이라고 했을 정도였으니까.

당시 코페르니쿠스는 너무나 강력했던 당시의 교리를 뒤집을 수 없다고 생각했다. 자신의 육안으로 관찰한 근거만을 가지고 지동설을 증명하는 책을 낼 수 있었던 건 수십 년 후나 되어서였다. 그의 자료를 소중하게 생각했던 젊은 수학자 레티쿠스Georg Rheticus, 1514~1574가 코페르니쿠스의 생각을 책으로 펴내라고 설득했고, 소심하고 신중했던 코페르니쿠스는 결국 자신의 죽음이 가까웠을 무렵에야 책을 출판한 것이다. 그러나 그때까지도 누구도 그의 이론을 받아들이지 않았다. 그가 사망한 지 100년 후까지도 천동설 이론이 지배적이었다.

갈릴레오Galileo Galilei, 1564~1642는 코페르니쿠스의 지동설을 주장하다가 종교재판에 회부되기까지 했다. 종교적 압박에 못 이긴 그는 자신의 주장을 철회했지만, 자신의 초상화 뒤에 '그래도 지구는 돈다'고 적어놓음으로써 자신의 주장을 굽히지 않았다.

이들 외에 이탈리아 수학자 지오다노 브루노Giordano Bruno, 1548~1600도 "우주는 무한하게 퍼져 있고 태양은 그 중에 하나의 항성에 불과하며 밤하늘에 떠오르는 별들도 모두 태양과 같은 종류의 항성"이라며 무한 우주론을 주장했다. 지동설보다 한발 더 나간 주장이었다.

코페르니쿠스가 종교재판이 열리기 전에 자연사했고, 갈릴레이가 법정에서 지동설에 대한 주장을 번복하고 목숨을 부지한 데 반해 브루노는 목숨을 버리고 학문적 양심을 지켰다. 브루노는 1600년 2월 17일, 로마 캄포디피오리 꽃의 들판 광장에서 입에 재갈을 문 채 쉰둘의 나이로 장작더미 위에서 불타 죽었다. 그는 죽음에 직면해서도 의연했다. 그리고 마지막 한 마디를 남긴 채 세상을 떠났다.

"나의 두려움보다 판결문을 읽는 당신들의 두려움이 더 클 것이오."

3

폴란드 남부

아우슈비츠는 침묵으로 고발한다

가장 깊은 골짜기에서 가장 푸른 빛깔을 볼 수 있듯이, 빛이 내려오기 직전의 새벽이 가장 어둡다. 즉, 가장 어두운 어둠은 곧 다가올 새로운 광명을 이끄는 전조를 의미한다.

　나를 태운 침대차는 폴란드 최북단 그단스크에서 깊은 밤을 가르고 달려와 새벽녘에 평화로운 크라쿠프 평원을 가르고 있었다. 차창 너머로 희미하게 보이는 아름다운 평원에서 영화 〈노 맨스 랜드No Man's

Land〉의 이미지가 떠올랐다. 새벽의 고요가 서서히 깨어나는 평원이건만 거기에는 전장에서 어느 쪽에도 점령되지 않은 '노 맨스 랜드'와 같은 팽팽한 긴장감이 살아 있었다. 고요와 평화가 잠든 저 평원이 반세기 전에는 형언할 수 없는 지옥의 땅이었다니! 평원 너머 어디쯤 지난 세기의 가장 참혹한 역사의 현장 오시비엥침Oswięcim, 아우슈비츠이 있을 것이다. 참혹한 역사의 현장을 방문하는 마음이 심란했다.

크라쿠프 중앙역에 도착하면 먼저 오시비엥침 수용소를 다녀올 예정이었다. 크라쿠프에서 서쪽으로 70킬로미터쯤 떨어져 있는 이 수용소는 전에 한 번 방문한 적이 있었다. 굳이 한 번 더 가는 이유는 여전히 덜 풀린 의문 때문이었다.

처음 이곳을 방문한 것은 2005년 겨울이었다. 그때 크라쿠프 중앙 광장에 있는 관광안내소에서 지도를 얻어 옆에 있는 직물 회관에 들어

섰는데, 마침 한 여성 가이드의 안내로 한국 패키지 여행객들이 따라 들어왔다. 나는 잠시 그들을 따라다니며 귀동냥을 하다가, 가이드에게 혹시 아우슈비츠 수용소에 갇혔다 살아남은 유대인을 만날 방법이 없 느냐고 물어보았다. 그녀는 자신이 사는 집주인이 그런 분이라며 소개 해주었다. 크라쿠프로 유학 와서 공부와 가이드 일을 병행하고 있다는 그녀는 나의 간곡한 마음을 알았는지 선뜻 통역까지 맡아주었다.

그녀가 일을 마친 오후 7시경에 그녀가 알려준 장소로 찾아갔다. 유럽의 겨울은 한국보다 훨씬 을씨년스러웠다. 이곳은 낮이 매우 짧아 오후 3시부터 어둑해지기 시작한다. 게다가 크리스마스를 앞둔 때여 서 7시는 깜깜한 한밤중이었다.

찾아간 집의 1층에는 상점이 있었고, 2층은 주인이, 3층은 가이드 가 살고 있었다. 가이드 여성이 미리 전화로 연락해둔 것 같았다. 그들 은 평소 저녁 식사 때가 지났는데도 식사를 안 하고 나를 기다리는 듯했 다. 갑작스러운 방문이라 아무 준비도 못한 나로서는 겸연쩍어졌다.

간단하게 식사를 미리 하고 갔지만, 폴란드 전통 음식이라는 쥬렉 스프 삶은 계란 조각과 소시지를 넣은 약간 신맛이 나는 스프와 생선 커틀릿cutlet으로 저녁 식사를 한 번 더 했다. 낯선 외국 땅이 아닌 꼭 외가에 들른 것처럼 훈 훈한 정이 느껴졌다.

식사 후 감사하다는 나의 인사에 여든 정도로 보이는 고령의 노인 은 정정한 목소리로 "머지않아 다가올 성탄절에 폴란드 가정에서는 식 탁에 식기 한 개를 더 놓지요"라고 말했다. 슈만스키란 이름의 이 노 인은 이내 눈시울이 붉어지더니 당시에 그가 겪은 진실들을 하나하나

들려주었다.

이야기를 듣는 나로서는 상상조차 하기 어려운 비정하고 잔인한 행위들이었다. 처음에 나는 그가 식탁 위에 식기 하나를 더 놓는다는 말의 뜻을 금방 이해하지 못했다. 통역을 맡은 가이드의 설명으로 일가친척의 죽음을 애도하기 위한 간단한 의식임을 알게 되었다.

기록에 따르면, 2차 세계대전 중 폴란드에서는 유대인을 포함해 600여 만 명이 목숨을 잃었다. 당시 인구가 약 3400만 명이었으므로 거의 20퍼센트에 이르는 사람이 희생된 것이다. 이 수치는 대여섯 명에 한 사람꼴로, 적어도 한 가정에서 한 사람씩 사망한 셈이 된다.

슈만스키 노인은 유대인은 아니었지만 체포되어 수용소에 갇혔었다고 했다. 그가 보이스카우트 지도자였기 때문이었다. 앞에서 내가 덜 풀린 의문 때문에 이곳을 다시 찾았다고 한 것은 몇 가지 확인하고 싶은 것이 있어서였다.

전에 첫 번째 다녀갔을 때는 슈만스키 노인의 실화를 직접 들었음에도 유대인의 죽음이나 아우슈비츠 수용소에 대해 특별히 관심이 있지 않았다. 그저 영화 〈쉰들러 리스트〉나 〈피아니스트〉에 나오는 몇몇 장면과 실제의 모습을 비교해보는 것 정도였다. 죽음의 가스실이나 시체 소각장을 돌아볼 때도 솔직히 남의 일이려니 했을 정도였다. 그러나 이번엔 조금 달랐다. 그 여행 후 아우슈비츠 수용소와 히틀러에 관한 자료를 읽다 뭔가 개운치 않은 느낌을 받았다. 남들보다 더 뛰어난 역사적 지식이나 소양이 없는 나로서는 끊임없이 의문점이 생겨났다.

슈만스키 노인이 말했던 잔혹한 내용을 떠올리며 다시 아우슈비

(上)'일하면 자유로워진다'는 기만적인 문구가 적혀 있는 아우슈비츠 제1수용소 입구.
(下)아우슈비츠 제2수용소 전경. 현지어로는 브제진카, 독일어로는 비르케나우라고 한다.

츠 제1수용소 안으로 들어갔다. 무거운 발걸음을 몇 발자국 내딛자 이곳을 다녀간 사람들은 누구나 기억하는 '일하면 자유로워진다ARBEIT MACHT FREI'라는 문구가 쓰인 정문이 나왔다. 그 글씨 중 B자는 거꾸로 매달려 있었는데, 이 말에 대한 저항으로 나중에 붙인 것이라고 한다. 이루 말로 표현할 수 없는 참혹한 역사의 현장을 거닐며 절대 아름다울 수 없고 인간의 극한의 상황을 강요하는 치욕의 땅에서 영화의 한 장면이 떠올랐다.

굴뚝에서 까만 연기가 피어오르고 매캐한 냄새가 진동했을 이 땅에도 꽃은 피고 햇살은 창문으로 가득 들어왔을 것이다. 이곳에 갇혀 생활하면서도 인생은 아름답다는 것을 아들에게 보여주려고 애쓰는 아비의 정을 그린 영화 〈인생은 아름다워〉. 그러나 곧 그 제목의 역설적인 안타까움과 함께, 이곳에 갇혔던 사람들의 일상에서 한순간이라도 아름다운 때가 있었을까 하는 회의에 빠졌다. 너무나 비참하고 적나라한 물증들이 나를 혼돈으로 몰아넣었기 때문이었다.

가증스러운 나치의 만행과 위선은 오시비엥침 마을, 이곳에만 있는 것이 아니었다. 아우슈비츠 제1수용소 외에도 이곳에서 3킬로미터쯤 떨어진 곳에 제2수용소 브제진카Brzezinka, 독일어로 비르케나우Birkenau 가 있다.

브제진카는 제1수용소보다 규모가 훨씬 크다. 53만여 평의 벌판에 당시엔 수용막사가 300여 개 이상이 있었다는데, 나치가 물러가며 파괴하여 지금은 45동의 벽돌 건물과 22동의 목조 건물만이 남아 있다. 이 크기는 웬만한 대학 캠퍼스보다도 큰 규모다.

그 옆에는 1942년에 지은 모노비체 제3수용소도 있다. 모노비체 Monowice라는 마을의 염색 공장을 개조해 수용소를 세운 것이다. 독일이 오시비엥침을 제일 먼저 점령한 데에는 그럴만한 이유가 있었다. 첫째, 오시비엥침은 폴란드에서 가장 중요한 중화학공업 지역이었다. 전쟁을 수행하는 데 중화학공업의 필요성은 절대적이었으므로 전쟁 중 폴란드가 군비를 정돈하여 반격할 수 없도록 한 것이다. 둘째, 이곳에 폴란드의 야전군 사령부가 있었기 때문이었다.

오시비엥침은 지형적으로나 전략적으로 대단히 중요한 곳이었다. 오시비엥침 주위에는 강이 흐르고, 주변 도시들과 떨어져 있어 외딴 지역이었다. 나중에 이곳에 수용소를 세운 이유도 이러한 지리적 조건 때문이었다. 유럽 지도를 펴놓고 볼 때 아우슈비츠를 중심으로 원을 그리면 영국과 러시아 모스크바를 포함하여 유럽 모든 나라가 원 안으로 들어오게 되는, 교통의 요충지였던 것이다.

졸속의 뉘른베르크 전범재판

2차 세계대전이 끝난 후 벌어진 뉘른베르크 재판 결과는 허술하기 짝이 없었다. 이런 점은 나치 측의 항변에 동조하는 사람들에게 의혹의 빌미를 제공했다. 사실 나도 그들의 주장에 부분적으로 수긍할 뻔 했으니까. 이번에는 그런 면을 재확인하고자 이곳에 온 것이다. 우선, 진정성이 의심되기는 하지만, 벨기에 출신 친위대 장교이자 스페인으로

53만여 평에 달하는 제2수용소의 막사 모습.

망명한 레옹 디그렐이라는 사람의 문제 제기를 보자.

레옹 디그렐은 아우슈비츠를 방문하려는 교황에게 '홀로코스트는 과장이며 사기극'이라는 편지를 썼다. 그 편지가 공개되었는데, 그의 문제 제기에 대한 대응도 매우 어수룩하다는 느낌을 받았다. 그의 주장에 대해 어떤 학자는 "레옹 디그렐은 아우슈비츠 근처에 가본 적도 없다. 심지어 디그렐은 편지에서 나치에 체포되지도 않은 교황을 제멋대로 아우슈비츠에 투옥되었다고 썼다. 더 이상 편지의 다른 내용을 볼 가치가 없다"고 말했다. 그러나 이 학자는 레옹 디그렐이 쓴 편지로 인해 그가 수용소 생존자에게 고발당해 재판에서 스페인과 교황청에 막대한 벌금을 물게 된 사실만 전할 뿐, 그의 문제 제기에 명확한 반박을 하지 못하고 있다. 홀로코스트를 부정하려는 각종 자료가 넘쳐나는데도, 어느 것 하나 명확한 진실을 말하지 못하며 의혹만 되풀이되고 있다고 두루뭉술하게 결론 내리고 있는 것이다. 반론치고는 설득력이 매우 부족하다는 생각이 들었다.

레옹 디그렐은 1993년 여든일곱의 나이로 죽을 때까지 자기가 태어난 조국 벨기에로 돌아가지 못하고, 망명지 스페인의 말라가에서 살다가 죽은 사람이다. 1944년에 이미 조국으로부터 궐석재판을 통해 사형선고를 받았다. 비 독일계 유럽인으로 유일하게 나치의 기사 철십자 훈장을 받은 인물이며, 자신에게 내려진 사형선고를 크게 원망하지도 않았다. 그는 망명지에서 《전술학》이란 책을 펴냈는데, 미국에서도 높게 평가될 정도로 보통 이상의 사고력이 있는 사람이기도 했다.

여기, 디그렐의 편지 내용 중 한두 가지만 옮겨본다. 1979년 5월,

〈출처: 폴란드 관광청〉

2006년 5월 "독일인 아들로서 깊이 사죄드립니다"라는 말과 함께 아우슈비츠 제1수용소를 방문한 교황 베네딕토 16세와 그 일행.

가톨릭 교황의 아우슈비츠 방문에 앞서 보낸 레옹 디그렐이 교황에게 보낸 편지 내용이다.

첫 번째 문제 제기

성하聖下,

한번 상상해 보십시오. 400제곱미터 되는 아우슈비츠의 독가스실에서 한 번에 3천 명씩 넣어 하루에 2만 4천 명을 죽였으며, 벨제크Belzec, 아우슈비츠 수용소에 이웃한 다른 수용소에서는 넓이 25제곱미터7.6평, 천장이 1.9미터 되는 방에 한 번에 700~800명을 집어넣었다고 합니다. 25제곱미터라고 하는 넓이는 조금 넓은 침실 크기밖에 되지 않습니다. 성하께서는 그런 침실에 칠팔백 명이나 되는 사람을 집어넣을 수 있다고 생각하십니까? 그렇다면, 1제곱미터에 30명을 넣었다는 이야기인데 1제곱미터는 공중전화 부스의 크기 정도밖에 되지 않습니다. 성하, 성 베드로 광장이나 바르샤바 신학교에 있는 공중전화 부스나 캐비닛 안에 30명이라는 사람을 쌓아 넣는다고 상상해 보십시오! 공중전화 부스나 금붕어 어항에 아스파라거스나 콩나물처럼 30명을 쌓아 넣거나 성하의 침실에 8백 명이라는 인원을 수용한다는 것은 기적입니다.

또 다른 문제 제기들

성하, 실제로 군 병력 두 개 연대에 해당하는 3천 명을 아우슈비츠 독가스실에 집어넣거나 벨제크의 방에 700~800명의 인원을 집어넣었다고 합시다. 독가스가 사용되지 않았더라도 질식으로 전원 사망했을 것입니다. 그런 곳에 마지막 한 사람까지 집어넣고 문을 잠그려고 할 때쯤이면 이미 거의 다 죽어버린 시체가 되었을 것이며, 지클론 B라는 가공할 독가스는 이미 죽어버린 송장 위에나 뿌려졌을 겁니다. 이 가스는 아마도 문틈 또는 굴뚝 따위의 구멍이나 마룻바닥을 통해 뜨거운 공기나 증기의 형태로 투입되었을 것입니다.

또, 과학적 상식이 있다면 누구나 알 수 있는 사실이지만, 지클론 B라는 가스는 발화성이 강하고 접착성이 강하여 취급이 상당히 힘든데다가 살포한 후 실내 공기를 모두 뽑아낸 다음에도 스물한 시간쯤은 지난 후에 들어가야 안전합니다. 즉 살포 후 스물한 시간 후에나 시체 처리 작업에 들어갈 수 있다는 겁니다. 만일 그들연합군의 주장대로 아우슈비츠에서 하루에 2만 4천 명이 죽어나갔고 시체들의 입을 벌려 금이빨이나 입속에 감춘 다이아몬드를 뽑아냈다면, 위턱 아래턱을 합하여 모두 4만 8천 짝의 턱뼈의 이를 검사했다는 이야기입니다. 사람이 죽으면 뻣뻣해져서 입을 벌리기조차 그리 쉽지 않다고 들었습니다. 그런데 불도 없는 시멘트로 만들어진 방에서, 거의 원시적인 연장만을 가지고 여덟 명이 작업했다고 합니다. 아마도 세계 어느 기술자보다도 빠른 속도로 위아래 치아를 검사하고 작업했겠지요? 한번 연필을 들고 계산해보시길 바랍니다.

그뿐이 아닙니다. 화장로 속에 넣기 전에 그 많은 시체의 항문과 여자들의 질 속에 다이아몬드나 보석 따위가 있는지 조사했다는 것이 아우슈비츠 역사가들이 이구동성으로 주장하는 공식화된 이야기입니다. 6백만 명을 독가스로 살해했다면, 인분이 흘러나오고 피가 범벅된 상태였을 텐데, 성하께서는 그런 속에서 6백만 개의 항문과 400~500만 개의 질과 자궁들을 샅샅이 더듬을 수 있으리라고 상상할 수 있으십니까? 숨겨놓은 귀금속을 찾겠다고 냄새나고 지저분한 구멍 속 끝까지 손을 집어넣어 하루에 2만 4천 개의 항문과 1만 5천 개에서 2만 개의 질을 후벼냈다는 이야기 말입니다. 이런 이야기는 정신병원 환자들이나 할 이야기가 아닌가요'?

이 사람의 주장이 부분적으로는 설득력 있는 것처럼 보이기도 하나 전체적으로 볼 때 많은 논리적 모순점을 안고 있다. 그는 전술한 수치의 모순을 통해 홀로코스트를 부정하려고 하고 있다. 그것은 행위의 사실 여부를 가리는 수단이 되지 못한다. 어느 도둑이 한밤에 도둑질을 했는데 그가 훔친 물건이 잃어버린 물건의 품목과 차이가 난다고 해

(上)독가스실, (下)시체 소각실.

총살의 벽.

서 도둑 행위 자체가 없었다는 주장과 같지 않은가? 일개 여행자인 나만 보더라도 수용소에 전시된 진시물들은 제처놓고라도 슈민스키와 같은 당시의 실존 인물을 통해 그 참상을 확인할 수 있는데 말이다. 프라하 편에서 언급한 '유대인 시체로 만든 비누'와 같이 연합군 측의 뉘른베르크의 전범 재판이 확대·비약된 점, 수치가 과장되고 허술했던 점이 이런 빌미를 가져오게 한 것이다.

내가 말하고 싶은 것은 역사적 진실은 최종적 힘의 승자에게 듣는 것만으로는 부족하다는 것이다. 명확한 증거 위주의 객관성이 절대적으로 요구되어야 한다. 그러기 위해서는 힘의 대결에서 패한 패자의 증언도 정당한 합리성에 근거하여 증거가 있는 것은 인정하고 평가할 때 비로소 총체적 진실에 다가설 수 있지 않을까?

그러므로 여전히 팽배해 있는 유럽의 반유대주의Anti-Semitism나 홀로코스트에 대한 소수 시각도 더욱 철저하게 연구해야 한다.

크라쿠프 바벨성의 전설

크라쿠프는 1596년까지 폴란드의 수도였다. 당시 폴란드 왕인 지그문트 3세는 크라쿠프에서 대형 화재가 나자 수도를 바르샤바로 옮겼다. 이미 바르샤바는 1569년에 리투아니아 공국과 연합의회를 두는 등 수도로서의 기능을 닦아 온 터였다. 크라쿠프는 비록 화재로 더 이상 수도가 아니게 되었지만, 비스와 강기슭의 바벨 언덕에 지어진 중세의 바벨성을 비롯하여 그동안 다져온 명성은 그대로 이어졌다.

왕의 처소였던 바벨성 문 앞에 서면 갈림길 왼쪽에 용의 조각상이 서 있는 동굴 입구가 있다. 이 동굴에는 전해져 내려오는 전설이 있다.

오래전 옛날, 비스와 강기슭 동굴에 용이 한 마리 살았다. 그 용은 식욕이 매우 왕성하여 송아지 세 마리를 한입에 삼켜버릴 정도였다. 마을 사람들은 용에게 먹히지 않도록 매일 송아지 세 마리와 양 세 마리를 희생물로 바쳤다. 용은 먹이가 부족하면 마을로 내려와 젊은 처녀와 양을 잡아가곤 했다. 이런 고통을 견디다 못한 마을 사람들은 용

을 없애는 사람에게 상을 내리고 마을의 지도자로 삼기로 했다. 이때 마을 청년 하나가 나서서 자신이 용을 물리치겠다고 했다. 그는 꿈에서 어떤 계시를 받은 터였다.

청년은 양과 수송아지를 죽여 내장을 버린 뒤 뜨거운 송진과 불타는 유황을 짐승의 배에 가득 채워 넣었다. 그리고 용이 배가 고파서 소리칠 때마다 용의 동굴에 이것을 던져 넣었다. 배가 고픈 용이 덥석 받아먹은 것은 뜨거운 불덩이였다. 용은 내장이 타들어가는 고통으로 비스와 강물을 들이키다 배가 터져 죽었다. 마을 사람들은 이 젊은 청년을 칭송하며 약속대로 자신들의 지도자로 삼았다. 마을 이름은 젊은 청년의 이름인 크라크 스쿠바Krak Skuba를 따서 크라쿠프라고 지었다.

동서양의 신화나 전설을 비교해보면 유사한 점이 많이 발견된다. 그러나 용이 등장하는 신화에는 좀 다른 부분이 있었다. 대부분 동양에서의 용은 신비한 능력을 지닌 영험한 동물로 여겨지는데, 서양에서의 용은 악의 상징이거나 부정적 이미지를 가지고 등장한다. 위의 전설에 나오는 용의 이미지도 부정적인데, 몽골의 타타르족과 관련이 있는 것이 아닐까 싶다. 타타르족이 용이 그려진 깃발을 들고 폴란드를 정복하러 왔던 것에서 비롯된 것이 아닐까?

바벨성은 폴란드가 그니에즈노Gniezno, 폴란드 최초의 수도에서 크라쿠프로 수도를 이전한 때인 11세기 중반에 지어졌다. 그 후, 크라쿠프에서 바르샤바로 수도를 옮긴 후에도 왕의 대관식 및 장례식 등 중요한 행사는 바벨성에서 치렀다. 또, 폴란드의 최고 전성기 때인 야기엘론스키 왕조의 흔적이 많이 남아 있어 폴란드의 중세사를 알아보기에 바벨

바벨성 전경. 성 안의 지그문트 종은 음색이 맑고 음폭이 넓은것으로 유명하다.

성만큼 적합한 곳이 없다. 바벨성은 건물도 아름답지만 내부의 전시물들 또한 볼만하다. 특히, 테피스트리, 고미술, 폴란드 왕실 생활에 관한 로열 캐슬Royal Castle 전시는 중요한 볼거리다.

황금 돔을 이고 있는 성당에는 폴란드에서 가장 큰 지그문트 종鍾이 있다. 이 종의 가운데에 매달린 추를 만지면 행운이 깃든다는 이야기가 전해 내려온다.

크라쿠프의 나팔수

크라쿠프의 구시가에는 리네크Rynek Growny라는 중앙 광장이 있다. 이

크라쿠프 구시가 리네크 광장. 왼쪽 중간쯤에 섬처럼 보이는 건물이 아달베르트 성당이다.

광장은 베네치아의 산마르코 광장에 이어 유럽에서 두 번째로 규모가 크다. 이 광장에는 직물 회관이라 부르는 쇼핑센터가 있고, 그 옆의 옛 시청사가 있던 자리에는 시청 본체는 사라지고 탑만 남아 있다. 현재 시청사 탑은 직물 회관 2층에 있는 국립박물관과 더불어 폴란드의 유명한 조각과 회화 작품을 전시하는 국립박물관 분관으로 사용되고 있다.

직물 회관을 사이에 두고 구 시청사 탑 맞은편에는 슬픈 사연을 간직한 800년 역사의 성 마리아 성당Kościól Mariacki이 있다. 이 성당을 지을 때 주교는 브로츠와프 출신의 형제 건축가에게 두 종탑의 건설을 맡겼다. 성당의 남쪽 탑은 형이 북쪽 탑은 동생이 맡아서 짓기로 했다. 형은 기초 토대를 튼튼히 해 견실하게 지었다. 하지만 동생은 기초공사에 그다지 신경을 쓰지 않고 형의 탑보다 빨리 그리고 높이 짓는 데에 만 신

리네크 광장 한편에 있는 형제의 탑을 가진 마리아 성당. 매시간 헤이나우가 연주된다.

경을 썼다. 당연히 동생의 탑이 형의 탑보다 더 높이 올라갔다. 그러나 동생의 탑은 자주 문제가 발생하고 결함이 나타나기 시작했다. 그러자 동생이 형을 질투해 형을 죽이고 자신도 자살했다고 한다. 이런 까닭에 오늘날 동생의 탑이 형의 탑보다 더 높게 지어져 있다.

이런 사연 때문인지, 이 성당은 불행한 일을 자주 겪었다. 이 성당에 얽힌 젊은 나팔수 이야기가 가장 유명하다.

1241년 봄, 한 젊은 나팔수는 탑에서 타타르족이 침략해 오는 것을 보고 나팔을 불기 시작했다. 그러나 나팔수는 평소에 불던 헤이나우Hejnal, 트럼펫으로 연주하는 짧은 성가를 다 불기 전에 적이 쏜 화살에 맞아 곡을 끝맺지 못하고 죽고 말았다. 그 후 이 성당의 탑에는 그 나팔수를 추모하기 위해 매시간 그가 불던 부분까지만 나팔을 부는 전통이 생겼다고 한다.

이 이야기를 세상에 알린 사람은 미국의 에릭 켈리Eric Kelly, 1884~1960라는 사람이다. 켈리는 1차 세계대전 중 프랑스에서 폴란드군을 위해 벌인 구제 사업의 일원으로 파견되어 크라쿠프에 왔다. 그는 전쟁이 끝나 폴란드가 독립되자 이곳에서 3년간 더 머물렀다. 그 후 크라쿠프에 매료된 켈리는 1924년 다시 폴란드로 돌아와 크라쿠프 대학에서 1년 동안 강의를 하며 크라쿠프의 나팔수의 이야기를 소재로 소설을 썼다. 이 소설은 1928년 가을에 미국에서 출판되었으며, 폴란드도 이 책을 폴란드와 미국의 새로운 이해와 우정의 상징이라며 환영했다.

크라쿠프 시의원들은 감사의 뜻으로 그때까지 성 마리아 성당에서 불던 은 나팔 다섯 개 중 가장 오래된 나팔을 작가와 출판사에 빌려

주었다. 이 나팔은 1년 동안 미국 전역을 돌며 서점에 전시되거나 폴란드 젊은 나팔수의 희생정신을 알리기 위한 취지로 학교와 도서관에서 연주되었다.

다음 해인 1929년, 이 책은 뉴베리 상Newberry Medal을 받는 영광을 안았다. 당연히 이때도 나팔 소리는 울려 퍼졌다. 이 이야기는 전 세계로 퍼져 나갔고, 크라쿠프의 성 마리아 성당의 나팔수 이야기는 유명해졌다. 이런 전통을 가진 헤이나우 나팔 소리는 오늘도 매시간 중도에 끊기며 크라쿠프의 리네크 광장에 울려 퍼진다.

이 광장에는 또 다른 관심을 불러일으키는 성당이 있다. 아달베르트St. Adalbert 성당으로 천 년 역사를 가진 이 성당은 크라쿠프에서 가장 오래되고 가장 작은 성당으로 오직 스무 명만이 예배를 볼 수 있는 규모다.

흰 담비를 안고 있는 여인의 비밀

광장 북동쪽으로 가면, 19세기 초에 아담 차르토르스키Czartoryskich의 부인이 설립한 차르토르스키 박물관이 있다. 폴란드에서 가장 오래된 미술사 박물관으로 내가 크라쿠프에서 가장 흥미로워했던 곳이다.

이 박물관에는 레오나르도 다빈치의 걸작 〈흰 담비를 안은 여인〉을 비롯해 렘브란트의 작품, 동서양의 다양한 수집품들이 전시되어 있다. 특히 여기서 소장하고 있는 것으로 유명한 작품은 다빈치의 〈흰 담

레오나르도 다빈치의 〈흰 담비를 안은 여인〉이 소장된 차르토로스키 박물관.
비록 작은 규모이지만 다빈치의 작품을 소장한 세계 6대 박물관 중 하나다.

비를 안은 여인〉인데, 이 작품은 〈모나리자〉보다 먼저 그려졌다고 알려져 있다.

전에 누군가가 내게 이런 질문을 했다. "모나리자는 왜 그렇게 유명한 건가요?" 딱히 할 말이 없었다. 영원한 미소 정도의 피상적인 설명이나 인물의 옆모습을 그린 고대 미술의 전통을 깨뜨리고 2차원적인 정면 초상화의 아름다움을 철저하게 표현해낸 훌륭한 작품이라는 점, 그래서 관람자가 어느 곳으로 움직여도 그녀의 눈동자가 관람자의 눈을 따라 움직이는 것처럼 보인다는 등의 궁색한 대답 정도뿐. 오히려 그 궁금증은 내가 더했다. 그래서 그 그림에 대한 논문을 찾아보기 시작했다.

연구 자료를 보다가 한 가지 사실을 알아냈는데, 레오나르도는 과학적, 예술적 연구를 할 때마다 빛과 그 빛을 감지하는 신체 기관인 눈에 각별한 관심을 기울였다는 사실이다.

가이 구글리오타Guy Gugliotta란 학자도 이런 의문점을 제기하며 〈모나리자〉에게 다가갔다. 그녀의 매력은 눈에서 나오는 것일까 아니면 빛에서 나오는 것일까. 둘 다 아니라면, 미소에서 나오는 것일까? 이런 궁금증을 해결하려고 자료를 찾다가 샌프란시스코의 신경 과학자인 크리스토퍼 타일러와 메리 워싱턴 대학 물리학과 교수 빌렌트 아탈레이의 논문을 찾게 되었다.

크리스토퍼 타일러는 좌뇌와 우뇌의 비대칭적인 기능들이 예술가들의 작품 속에 어떤 식으로든 다르게 나타났을 가능성을 탐구했다. 여기서 그는 독특한 접근으로 눈과 관련된 약간의 사실을 알아냈다. 특히

〈세실리아 갈레라니〉

〈지네브라 데 벤치〉

〈모나리자〉

그는 예술가들이 인물의 두 눈 중 하나를 전체 틀의 중심선에 배치하여 초상화에 잠재적인 대칭이 스며들게 작업하는 경우가 많다는 사실을 알아냈다. 타일러의 이 중심선 원리는 1인 초상화 중에서 캔버스를 세로로 이등분하는 선이 한쪽 눈과 매우 가까운 지점을 지나는 경우가 많다는 것도 발견했다. 타일러는 〈모나리자 Mona Lisa〉와 다빈치의 다른 초상화 〈지네브라 데 벤치 Portrait of Ginevra de Benci〉, 〈세실리아 갈레라니 Ritratto di Cecilia Gallerani, 흰 담비를 안은 여인〉 등의 초상화를 예로 들고 있다. 이 초상화 모두 중심선이 눈과 매우 가까운 곳을 지나고 있다.

차이점이 있다면, 모나리자는 왼쪽 눈 위를 지나는데 다른 그림들은 오른쪽 눈 위를 지나고 있다는 것이다. 이 그림을 반으로 접어 보면 알 수 있다.

〈흰 담비를 안은 여인〉은 당대 밀라노의 공작이었던 루도비코 스포르자의 정부 세실리아 갈레라니를 그린 것으로 담비는 스포르자 공작을 빗댄 것이라 한다.

비엘리치카 소금 광산

폴란드 크라쿠프에서 남동쪽으로 15킬로미터쯤 떨어진 곳에는 소금 광산 비엘리치카가 있다. 이 소금 광산은 1978년 유네스코에 의해 세계문화유산으로 지정된 곳이다. 13세기부터 1996년까지 700년 넘게 채굴됐으나 현재는 수지가 맞지 않아 채굴이 중단된 상태다.

이 소금 광산의 규모는 지하 9층 327미터 깊이에 전체 길이가 300 킬로미터에 이른다. 비엘리치카는 한때 소금 광산으로서 역할을 톡톡히 해냈지만 17세기부터 소금 채굴량이 줄면서 소금 광산으로서 의미는 점차 퇴색되었다. 대신에 광산 노동자들이 채굴 뒤 남은 공간을 예배당이나 볼거리를 위한 공간으로 활용하면서 내부에 수많은 조각 작품을 남겼다. 그것들이 현재는 관광자원으로서의 역할을 톡톡히 해내어 연간 80만 명에 이르는 관광객을 끌어들이고 있다.

이곳에서 가장 유명한 장소는 킹가 성당이다. 명칭은 이 도시의 전설인 킹가 공주에서 비롯한 것으로 세 명의 광부가 65년이라는 오랜 세월 동안 만들었다고 한다. 전설의 내용은 이러하다.

폴란드 왕자와 결혼한 헝가리의 킹가 공주는 결혼 지참금으로 마레무라 오늘날의 루마니아 지역의 소금 광산 일부를 아버지로부터 하사받았다. 그녀는 결혼하러 폴란드에 가기 전날 밤, 약혼반지를 우물에 빠뜨리는 꿈을 꾸었다. 그리고 실제로 아버지에게 선물로 받은 소금 광산의 수직 통로를 지나다가 약혼반지를 실수로 빠뜨리고 말았다. 그리고 나서 크라쿠프로 향하던 중 그녀는 비엘리치카를 지날 때 갈증이 났다. 마침 자신이 하사받은 소금 광산의 지형과 비슷한 장소를 발견하여 행렬을 멈추고 우물을 파보라고 명령했다. 그런데 놀랍게도 우물에서는 물 대신 소금이 나왔고 맨 처음 캐낸 암염덩이를 파보니 그 속에서 그녀가 출발하기 전 광산에서 빠뜨렸던 약혼반지가 나왔다. 그 후 킹가 공주는 소금 광산의 수호성인이 되었고, 그녀를 기리는 교회를 이 광산 안에 세웠다고 한다.

비엘리치카 소금 광산 입구.

　그 후에도 헝가리 벨라 4세의 심성 고운 킹가 공주는 폴란드에서 가난한 사람들을 도우며 그리스도의 사랑과 희생을 실천했다. 이 이야기는 이렇게 가난한 사람들을 위해 산 공주의 덕을 기리기 위해 만들어진 듯하다.

　비엘리치카는 소금 광산에서 나오는 암염의 치유 효과로도 널리 알려졌다. 1964년에는 지하 211미터 지점에 호흡기 질환자들을 위한 요양원이 들어서기도 했다. 이곳은 지하 광산인데도 환기 시설이 매우 잘 되어 있고, 몸에 이로운 공기가 자연적으로 만들어진다고 한다. 그

안톤 비로테크가 소금덩이에 조각한 〈최후의 만찬〉.

래서 늘 서늘하고 맑은 공기를 마실 수 있다. 이런 공기를 마시며 걷는 통로에는 쇼팽의 〈이별곡 Etude in E, Opus 10, No.3〉이 흐르는 음악 홀도 있고, 굴속에 커다란 호수와 이벤트 홀 등 각양각색의 눈요깃감이 즐비하다. 지구를 들고 있는 코페르니쿠스 소금상도 있었는데, 코페르니쿠스가 수행여행 차 이곳을 방문했던 것을 기념하며 후대의 광부들이 조각한 것이라고 한다.

이렇게 지금은 광산으로서의 가치보다는 관광자원으로서의 역할이 더 커 보였다. 지하 내부가 상당히 크고 미로처럼 복잡하기 때문에 반드시 가이드와 동행할 때만 출입할 수 있다. 투어 소요시간은 약 두 시간 정도이며, 내려갈 때는 걸어서 계단을 이용하고 올라올 때는 엘리베이터를 이용하도록 되어 있다. 지하 내부에 눈요깃거리들이 제법 많지만 특히 킹가 성당 벽면에 조각된 안톤 비로테크의 〈최후의 만찬〉이 압권이다. 성당을 밝히는 소금 샹들리에도 화려한데, 순도 99.9퍼센트의 투명한 소금 조각이다.

교황의 첫사랑

크라쿠프에서 50킬로미터쯤 떨어진 곳에 바도비체라는 작은 시골 마을이 있다. 이곳에서 태어난 카롤 보이티야 Karol Wojtyla, 1920~2005는 문학과 연극을 좋아하는 감수성 풍부한 소년이었다. 그가 열세 살 때, 한 살 아래인 소녀 할리나 크비아토프스카 Halina Kwiatkowska, 1921~와 함께 연극

(上)생가 앞 성당에 세워진 요한 바오로 2세 동상.
(下)요한 바오로 2세의 생가, 방문객들로 인산인해를 이룬다.

무대에 서기도 했다. 그들은 연극 〈안티고네〉의 주인공을 맡았다.

소포클레스의 대표적인 고대 비극의 주인공, '오이디푸스 왕'의 딸 안티고네. 안티고네는 고약한 운명으로 아버지를 죽일 수밖에 없었던 오이디푸스와 그의 어머니 사이에 태어난 딸이다. 안티고네 역은 할리나가, 상대역 하이몬 역은 카롤이 맡았다. 이것이 어쩌면 그들의 운명이었을까. 이들은 훗날 크라쿠프의 야기엘론스키 대학 문학과에 함께 진학한다.

이후 두 사람은 무대에서 연인 역할을 도맡았고, 한때 연극배우로서의 인생을 함께 설계하기도 했다. 사춘기를 넘기면서 할리나와 카롤은 서로 사랑하게 됐다. 그러나 운명은 거기까지만 허락했다. 1939년 나치가 폴란드를 침략하면서 대학은 문을 닫았고 폴란드 문학과 연극은 금지되었다.

나치의 탄압은 두 사람의 인생에도 영향을 미쳤다. 카롤은 배우의 꿈을 접고 사제의 길을 택했고, 할리나는 그녀가 꿈꾸던 배우의 길에 정진해서 폴란드의 유명한 배우가 됐다. 이 카롤이 바로 가톨릭교회 사상 455년 만에 처음으로 비 이탈리아계로 교황에 오른 요한 바오로 2세다.

이후 텔레비전을 보고 카롤이 교황이 된 것을 알게 된 할리나는 너무 감격해 그의 취임식을 보기 위해 로마 바티칸으로 갔다. 군중 속에 섞인 할리나는 일반인 접견 시간에 교황의 시선을 끌기 위해 '바도비체! 바도비체!'라고 반복해 외쳤다. 교황은 아무런 반응을 보이지 않았다. 실망감에 할리나는 숙소로 발길을 돌릴 수밖에 없었다.

교황이 어린 시절 다니던 집 앞 성당.

호텔 현관에 도착하자 벤츠 리무진 하나가 그녀 앞에 멈춰 섰다. 운전사는 "성하께서 아침 식사를 함께하자고 하신다"는 메시지를 그녀에게 전했다.

다음 날 아침 할리나가 약속 장소로 가자 교황은 환한 미소로 그녀를 맞았다. 교황은 흥분한 그녀에게 "진정해, 할리나 안티고네"라며 정겹게 말을 건네고 손을 붙잡았다. 옛날을 떠올리며 얼굴을 쓰다듬기도 했다.

이 이야기는 교황이 선종한 지 3일 후, 독일 일간지인 빌트지가 2005년 4월 5일 자로 보도한 것이다. '교황의 사랑도 우리네와 똑같구나!' 라는 생각이 들었다.

폴란드에 왔으니, 이런 사연을 가지고 있는 바도비체를 꼭 방문해 보고 싶었다. 크라쿠프에 도착한 첫날 아우슈비츠 수용소를 방문한 후, 다음 날 바도비체로 향했다. 크라쿠프에서의 일정도 그리 넉넉하지 못해서 오전에는 소금 광산을 갔다가 오후에 바도비체를 가보는 것으로 일정을 정했다. 크라쿠프 중앙역에는 바도비체까지 '교황 열차Pociąg Papieski'라는 이름의 순례전용 열차가 매시간 운행되고 있었다.

교황 바오로 2세는 한국과도 인연이 있다. 1984년 5월 2일 김포공항에 비행기가 착륙하자 트랩을 내려와 '순교자의 땅'을 외치며 한국 땅에 입맞추는 장면은 아직도 생생하다. 소록도 한센병원에서 한센병 환자들과 함께한 모습에서는 교황의 한국에 대한 각별한 관심과 애정을 엿볼 수 있었다. 아마도 이러한 기억 때문에 교황의 생가를 방문해야겠다는 생각을 더욱 절실하게 했는지도 모른다.

교황의 생가가 있는 마을은 자그마한 시골이었다. 그 마을의 역사를 전해주는 작은 박물관이 있고, 교황의 생가 앞쪽에 바로크 양식으로 지어진 성당이 보였다. 이 외에는 이렇다 할 관광 장소는 없었지만, 신실한 신앙심이 느껴지는 마을이었다. 2층으로 된 생가 입구 쪽에는 교황 생전의 모습을 담은 사진들과 그를 추모하는 꽃다발이 놓여 있었는데, 생가 안을 둘러보려는 신자들이 긴 줄을 이루고 있었다.

교황 요한 바오로 2세는 역대 교황 중 최초라는 수식어를 가장 많이 가진 교황이었다. 최초의 공산주의 국가 출신 교황, 최초의 폴란드 출신 교황, 20세기 교황 중 안경을 쓰지 않고 글을 읽을 수 있는 최초의 교황 등 다양하다. 역대 교황 중 최초로 손목시계를 차고, 최초로 스키와 등산, 카누를 즐기는 교황이기도 했다. 이뿐만이 아니다.

최초로 성 베드로좌에서 폴란드어로 설교했으며, 최초로 폴란드 정부가 국외 반출을 허용한 10달러에 해당하는 용돈만을 가지고 콘클라베교황 선거에 참석한 교황이다. 게다가 커피와 빵을 먹는 전통적인 이발리아식 아침 대신 베이컨과 계란으로 아침 식사를 하는 최초의 교황이요, 자신의 이름을 딴 칵테일을 마시는 최초의 교황이자 파리의 유명한 디자이너가 만든 제의를 입은 최초의 교황이었다. 그는 130년 만에 처음으로 60세 이전에 교황으로 선출되었다. 로마 가톨릭 교회의 수장으로 선출된 최초의 슬라브인, 군중 앞에서 저격당한 최초의 교황이기도 하다.

그의 일화 중에 미국 보스턴에 사는 아홉 살짜리 소녀가 보낸 편지가 소개되기도 했는데, 이 편지는 많은 사람에게 웃음을 주었다.

"거룩하신 교황님, 우리 엄마가 그러는데요. 제가 세상에 태어났을 때 황새가 저를 물어다 놓은 거라고 그러셨어요. 그러고 나서 남동생이 태어났을 때도 황새가 물어다 놓았대요. 교황님, 다음에는 하느님과 잘 의논하셔서 우리 엄마가 꼭 정상 분만을 할 수 있도록 해주셨으면 좋겠어요."

자코파네의 물에 젖은 월요일

폴란드는 남한의 세 배 정도 되는 크기다. 하지만 우리나라와 달리 국토 대부분이 고도 6미터 이하의 너른 평원을 이루고 있어 예전부터 농업이 발달했다. 폴란드라는 국가명도 '평평한 땅'이란 뜻이다.

폴란드의 지형은 오직 슬로바키아와 국경을 이루고 있는 남쪽 경계만 타트라 산맥에 의해 산지를 이루고 있다. 이 산맥의 중심에 자코파네란 도시가 있는데, 1889년에 철도가 들어서면서 도시가 발전했다. 1993년에 동계올림픽을 치른 도시답게 요즈음은 겨울 스포츠와 등산에 매료된 방문객들이 사시사철 이곳을 찾아 국제적으로 꽤 알려진 전천후 휴양지가 되었다.

나는 이 도시를 운 좋게도 이미 두 차례나 방문했었다. 한 번은 비엔나에 사는 친구의 겨울 스키여행에 동행을 했었고, 또 한 번은 부활절 무렵인 봄에 이곳을 방문했었다. 그때, 아주 낯설고 황당한 폴란드 풍습을 경험했다.

자코파네의 겨울 모습.

거리를 지나가다가 중국 여자 여행객들 덕분에 추위가 완전히 가시지 않은 봄날에 물벼락을 맞았던 것이다. 짓궂은 10대 폴란드 청소년들이 중국인 여성들을 향해 물을 뿌렸는데 놀란 여행객들이 같은 동양인인 나에게 구원을 청하며 달려들어 나 또한 물세례를 받은 것이다.

이 희한한 일에 거리를 지나고 있던 폴란드인들은 그저 미소만 지을 뿐 그 누구도 말리지 않았다. 얼떨결에 당한 일에 분을 삼키며 옷에 묻은 물을 닦아 내는데, 한 상점의 직원이 나서서 서투른 영어로 그들의 이런 풍습을 설명해주었다. 별난 풍습을 탓하며 화를 삭이는 수밖에 없었다.

폴란드에서는 부활절 다음날을 라니 포니에지아웩Lany Poniedzialek 즉, '물에 젖은 월요일'이라고 한다고 했다. 이날은 여자들이 물 수난을

오래전부터 내려오는 폴란드의 시미구스 딘구스라고 불리는 전통의식.

당하는 날로, 전통적으로 젊은 남자들이 젊은 여자들을 젖게 만드는 날이란다. 거리를 지나가는 여자들에게 물을 끼얹거나 물총을 쏜다. 이런 행위를 시미구스 딘구스Śmigus Dyngus라고 했다.

이는 기독교가 도입되기 전부터 있던 폴란드 풍습의 하나로 가톨릭이 수용된 이후에도 계속 유지되고 있는 풍습이다. 봄이 오기 전에 물을 뿌리면 질병을 물리친다는 민속신앙에서 유래된 것이라고 하는데, 일설에 따르면 물을 뒤집어쓴 여성들이 물에 많이 젖으면 젖을수록 더 매력적으로 보여, 젊은 여성들은 이날만큼은 물세례를 기꺼이 받아들인다고 했다. 요즘에는 물 대신 향수를 뿌리는 일이 많고, 남성이 맘에 두고 있던 여성에게 프러포즈의 수단으로 활용한다고 한다. 그다음 날은 여성이 남성에게 보복하는 날이다. (한국외대 외국학 종합연구센터 국제지역정보 제6권3호 참조)

이번 세 번째 자코파네 방문은 다소 즉흥적으로 이루어졌다. 크라쿠프의 호스텔에서 함께 머물던 남녀 네 명으로 구성된 호주 출신의 여행팀이 함께 가자고 꼬이는 바람에 넘어간 것이다.

이들은 거의 전문 등반가 수준으로 등반을 목적으로 유럽 여행을 하고 있었다. 나도 짧은 구간이나마 한번 따라 해볼까 하는 생각으로 따라나섰다가 중도에 포기하고 말았다. 대신 트램을 타고 산 정상에 올라가 능선을 따라 얼마간이라도 걸어보기로 했다. 광장에서 트램을 타고 구발로프카Gubałowka 정상에 오르니 타트라 산맥에 이어진 산들의 멋진 모습이 시야에 펼쳐졌다. 크고 작은 호수와 굽이진 산봉우리가 눈 아래로 펼쳐진 것을 보니, 시원스런 풍치에 동유럽의 알프스란

별명이 그냥 붙은 게 아니구나 하는 생각이 들었다.

다시 트램을 타고 내려가려고 시계를 보니, 두 시간 정도 여유가 있었다. 많은 배낭족이 산등성이를 따라 걷기에 그들의 뒤를 따랐다. 사방이 온통 '몸과 마음이 지쳤을 땐 자코파네로 가라'는 말이 자연스레 떠오르는 아름다운 장소였다.

슬픔의 노래

자코파네는 폴란드어로 '땅속에 묻힌 곳'이라는 의미라고 한다. 막상 이곳에 오르니 오히려 '구름 위에 떠 있는' 마을로 여겨졌다.

한참을 걷다가 돌아와 산 정상에 있는 카페에서 맥주로 갈증을 달랬다. 카페 벽에 매달린 스피커에서는 슬픈 음악이 흘러나왔다. 불협화음의 중저음이 배경으로 깔리며 고음의 소프라노가 슬픔을 한껏 표현해내는 음악이었다. 절박한 고통과 처참한 삶을 공포 속에서 드러내는 선율이었다. 자코파네의 아름다운 자연과는 정말이지 어울리지 않는 것 같았다. 카페 한쪽에 앉은 서너 명의 남녀 젊은이들이 이 음악을 아는지 콧소리로 따라 불렀다. 그들에게 흘러나오는 곡에 대해 물었다.

그 곡은 폴란드의 현대 음악가 고레츠키 Henryk Górecki, 1933~의 교향곡 제3번 〈슬픔의 노래 Symphony of Sorrowful Songs, 1977〉였다. 자코파네의 유대인 게토에서 살다 아우슈비츠로 끌려가 죽은 소녀의 죽음을 노래한 것이다. 매우 애절한 곡이었다. 폴란드 판《안네 프랑크의 일기》가 떠올랐다.

열네 살짜리 유대인 소녀 루트카 라스키어Rutka Laskier, 1929~1943가 유대인 강제거주지역Jewish ghetto으로 끌려가기 직전에 썼던 일기장이 이스라엘의 나치의 유대인 대학살 기념관 측에 의해서 60여 년 만에 공개되었다. 많은 사람이 그 소녀를 '폴란드의 안네 프랑크Anne Frank'라고 불렀고, 그녀의 일기를 '제2의 안네의 일기'라 칭했다.

일기는 1943년 1월부터 4월까지 기록되어 있다. 절망과 위태로운 목숨에 대해 진솔하게 써내려간 60여 쪽 분량의 일기장이 세상에 공개될 수 있었던 것은 60년이 넘는 오랜 기간 일기장을 소중히 간직해 온 친구가 있었기 때문이다.

가족들과 함께 유대인 강제수용소로 끌려가기 직전에 살아 돌아오지 못하리라는 것을 예감한 소녀는 1943년 4월 24일의 일기를 마지막으로 한집에서 같이 살던 친구에게 일기장을 건넸다. 이를 받은 친구가 지하실 마루 밑에 숨겨두었던 것이 오랜 후에 발견되어 알려진 것이다. 소녀의 예감대로 그녀는 오래지 않아 아우슈비츠 수용소로 끌려갔고, 그 해 8월에 독가스실에서 숨을 거두었다. 소녀의 일기에는 이런 내용이 담겨 있다.

우리를 둘러싸고 있는 밧줄이 점점 더 죄어오고 있다. 나는 죽음을 기다리는 동물 신세로 변해가고 있다. 나의 작은 신앙심은 산산이 부서졌다. 신이 존재한다면, 신은 분명히 사람이 산채로 용광로에 던져지고 아장아장 걷는 어린아이의 머리가 총의 개머리판에 의해 박살 나거나 자루에 담겨 독가스로 죽음에 이르는 일을 절대로 용납하지 않았을 텐데……

타트라 산맥의 고산족인 구랄레족이 불에 구워 먹는 양젖으로 만든 오스즈펙 치즈.

폴란드와 슬로바키아 국경 검문소.

며칠 전 방문했던 아우슈비츠의 나치 만행의 장소가 다시 생각났다. '역사가 반복될 수 있다는 염려는 동일한 현상이 반복되는 것에 대한 염려가 아니다. 무의식적인 충동이 반복될 수 있다는 것에 대한 염려를 의미한다'는 어느 역사학자의 말이 떠올랐다.

트램을 타고 시내로 내려왔다. 거리에는 빵처럼 생긴 치즈를 파는 행상이 많이 있었다. 오즈즈펙Oscypek이라 부르는 이 치즈는 자코파네 특산물인 양젖 훈제 치즈로, 치즈를 좋아하지 않는 나로서는 별맛은 느낄 수 없었다. 이 치즈는 주로 불에 구워 잼을 발라먹는다고 했다. 또 와플 모양을 한 케이크가 있었는데, 고프리Gofry라고 불렀다. 크림과 잼을 얹어 먹는 케이크였다. 요리로는 족발 같은 것도 있었다. 육류를 꼬치에 끼워 숯불에 구운 샤슬릭Shashlik은 아주 별미였다.

이번 자코파네 방문에서는 특별한 경험을 했다. 직접 걸어서 폴란드 국경을 넘어 슬로바키아 땅을 밟아본 것이다. 이곳 버스터미널에서 그런 경험을 하려는 여행자를 위해 국경까지 데려다 주는 사제 간이버스가 운행되고 있었다.

이 버스를 타고 약 30분 정도 가면, 위사 폴라나Lysa Polana에 도착한다. 여기서 내려서 바로 눈앞에 보이는 양쪽 나라의 출입국 사무소에서 여권 심사를 받고 슬로바키아 영토로 넘어가야 한다. 슬로바키아도 그곳에서 포프라트Poprad라는 기차역이 있는 시내까지 버스를 운행하고 있었다. 포프라트에서 슬로바키아 수도 브라티슬라바까지는 약 네 시간이 걸린다.

Slovak Republic

슬라브족이 현재의 슬로바키아 지역에 정착한 것은 5세기경이다. 그 후 유럽의 신생 국가로 탄생한 슬로바키아는 체코와 74년 동안 연방국가로 유지해 오다 1993년 1월 1일 분리, 독립하였다. 면적과 인구는 체코의 절반 정도로 작은 나라이지만 지리적으로 오스트리아, 헝가리, 폴란드, 우크라이나를 연결하는 중추적 역할을 한다. 슬로바키아의 면적은 4만 9036제곱킬로미터로 타트라 산맥을 병풍처럼 두르고 있다. 이 산맥을 중심으로 슬로바키아의 자연은 아름다워 높은 관광자원의 효용성을 가지고 있다. 특히 하이킹과 스키를 비교적 저렴한 비용으로 이용할 수 있는 곳이다. 전 국토의 80% 이상이 해발 750m 이상에 위치하고 있어 봄과 가을이 매우 짧은 기후 특성이 있다.

슬로바키아

1

수도
브라티슬라바

브라티슬라바는 슬로바키아의 수도로 비엔나에서 50여 킬로미터밖에 떨어져 있지 않다. 이 두 도시는 세상에서 가장 가까운 곳에 이웃한 각 나라의 수도이기도 하다.

브라티슬라바는 헝가리어로 포조니 Pozsony라 부르는데, 오스만투르크족이 침입했던 1541~1784년까지 240여 년간 헝가리의 수도였기 때문에 헝가리 부다페스트와 비슷한 점이 많다.

이번 여행 중 내가 가장 무방비 상태로 맞닥뜨린 도시가 브라티슬라바였다. 이 도시에 관해 어떠한 사전 정보도 갖고 있지 못했다. 이름도 낯설어서 그냥 지나칠까 했는데, 며칠 전 숙소에서 만난 여행객이 던진 농담이 우스워 브라티슬라바에 가면 샤라포바가 커피 주문을 받고 석호필이 트램을 운전한다고! 즉흥적으로 일정에 끼워 넣은 도시였다. 게다가 이 도시에서 베토벤의 〈달빛 소나타〉의 고향, 돌나 크루파로 가는 차편이 있다기에 오래 생각하지 않고 일정에 포함시켰다.

이렇게 사전 정보 없이 방문하는 도시에서는 아무 생각 없이 마냥 걸었다. 그동안 빠듯한 일정으로 쌓인 여독도 풀 겸 이곳에서 하룻밤 묵기로 하고 구시가에서 가까운 곳에 숙소를 잡았다.

아직 해는 중천에 떠있고 날씨는 매우 좋아 대충 짐을 내려두고 시내로 나갔다. 혹시 샤라포바 같은 매력적인 여성이라도 만날지 누가 아는가!

구시가를 지나서 언덕 위쪽으로 보이는 성을 향해 걸었다. 여행에

서 무엇인가를 하는 것도 중요하지만, 때론 아무것도 하지 않고 가진 것을 소모할 수 있는 시간을 가지는 것도 색다른 경험이다. 무심히 걷는데, 재미난 모습의 조각상이 길 군데군데에서 나타났다. 하수구 맨홀에서 머리를 빼고 여성들의 속옷을 훔쳐보는 인부의 모습이 있는가 하면, 뭔가 몰래 염탐하는 파파라치도 보였다. 파파라치가 있는 건물을 올려다보니 상호가 파파라치인 레스토랑이었다.

파파라치는 이탈리아 말로 단수형은 파파라초다. 이 용어가 널리 알려진 것은 영국 황태자비였던 미모의 다이애나의 죽음과 관련이 있을 것이다.

이 용어는 이탈리아의 영화감독 페데리코 펠리니 Federico Fellini가 만든 〈달콤한 인생〉에 등장하는 신문사의 사진기자 파파라초 Paparazzo의 이름에서 유래했다. 파리처럼 윙윙거리며 달려드는 벌레를 뜻하는 말에서 온 것이라 한다.

도시가 여러 조각상들로 더욱 정겹게 느껴졌다. 긴장이 풀리자 갈증이 났다. 시원한 맥주 생각에 작은 카페로 들어갔다. 노상에 놓인 자리에 앉아 있는데, 마침 옆자리에 독일어로 된 음악 서적을 뒤적이는 여성이 있었다. 말을 건넸더니 흔쾌히 말을 받아주었다.

그녀는 브라티슬라바 코멘스키 대학에서 피아노를 가르치는 음악대학 강사였다. 사실 슬로바키아에 대해서도 이곳 예술에 대해서도 아는 것이 전혀 없어 조심스럽게 이곳 음악과 음악가에 대해 물었다. 아니나 다를까 생전 처음 들어보는 음악가의 이름이 그녀의 입에서 튀어나왔다. 이곳 음악에 대해 내가 알고 있는 전부는 헝가리 음악가인 리

(上) 요한 후멜박물관, (下) 거리예배

스트가 파리로 가기 전에 이곳 브라티슬라바에서 잠시 활동했다는 것 정도였다. 그러니 그녀가 말한 음악가의 이름을 알 턱이 없었다.

요한 후멜Johann Nepomuk Hummela, 1778~1837이란 음악가였는데 그에 대해 말할 때 어깨까지 들썩이는 것을 보니 대단한 음악가란 생각이 들었다. 베토벤 시대의 음악가로 모차르트에게 피아노를 배운, 베토벤 못지않은 음악가라 했다. 그러면서 시내에 있는 그의 박물관을 소개해줬다. 자국의 음악가라 해도 베토벤과 비교하는 건 너무 과장한 게 아닌가 싶으면서도 수첩을 꺼내 열심히 메모하며 그녀의 이야기에 귀 기울였다.

이어서 금세기 최고의 소프라노 가수인 에디타 그루베로바Edita Gruberova, 1946~에 대해 이야기를 했다. 그루베로바가 부른 벨리니Bellini 의 한글 자막이 들어간 노르마Norma DVD를 나도 가지고 있던 터라 그녀에 대해 이야기할 때는 반가웠다.

《벨리니: 노르마》를 산 건 위기에 빠진 중년 여인의 사랑을 그린 영화 〈메디슨 카운티의 다리〉를 보고 나서였다. 여주인공 메릴 스트립이 가족을 위해 식사 준비를 할 때 흘러나오는 오페라 〈정결한 여인이여〉가 그때 묘한 아이러니를 느끼게 했다. 켈트 족의 정결한 여인인 노르마가 그들의 적인 로마군의 장수와 비밀결혼을 하게 되니 부정한 여인에 다름 아닌가! 영화에서 남편 몰래 다른 남자를 사랑하는 한 중년 여인의 연민을 말해주는 것 같았다. 영화에서는 마리아 칼라스의 목소리였는데, 그루베로바의 목소리는 또 다른 매력이 있어 구입했던 기억이 난다. 그루베로바가 이곳 출신이라는 걸 깜빡 잊고 있었다.

성 마르틴 성당.

고흐의 그림이 있는 낡은 건물.

블루 성당.

후멜에 관해서는 한국에 돌아와 좀더 알아보았는데, 적어도 피아노에 관해서는 베토벤과 비교한 그녀의 말이 과장이 아님을 알게 되었다. 쇼팽과 리스트 모두 후멜의 영향을 받았다고 하니까 말이다. 그때 알게 된 후멜에게 나는 지금까지도 푹 빠져 있다. 특히 그의 피아노 독주곡 〈론도 파보리 Rondo favori in Eb, Op.11〉는 들을 때마다 새롭다.

여행은 이렇게 산지식을 마구마구 얻게 해준다. 그러니 어떻게 여행을 멈출 수 있겠는가?

그녀와 헤어지고 나서는 이 도시의 중심 성당인 성 마르틴 성당 뒤쪽으로 갔다. 금방이라도 무너져 내릴 것 같은 담벼락이 눈에 들어왔다. 여러 창문들에 고흐의 그림이 그려진 아크릴판이 덮여 있는 것이 재밌었다. 이 그림들은 정기적으로 바꿔준다고 했다. 참 재미난 발상이다.

더 걸으니 성당 같지 않은 성당이 보였다. 성당 하면 뭔가 무겁고 엄숙함이 느껴지는데, 이곳은 성당 외관을 파스텔 색조의 푸른색으로 칠해놓아서 우리나라의 웨딩홀을 떠오르게 했다. 블루 Blue Church 로 불리는 교회였다. 안팎이 모두 연푸른색을 띠고 있는데, 1907부터 1908년에 걸쳐 헝가리 아르누보 양식으로 지어진 교회라고 한다.

구시가를 벗어나자 도나우 강을 경계로 신시가지가 펼쳐졌다. 신시가로 가기 위해서는 강을 건너야 하는데, 그곳에 초현대식 다리가 놓여 있었다. 일명 UFO 다리라 부르는 뉴 브리지 Nový Most 였다. 다리 위에는 우주선 모습의 조형물이 시내를 굽어보고 있었다. 그 안에 레스토랑이 있어 관광객들은 그곳에서 중세와 현대의 조화로운 야경을 감상한다. 이에 반해 도시 중심에서 약간만 벗어나도 공산 치하에서의 우

아폴로다리와 브라티슬라바 야경.

일명 UFO 다리라 불리는 신시가와 구시가를 잇는 뉴 브리지(Nový Most).

레닌의 조각상이 있는 KGB 바의 내부 모습.

울한 모습이 발견된다. 우리나라 70년대의 소도시 공장 분위기가 물씬 풍기는 모습이 삭막함 그 자체였다.

숙소로 돌아와 잠시 휴식을 취하고 나서 브라티슬라바의 명물이라는 KGB 바bar를 찾아갔다. 사회주의하의 맥줏집은 어떨까 궁금했는데, 음악부터 미국 로큰롤이 흘러나왔다. 레닌과 스탈린의 흉상과 사진이 붙어 있었지만, 입구 쪽에는 성조기와 옛 소련 국기가 나란히 걸려 있었다. 오히려 너무 빠르게 자본주의에 흡수되는 것 아닌가 하는 생각이 들면서 기대했던 분위기가 아니어서 다소 실망스럽기도 했다. 하지만, 그곳의 맥주 맛은 두말할 나위가 없었다.

체코와 슬로바키아는 왜 분리되었나

체코와 슬로바키아는 1차 세계대전 후인 1918년, 연합국에 의해 이리저리 국토가 분리되면서 체코슬로바키아란 연방국가로 탄생했다.

이전의 슬로바키아는 직간접적으로 천 년 동안 헝가리의 지배를 받아왔다. 천 년의 불행한 결합을 청산하고 제고와 결합했시만, 이 결합도 행복한 것만은 아니었다. 체코와 슬로바키아가 처음부터 대등한 관계에서 결합한 것이 아니기 때문이다. 540만 명밖에 안 되는 슬로바키아와 1천만 명이 넘는 체코와 결합한 것이어서 벌써 인구수부터 한쪽으로 기울어져 있었다.

대부분의 주요 관직은 체코인에게 돌아갔고, 경제발전도 체코 중

타트라 산맥.

심일 수밖에 없었다. 체코 지역은 날로 발전해 갔지만 전통적으로 농업에 종사하던 슬로바키아는 점점 뒤처졌다. 언어마저 체코어 중심으로 되자 슬로바기아인들은 점차 불만을 표출하기 시작했다.

한때, 슬로바키아 출신으로 정부 최고 지위인 공산당 서기장에 오른 두브체크Alexander Dubček, 1921~1992가 두 지역 사이의 불균형을 해소하려 했지만 역부족이었다. 더구나 그가 1968년 혁명을 이끌다 실패해 실각하자, 그러한 노력은 수포로 돌아갔다.

이렇게 20년의 세월이 흘러 체코슬로바키아는 1989년 벨벳 혁명으로 공산 정권에서 벗어났다. 두 민족 사이의 갈등이 계속되자, 1993년 1월 1일을 기해 체코와 슬로바키아는 갈라서기로 합의했다. 결합한 지 75년 만의 평화로운 결별이었다.

두 나라는 같은 슬라브족이긴 했지만, 너무 오랫동안 나뉘어 살다 보니 동족이라는 개념이 거의 없었다. 906년 헝가리의 마자르족이 체코와 연방국 형태인 대★ 모라비아 제국을 침략하여 슬로바키아를 점령한 이후 1000여 년 동안 슬로바키아는 헝가리의 지배를 받아왔으니 문화적으로 헝가리와 가까울 수밖에 없었다. 이런 정서적인 면과 경제적 불균형이 이들을 둘로 갈라 놓은 것이다.

그런데 이번 여행에서 슬로바키아와 헝가리가 새로운 언어적 충돌에 직면해 있다는 사실을 우연히 알게 되었다. 브라티슬라바에서 기차를 타고 와서 트르나바Trnava에서 갈아탄 돌나 크루파행 버스 안에서였다.

60대의 턱수염을 기른 한 신사분을 만났다. 이번 여행에서 참 좋은 인연을 많이 만났는데, 이 분도 그 중 하나다.

그는 대뜸 한국말로 내게 말을 건넸다. 북한식 억양이었지만 유창한 수준이었다. 사실, 북한 말투에 다소 긴장하지 않을 수 없었다. 알고 보니 헝가리 출신의 이 신사분은 헝가리 주재 북한 대사관에서 다년간 근무했던 전직 공직자였다. 북한에 방문한 적도 있다고 했다. 그는 나를 보자마자 한국인임을 알아보았다고 했다. 자기는 현재 헝가리 남부 도시 페치Pécs에 살고 있는데, 돌나 크루파에 사는 친척의 결혼식에 가는 길이라고 했다.

그와 언어에 관해 이야기하다가 슬로바키아에서는 공식석상에서 다른 언어를 사용하면 벌금을 물어야 한다는 새로운 사실을 알게 되었다.

대부분 다민족 국가에서 언어 사용에 관한 경향은 다양성을 인정하는 추세인데 말이다. 대표적으로 다민족 국가인 미국이 좋은 예다. 미국의 전철, 버스, 공항 등 주요 공공시설은 영어와 스페인어가 동시에 표기되어 있다. 미국에서 급격하게 늘고 있는 히스패닉계를 고려한 조치다. 투표할 때도 특정 선거구에 특정 인종이 일정 비율 이상이 되면, 그 언어로 선거관련 문서를 제작할 정도다. 같은 이유로 한국인의 인구 비율이 높은 곳에서는 한글로 선거관련 문서를 제작한다. 물론, 미국에서도 "이러다간 영어를 제대로 배우지 못하는 미국인이 나올 수 있다"며 영어 사용을 강제해야 한다는 주장이 나오기도 하지만 말이다.

슬로바키아에는 공공 행사에서 슬로바키아 언어 사용을 강제하는 '슬로박 국가언어법'이 제정되어 있다. 이 법에 따르면, 모든 공식 행사에서는 우선으로 슬로바키아어를 써야만 한다. 이 법을 어겼는데도 시정조치가 없으면, 최고 5000유로_{환율 1500원으로 환산하면 750만 원 정도 된다}를 벌금으로 내야 한다.

　슬로바키아가 이 법을 제정한 것은 헝가리를 견제하려는 이유에서다. 슬로바키아에 사는 전체 인구 비율의 10퍼센트 되는 50만 명의 헝가리계 사람들을 견제하려는 것이다. 과거 헝가리로부터 받았던 차별과 억압을 되갚으려는 것인지는 몰라도 그것은 분명히 소수 민족의 인권을 침해하는 행위다. 사회적 강자가 약자를 배려하는 것이 인권의 기본 아닌가. 이런 인권침해나 인권유린은 건전한 사회 실현을 불가능하게 한다. 공산 체제의 억압에서 막 벗어난 그들이 진정한 민주주의를 실현하기를 기대해본다.

2

'달빛 소나타'의 고향
돌나 크루파

한 여자 때문에 방황하며 수많은 밤을 지새운 적이 있다.

어느 날 저녁, 옷깃을 세우고 어디론가 갈 길을 재촉하는 무리 틈에 끼어 길을 걸었다. 끊임없이 솟는 슬픔을 억누르며 걷고 걸어도 길은 끝이 없었다. 찬란하던 여름이 지나자 태양도 강렬함을 잃어가는 계절이었다. 거추장스럽게 담장에 늘어뜨려진 담쟁이덩굴마저 나를 우울하게 했다.

낯선 골목길 모퉁이를 돌 때였다. 우윳빛 조각달이 나를 따라왔다. 그때를 떠올리면 지금도 그게 과거인지 현재인지 미래인지 아득해진다. 그날, 나는 어느 집 담장에 기대어 하얗게 밤을 지새웠다. 달빛에 젖는다는 게 어떤 건지, 그때 알았다. 그 달빛은 물리적인 달빛이 아니었다. 주르르 흘러내리는 그 빛은 내 은은한 마음을 비춘 빛이었다.

이날부터 나는 베토벤의 〈달빛 소나타〉를 줄기차게 들었다. 어느 한 소절이라도 놓칠세라 듣고 또 들었다. 많은 세월이 흐른 어느 날, 베란다에 나가 하늘을 보니 아주 희미하게 이틀 치만큼 모자란 달이 보였다. 하얗게 살찐 달. 아, 달은 이틀 동안 저만큼 차고 빠지는구나. 그때 내 눈에 비친 달의 이지러짐은 과거를 회상하게 했다.

베토벤은 저 달빛에서 어떤 사랑을 보았을까? 베토벤은 여름이 기우는 한밤, 숲 사이를 거닐다 손가락이 가리키는 달이 아니라 나뭇잎 사이로 은은히 흩어져 내리는 달빛을 보았다. 그리고 그는 집으로 돌아와 아름다운 밤의 모습을 그리며 피아노에 손을 올려놓았을 것이다. 여린 멜로디는 주체할 수 없는 망망한 환상을 싣고 천천히 허공으로 퍼져간다. 별빛들도 따라서 흔들거린다. 마침내 그는 솟구치는 연인에 대한 열정을 참지 못하고 멜로디를 좇아 어둠 속을 달린다. 어느새 건반 위는 땀이 흥건하다. 아무도 없는 정원엔 달빛만이 소록소록 쌓인다⋯⋯.

〈환상곡 풍의 소나타〉는 이렇게 태어나 그가 사랑한 제자이며 연인이었던 줄리에타 귀차르디에게 헌정되었다.

베토벤은 서른을 갓 넘긴 1801년, 여름휴가를 돌나 크루파 마을 브룬스비크 성에서 친구이자 후원자인 브룬스비크 백작과 함께 보냈다. 그때, 성에 딸린 작은 오두막에서 그곳을 비추는 달빛에 매료되어 한 소녀를 위해 〈환상곡 풍의 소나타〉를 쓴 것이다.

베토벤의 달빛 소나타

오늘날 〈월광〉 혹은 〈달빛 소나타〉로 알려진 이 곡의 제목은 비평가 렐슈타프Ludwig Rellstab, 1799~1860가 1832년 이 곡을 듣고 "스위스의 루체른 호반의 달빛 어린 물결에 흔들리는 조각배 같다"고 평한 것에서 비롯되었다. 베토벤이 사망한 지 몇 년이 지난 후의 일이다.

시적인 정서가 그득 담긴 탓에 이 곡은 많은 비유와 이야기를 낳았다. 한때 어떤 눈먼 소녀를 위해 지어진 곡이라고 알려지기도 했다.

베토벤은 어느 날 산책을 하다 귀에 익은 피아노 소리를 듣는다. '아, 이건 내가 작곡하고 있는 곡인데……, 누가 이 곡을 연주하는 걸까?' 궁금해진 베토벤은 그 피아노 소리를 따라 발걸음을 옮겼다. 낡고 초라한 집안에서 한 소녀가 피아노를 치고 있었다. 눈먼 소녀가 자신의 곡을 듣고 외워 그대로 따라 치고 있는 것이 아닌가. 베토벤은 소녀에게서 큰 감동을 받았다. 어느새 그의 눈에는 눈물이 맺혔다. 앞을 못 보는 소녀에게도 귓병을 앓고 있는 자신만큼이나 음악을 사랑하는 마음만은 똑같이 영원할 것이라는 사실을 깨달은 것이다. 베토벤은 집으로 돌아와 그 감동으로 곡의 끝 부분을 완성한다.

이 이야기는 한 동화작가가 쓴 이야기다. 교과서에도 실려 있어 많은 아이들은 눈먼 소녀를 위해 이 곡이 쓰인 것으로 알고 있지만, 사실은 사랑하는 줄리에타를 위해 만든 곡이다.

이 곡을 작곡할 즈음에 이미 베토벤의 귀는 잘 들리지 않는 상태였다. 이 고통을 잊게 해준 것이 줄리에타에 대한 사랑이었던 것 같다. 〈달빛 소나타〉를 작곡한 직후에 친구 베겔러에게 쓴 편지를 보면, '나의 생활은 지금까지 보다는 퍽 평온하오. 나는 한결 사람과도 잘 어울리고, 어느 정다운 소녀가 나를 사랑하고 나도 그녀를 사랑하고 있다오. 2년 이래 이 같은 행복한 순간을 처음 느껴본다오'라고 썼다. 이런 사실로 미루어 볼 때, 〈달빛 소나타〉에 담긴 내용은 베토벤의 순수한 사랑 그 자체다.

그러나 행복한 순간의 대가는 쓰린 법. 줄리에타는 외형적으로는 매우 매혹적이었지만, 베토벤과 어울리기에는 서로 다른 점이 너무 많았다. 우선 사랑을 대하는 태도부터 달랐다. 베토벤의 사랑에는 청교도적인 그 무엇이 있었다. 베토벤은 추잡스러운 말이나 사상을 끔찍이 싫어했다고 한다. 적어도 그때까지는 사랑의 성결성에 대해 아주 강경하게 생각하고 있었던 것 같다.

베토벤은 모차르트의 〈돈 조반니〉를 듣고 "모차르트 같은 천재가 이런 작품에 천재성을 낭비한다는 것은 참 안타까운 일"이라고 평했다고 한다. 리브레토 libretto, 오페라 대본의 천박성을 두고 한 말이다. 하지만 베토벤도 그의 음악만큼은 인정했다. 이렇듯 베토벤은 사랑에 대해 '일종의 처녀 같은 수줍음과 순결성'을 가지고 있었다.

이에 반해 줄리에타는 정숙한 여인이 아니었다. 베토벤 연구가들의 말을 빌리면, 줄리에타는 베토벤을 그리 사랑하지도 않았고, 적당히 베토벤의 사랑을 농락했다고 한다. 사실 귀족과 평민이라는 신분의 차이도 그들의 사랑을 가로막는 장벽이었다.

줄리에타를 향한 사랑에 좌절을 맛본 베토벤은 사랑이 깨진 몇 달 후인 1802년, 비엔나 교외의 하일리겐슈타트에서 유서를 작성한다. 비록 유서를 쓰고도 스무 해 정도 더 살았지만 그녀에 대한 실연이 죽음까지 생각하게 한 사건임이 틀림없다. 줄리에타는 베토벤으로부터 〈달빛 소나타〉를 선물 받은 얼마 후, 이탈리아 귀족 갈렌베르크와 결혼해 나폴리로 떠나고 만다.

여기서 나는 한 가지 정서적 공감대를 발견했다. 베토벤으로 하여금 유서를 쓰게 한 동기가 된 이 곡이 우리나라 사람에게도 역사상 많은 자살을 불러일으킨 곡 중 하나라는 사실이다.

역사적으로 암울했던 1920년대에 《창조》, 《백조》, 《폐허》 등의 문

브룬스비크 궁전 음악홀에서 열린 작은 음악회.

예지에 실린 글들을 보면, 〈달빛 소나타〉를 들으면서 자살하는 장면
이 많이 나온다. 그뿐만 아니라, 1980년대, 1990년대 우리나라 지식
인들의 자살과 관련 있는 곡으로 꼽힌 것 중 하나가 바로 〈달빛 소나
타〉였다. 영화나 소설 속에서도 인물이 자살하기 전에 듣거나 연주하
는 장면으로 많이 사용된다. 과연 이 곡에는 숙명적 그 무엇을 느끼게
하는 힘이 있다.

베토벤이 여름휴가차 머물던 브룬스비크 성 내의 파빌리온. 이 오두막에서 〈달빛 소나타〉가 탄생했다.

나는 베토벤이 〈달빛 소나타〉를 작곡한 계절과 같은 계절에 이 곡을 쓴 장소 돌나 크루파를 찾아갔다. 돌나 크루파는 슬로바키아 수도 브라티슬라바에서 북동쪽에 있는 작은 마을이다. 브라티슬라바 중앙역에서 기차로 한 시간 거리에 있는 공업도시 트르나바에서 멀지 않은 곳에 있다.

트르나바에는 우리나라 삼성전자의 현지 법인이 있어 거리에는 삼성을 알리는 광고판이 많았다. 주재원으로 보이는 한국인들의 모습도 자주 볼 수 있어 도시가 그리 낯설게 느껴지지 않았다. 유명하지 않은 산골 마을에서 우리의 자랑스러운 국력을 느낄 수 있어 은근히 마음이 뿌듯했다.

트르나바에서 돌나 크루파를 가는 버스를 타고 51번 국도를 따라 북쪽으로 40분 정도 가다 보면 길가에 아주 작은 시골이 나온다. 이 마을은 외부인의 발길이 뜸한 곳이어서 정류장도 간이정류장이었다. 버스에서 내려 지평선 너머 보이는 브룬스비크 성 쪽을 향해 무작정 걸었다. 다행히 비슷한 목적을 가진 여행객들이 몇몇 있어 그들의 뒤를 따라갔다.

브룬스비크 성은 그 가문의 두 자매 테레제^{언니}와 요제피네^{동생}를 위해 지은 성이었다_{줄리에타 귀차르디와 사촌지간이며 세 여인 모두 베토벤에게서 피아노를 배웠다}. 성 내부에는 두 자매의 유품들이 제법 많이 전시되어 있었다.

베토벤은 이곳에 올 때면 성에 딸린 파빌리온에서 머물곤 했다. 그 건물은 다락방을 가진 2층 구조로 지금은 베토벤 기념관으로 사용되고 있는데, 문이 잠겨 있어 내부는 볼 수 없었다. 하지만, 밤이 되면 달빛 떨어지는 나뭇잎 사이로 귀뚜라미 우는 소리와 풀벌레의 속삭임이 들리는 듯한 정서가 흠뻑 배어 있는 장소였다. 마음 같아서는 달빛 비치는 밤의 정취를 느끼며 이곳에서 하룻밤을 머물고 싶었지만, 아쉬움만 남겨둔 채 내 슬로바키아의 여정도 마무리해야 했다. 그러자 어디선가 점차 잦아드는 달빛 소나타의 선율이 들리는 듯했다.

Music

1. 야나체크의 〈잡초가 우거진 오솔길을 지나서(On the overgrown path)〉 중 프리데크의 성모 마리아(The Madonna of Frydek)가 영화〈프라하의 봄〉 엔딩 곡

2. 베토벤의 〈교향곡3번 (영웅)〉 중 제2악장(장송곡)이 베토벤이 나폴레옹의 몰락에 빗대어 말하는 곡이다.

3. 베토벤의 16곡의 현악4중주곡 중 Op.135이 〈참을 수 없는 존재의 가벼움〉에 등장하는 곡이며, 특히 제4악장(F단조)에 '그래야만 하는가?' '그래야만 한다.'라는 베토벤의 모호한 자필 문구가 쓰여 있다.

4. 베토벤 〈교향곡 9번〉 중 '합창'은 너무 잘 알려진 곡으로 프라하 음악제〈프라하의 봄〉에서 피날레 곡으로 연주 된다.

5. 베토벤의 피아노곡인 〈달빛소나타(Moonlight)〉를 들으며 한 여인을 그려보자.

6. 스메타나의 〈나의 조국(교향시)〉에 담긴 여섯 곡 중 대표곡은 두 번째 곡인 '블타바'가 대표적이나 첫째 '비셰흐라드'와 셋째 '샤르카'를 꼭 들어 보자.

7. 모차르트의 〈돈 조반니〉, 〈피가로의 결혼〉, 특히 〈레퀴엠〉에서는 '라크리모사(Lacrymosa)'를 추천한다.

8. 알레그리의 가톨릭 의식에서 불려지는 〈미제레레〉를 들으며 경건함에 빠져본다.

9. 드보르자크의 〈신세계 교향곡〉 중 '꿈속의 내 고향'은 향수를 불러내는 곡이다.

10. 쇼팽의 〈녹턴(2번)〉과 〈빗방울 전주곡〉은 쇼팽의 섬세함이 가장 잘 드러난 곡이다.

11. 고레츠키의 〈교향곡 제3번〉 중 '슬픔의 노래'를 들으며 유대인 소녀의 명복을 빌어 주자.

12. 슬로바키아의 대표적 음악가 요한 후멜(Hummel)의 피아노독주곡 〈론도 파보리 Op.11〉는 필자가 사랑하는 곡으로 추천한다.

13. 벨리니의 〈노르마〉 중 '정결한 여인'을 들으며 메릴 스트립의 마음을 헤아려 본다.

14. 존 레논의 〈Imagine〉을 들으며 그의 감미로운 목소리에 빠져본다.

Movie

1. 〈프라하의 봄〉 감독/ 필립 카우프만

2. 〈아마데우스〉 감독/ 밀로스 포만

3. 〈불멸의 연인〉 감독/ 버나드 로즈

4. 〈새벽의 7인〉 감독/ 루이스 길버트

5. 〈집시의 시간〉 감독/ 에밀 쿠스트리차

6. 〈가까이서 본 기차〉 감독/ 이리 멘젤

7. 〈라스트 홀리데이〉 감독/ 웨인 왕

8. 〈쉰들러 리스트〉 감독/ 스티븐 스필버그

9. 〈피아니스트〉 감독/ 로만 폴란스키

10. 〈인생은 아름다워〉 감독/ 로베르토 베니니

11. 〈노 맨스 랜드〉 감독/ 다니스 타노비치

12. 〈메디슨 카운티의 다리〉 감독/ 클린트 이스트 우드

여러분도 베스트셀러 〈일생에 한번은〉 시리즈의 여행 작가가 될 수 있습니다!

수많은 여행책 중 〈일생에 한번은〉 여행 시리즈는 '인문예술 기행'이라는 특별한 내용을 담고 있습니다. 보고 그치는 여행이 아니라 마음으로 느끼고 가슴 속에 오래 담아둘 수 있는 내용으로 이루어진 〈일생에 한번은〉 여행 시리즈에서 여행 원고를 모집합니다.

- **응모자격** : 여행을 좋아하고 남다르고 특별한 자신만의 여행 노하우와 기록이 있으신 분
- **응모처** : forviya@book21.co.kr
- 원고 검토 후 〈일생에 한번은〉 시리즈 출간 및 〈일생에 한번은〉 시리즈 도서를 드립니다.

많은 응모 부탁드립니다.

KI신서 2613

일생에 한번은 동유럽을 만나라

1판   1쇄 발행 2010년 7월 23일
1판 19쇄 발행 2018년 8월 13일

지은이 최도성
펴낸이 김영곤 박선영 **펴낸곳** (주)북이십일 21세기북스
디자인 (주)디자인신지 **교정** 박정선
출판영업팀 최상호 한충희 최명열
출판마케팅팀 김홍선 최성환 배상현 이정인 신혜진 나은경 조인선
홍보팀 이혜연 최수아 박혜림 문소라 전효은 염진아 김선아
제작팀 이영민
출판등록 2000년 5월 6일 제 406-2003-061호
주소 (우10881) 경기도 파주시 회동길 201(문발동)
대표전화 031-955-2100 **팩스** 031-955-2122 **이메일** book21@book21.co.kr

(주)북이십일 경계를 허무는 콘텐츠 리더

21세기북스 채널에서 도서 정보와 다양한 영상자료, 이벤트를 만나세요!
페이스북 facebook.com/jiinpill21   포스트 post.naver.com/21c_editors
인스타그램 instagram.com/jiinpill21 홈페이지 www.book21.com
서울대 가지 않아도 들을 수 있는 명강의! 〈서가명강〉
네이버 오디오클립, 팟빵, 팟캐스트에서 '서가명강'을 검색해보세요!

ISBN 978-89-509-2566-6 13810
값 14,800원